British Crime Classics

DAPHNE

DU MAURIER

PLÖTZLICH AN JENEM ABEND

SCHERZ

Einmalige Ausgabe 1997

Umschlaggestaltung: Manfred Waller
Umschlagbild: Bildagentur ZEFA

Plötzlich an jenem Abend

Nachdem ich aus der Armee entlassen worden war und ehe ich mich irgendwo festsetzte, sah ich mich erst ein bißchen um und fand schließlich Arbeit in der Gegend von Hampstead, und zwar in einer Autowerkstatt dicht bei Chalk Farm am Ende von Haverstock Hill. Es war genau das Richtige für mich. Ich hatte schon immer gern an Maschinen herumgebastelt, bei den Pionieren tat ich auch nichts anderes, besaß also Übung darin – ist mir auch immer alles leichtgefallen, was mit Maschinen zu tun hat.

Ein angenehmes Leben hab ich mir immer so vorgestellt: in einem schmierigen Overall auf dem Rücken unter einem Auto oder Lastwagen liegen und mit einem Schraubenschlüssel einen alten Bolzen bearbeiten, Ölgeruch in der Nase, und um mich herum andere, von denen einer einen Motor rattern läßt, die andern vor sich hin pfeifen und mit ihren Werkzeugen klappern. Der Gestank und der Dreck haben mich nie gestört. Schon als Dreikäsehoch hab ich das gern gehabt; wenn ich mit einer rostigen Blechbüchse im Schmutz herumwühlte, pflegte meine alte Mutter immer zu sagen: »Das schadet ihm nicht, ist ja sauberer Dreck«; und das stimmt auch, wo es sich um Maschinen handelt.

Mein Chef war ein netter Kerl, umgänglich und vergnügt, und er merkte auch, daß mir die Arbeit Freude machte. Er selbst war kein großartiger Mechaniker, darum schob er mir auch immer die Reparaturen zu, und gerade das machte mir am meisten Spaß.

Ich wohnte nicht bei meiner alten Mutter, es war zu weit weg, draußen in Shepperton; es hatte keinen Sinn, den halben Tag mit Hin- und Herfahrten zu vertrödeln. Ich hab's gern bequem, alles auf einem Fleck beisammen, sozusagen. Ich mietete mir ein Zimmer bei einem Ehepaar, Thompson hießen sie, von dort waren es nur zehn Minuten zur Werkstatt. Nette Leute waren es, diese Thompsons. Er hatte eine kleine Schuhmacherei, Flickschuster wäre wohl die richtige Bezeichnung für ihn, und seine Frau kochte das Essen und hielt die Wohnung in Ordnung, die über der Werkstatt lag. Ich war bei ihnen in Kost, Frühstück und Abendbrot – es gab immer ein warmes Gericht –, und da ich der einzige Mieter war, wurde ich wie ein Sohn behandelt.

Ich bin für ein geregeltes Leben. Am liebsten tu ich meine Arbeit an einem Stück, und wenn Feierabend ist, mach ich mir's gern mit einer Pfeife und der Zeitung gemütlich, höre ein bißchen Musik oder Kabarett oder etwas Ähnliches im Radio, und dann früh in die Federn. Aus Mädchen hab ich mir nie viel gemacht, nicht mal als Soldat. War damals übrigens im Vorderen Orient.

Ja, mit meinem Leben war ich ganz zufrieden, mit meiner Bude bei Thompsons und dem täglichen Einerlei, bis zu dem Abend, wo es geschah. Seitdem ist alles verändert. Und wird auch niemals wieder so werden, wie es war. Ich weiß nicht ...

Die beiden Thompsons waren zu ihrer verheirateten Tochter nach Highgate gefahren. Sie hatten mich gefragt, ob ich nicht mitkommen möchte, aber ich drängte mich nicht gern auf; weil ich aber keine Lust hatte, nach Feierabend allein zu Hause zu sitzen, ging ich ins Kino. Es gab einen Wildwestfilm; auf dem Kinoplakat war ein Cowboy abgebildet, der einem Indianer sein Messer in die Eingeweide stieß. So was seh ich gern – hab ein kindliches Vergnügen an Wildwestfilmen –, bezahlte also und trat ein. Ich gab der Platzanweiserin mein Billett und sagte: »Letzte Reihe«, denn ich sitze gern weit hinten, damit ich meinen Kopf gegen die Balustrade lehnen kann.

Ja, und da sah ich sie. In manchen Kinos staffieren sie ja die Mädchen unglaublich aus: Tellermützen aus Samt und weiß der Himmel was, machen die reinen Jungs aus ihnen. Na, aus dieser hatten sie jedenfalls keinen Jungen machen können. Sie hatte kupferrotes Haar, Pagenschnitt, so glaub ich, nennt man das, und blaue Augen, solche, die kurzsichtig aussehen, aber weiter blicken, als man denkt, und die nachts ganz dunkel, beinahe schwarz werden. Ihr Mund war mürrisch, so, als habe sie alles satt, als müsse man ihr die ganze Welt zu Füßen legen, um ihr ein Lächeln abzugewinnen. Sie hatte keine Sommersprossen, auch keinen milchweißen Teint, sondern solchen mit einem warmen Schimmer wie ein Pfirsich, und war gar nicht zurechtgemacht. Klein und zierlich war sie, und ihr Samtanzug – blau – saß ihr wie angegossen, und unter der keck aufgestülpten Mütze quoll ihr kupferrotes Haar hervor.

Ich kaufte ein Programm – nicht weil ich eins haben wollte, sondern weil ich es nicht so eilig hatte, durch den Vorhang zu schlüpfen – und fragte sie: »Wie ist der Film?«

Sie sah mich nicht an. Starrte einfach weiter ins Leere, auf die gegenüberliegende Wand. »Diese Messerstecherei ist stümperhaft«, sagte sie, »aber schlimmstenfalls können Sie ja schlafen.«

Ich mußte lachen. Sie war aber ganz ernst dabei, hatte nicht etwa versucht, mich zu verspotten.

»Das tönt nicht gerade nach Reklame«, meinte ich. »Wenn der Chef das gehört hätte?«

In diesem Augenblick schaute sie mich an. Ihre blauen Augen wandten sich mir zu; noch immer voll Überdruß und teilnahmslos, aber etwas lag darin, was ich noch nie gesehen hatte, und auch später niemals wieder gesehen, etwas Verhangenes, wie bei jemandem, der aus einem langen Traum erwacht und froh ist, nicht allein zu sein. In den Augen von Katzen glimmt es manchmal so, wenn man sie streichelt und sie sich dann schnurrend zu einem Knäuel zusammenrollen und alles mit sich geschehen lassen. Genauso sah sie mich eine Sekunde lang an, und um ihren Mund schien ein verstecktes Lächeln zu lauern. Sie riß mein Billett durch und sagte: »Ich werde nicht dafür bezahlt, Reklame zu machen. Ich werde dafür bezahlt, so auszusehen, wie ich aussehe, und Sie hereinzulocken.«

Sie zog den Vorhang beiseite und ließ in der Finsternis ihre Taschenlampe aufblitzen. Ich sah nicht die Hand vor Augen, es war pechschwarz, ehe man sich daran gewöhnt hat und die Umrisse der anderen Leute erkennen kann. Auf der Leinwand erschienen zwei große Köpfe, und der eine Kerl sagte zu dem anderen: »Gesteh, sonst knall ich dich über den Haufen«, gleichzeitig zerbrach jemand eine Fensterscheibe, und ein Frauenzimmer kreischte.

»Scheint das Richtige für mich zu sein«, sagte ich und tastete nach einem Sitz.

»Dies ist noch nicht der Film, erst die Voranzeige für nächste Woche«, sagte sie und wies mir im Schein der Taschenlampe einen Sitz in der letzten Reihe an, den zweiten neben dem Gang.

Ich sah mir die Geschäftsreklamen und die Wochenschau an,

und dann kam ein Kerl und spielte auf der Kinoorgel, und der Vorhang vor der Leinwand wurde erst rot und dann golden und dann grün – komisch, sie bilden sich wohl ein, sie müßten einem für sein Geld etwas bieten –, und als ich mich umschaute, sah ich, daß das Kino halb leer war; wahrscheinlich hatte das Mädchen recht, mit dem Hauptfilm war nicht viel los, und deshalb sah ihn sich auch kaum ein Mensch an.

Kurz bevor es wieder dunkel wurde, kam sie den Seitengang heruntergeschlendert. Sie trug ein Tablett mit Ice Cream, gab sich aber nicht die geringste Mühe, es anzupreisen oder zu verkaufen, ebensogut hätte sie schlafwandeln können. Als sie den anderen Seitengang entlang kam, winkte ich sie herbei.

»Kann ich ein Eis haben?«

Sie schaute in meine Richtung, wie wenn ich ein toter Wurm unter ihrer Schuhsohle gewesen wäre; aber dann mußte sie mich wohl erkannt haben, denn dieses versteckte Lächeln kehrte wieder und auch der verhangene Blick. Sie trat hinter meiner Sitzreihe zu mir heran.

»Waffel oder Tüte?«

Offen gestanden, wollte ich keins von beiden. Ich wollte ihr nur etwas abkaufen, um mit ihr schwatzen zu können.

»Was empfehlen Sie mir?« fragte ich.

Sie zuckte die Achseln.

»An den Tüten hat man länger«, sagte sie, und ehe ich einen Ton herausbringen konnte, hatte sie mir schon eine in die Hand gedrückt.

»Wie wär's mit einem Eis für Sie?« fragte ich dann.

»Vielen Dank. Hab gesehn, wie es gemacht wird.« Und damit verschwand sie.

Das Kino wurde dunkel, und ich saß mit meiner Riesentüte in der Hand da wie ein Trottel. Das verflixte Zeug quoll über den Rand und tropfte mir aufs Hemd, und damit es mir nicht auch noch auf die Hose floß, mußte ich mir den ganzen eiskalten Kram auf einmal in den Mund stecken und mich obendrein noch abwenden, weil gerade jemand kam, um sich auf den freien Platz neben dem Gang zu setzen.

Schließlich wurde ich damit fertig und wischte mir die Hände am Taschentuch ab, und dann konnte ich mir endlich ansehen, was auf der Leinwand vor sich ging. Es war ein ausgemachter Wildwestfilm: rumpelnde Karren über die Prärie, Überfall auf einen Zug voller Goldbarren, die Heldin bald in Reithosen, bald im großen Abendkleid. So müssen Filme sein, dürfen nicht die Spur Ähnlichkeit mit dem wirklichen Leben haben. Während ich mir die Geschichte ansah, witterte ich einen Duft, nur wie einen Hauch; was es war, wußte ich nicht, und auch nicht, woher es kam, aber es war da: Rechts von mir saß ein Mann, und die beiden Sitze links waren leer, auch von den Leuten vor mir konnte es nicht kommen; aber schließlich konnte ich nicht die ganze Zeit den Kopf hin- und herdrehen und herumschnüffeln.

Eigentlich mache ich mir aus Parfüm nicht viel. Meistens riecht es zu billig und gewöhnlich, aber dies hier war anders. Es roch gar nicht süßlich oder stickig oder auffällig; es duftete wie Blumen, die man in den feinen Blumenläden in West End kaufen kann, bevor sie auf den Blumenständen landen – es roch nach einem ganzen Taler für eine Blüte, wie sie reiche Kerls Schauspielerinnen und solchen Damen verehren –, und in diesem muffigen, verräucherten Kino roch es so verflixt gut, daß es mich halb verrückt machte.

Endlich drehte ich mich doch um, und da wußte ich, wo es herkam. Es kam von dem Mädchen, der Platzanweiserin; sie lehnte mit verschränkten Armen auf der Balustrade hinter mir.

»Zappeln Sie nicht so herum«, sagte sie. »Sie schmeißen Ihr teures Geld hinaus. Schauen Sie lieber auf die Leinwand.«

Aber nicht etwa laut, so daß es jeder hören konnte. Im Flüsterton, für mich allein. Ich konnte nicht anders, ich mußte vor mich hinlächeln. So eine Frechheit! Jetzt wußte ich also, woher es so gut roch, und irgendwie erhöhte es mir den Genuß des Films. Es war, als säße sie auf einem der leeren Plätze neben mir und wir sähen uns den Film gemeinsam an.

Als es hell wurde, merkte ich, daß ich die ganze letzte Vorstellung über sitzengeblieben war und es schon auf zehn ging. Alle machten, daß sie nach Hause kamen. Ich wartete noch ein Weilchen, und da kam sie mit ihrer Taschenlampe und begann die Reihen abzuleuchten, um nachzusehen, ob nicht irgend jemand einen Handschuh oder ein Portemonnaie verloren hatte, so etwas kommt ja alle Tage vor, und die Leute merken es erst hinterher, wenn sie zu Hause sind. Aber von mir nahm sie nicht mehr Notiz als von einem Wischlappen, nach dem sich kein Mensch bücken mochte.

Ich blieb noch in der Reihe stehen, allein – das Kino war jetzt leer –, und als sie bei mir angelangt war, sagte sie: »Weitergehn, Sie versperren den Weg«, und dabei leuchtete sie mit ihrer Taschenlampe umher, aber unter den Sitzen lag nichts, nur eine leere Zigarettenschachtel, die würden die Putzfrauen am nächsten Morgen wegwerfen. Dann richtete sie sich auf und sah mich von oben bis unten an, zog das winzige Mützchen, das ihr so gut stand, vom Kopf, fächelte sich damit und sagte: »Sie schlafen wohl heut nacht hier, was?« und damit ging sie, leise vor sich hin pfeifend, davon und verschwand hinter dem Vorhang.

Es war zum Verrücktwerden. Noch nie in meinem Leben hatte ich mich so in ein Mädchen verliebt. Ich folgte ihr in den Vorraum, aber sie war schon durch eine Seitentür neben der Kasse geschlüpft, und der Portier machte sich bereits an den Türen zu schaffen, um sie für die Nacht abzuschließen. Ich ging auf die Straße, stellte mich dort auf und wartete. Ein bißchen blöd kam ich mir vor, denn wenn ich Pech hatte, konnte sie mit einem ganzen Schwarm herauskommen, wie Mädchen das so machen. Da war eine gewesen, die hatte mir das Billett verkauft, und oben auf dem Rang gab es sicher noch eine zweite Platzanweiserin, und außerdem vielleicht noch eine Toilettenfrau; alle würden die Köpfe zusammenstecken und kichern, und ich wagte dann bestimmt nicht, sie anzusprechen.

Es dauerte ein paar Minuten, aber schließlich kam sie heraus, allein. Sie trug einen Regenmantel, den Gürtel eng um die Taille, die Hände in den Taschen; sie war ohne Hut. Ohne nach links oder rechts zu blicken, wanderte sie die Straße entlang. Ich hinterher, bange, daß sie sich umdrehen und mich abblitzen lassen würde, aber sie schritt weiter, entschlossen und zielbewußt, und blickte in die Luft; bei jedem Schritt wippte ihr kupferrotes Haar im Takt mit den Schultern.

Bald hielt sie ein, überquerte den Fahrdamm und stellte sich an eine Bushaltestelle. Dort stand bereits eine Schlange von vier oder fünf Leuten, darum konnte sie auch nicht sehen, daß ich mich hinten anschloß. Als der Bus kam, stieg sie als erste ein, und ich hinterher, ohne den blassesten Schimmer, wohin die Fahrt ging. Aber das war mir auch vollkommen wurst. Jetzt kletterte sie die Treppe hoch, ich ihr immer auf den Fersen, und dann setzte sie sich auf die letzte Bank, gähnte und schloß die Augen.

Ich setzte mich neben sie, kribbelig wie eine junge Katze, denn die Sache war die, daß ich so was nicht gerade alle Tage machte und Angst vor einer Abfuhr hatte. Als der Schaffner angestapft kam und das Fahrgeld verlangte, sagte ich: Zwei zu Sixpence, bitte«, denn, so dachte ich mir, bis zur Endstation wird sie wahrscheinlich nicht fahren, und dies reicht auf alle Fälle für sie – und für mich auch.

Der Schaffner zog die Augenbrauen hoch – manche von diesen Burschen halten sich für weiß wie pfiffig – und meinte: »Geben Sie acht, wenn der Fahrer den zweiten Gang einschaltet, dann gibt es einen tüchtigen Ruck. Er hat erst vor kurzem seine Prüfung bestanden.« Damit ging er grinsend die Treppe hinunter und kam sich wahrscheinlich wie ein ausgemachter Witzbold vor.

Beim Klang seiner Stimme war das Mädchen erwacht, blinzelte mich aus ihren schläfrigen Augen an und sah auch die beiden Fahrscheine in meiner Hand – an der Farbe mußte sie gleich gemerkt haben, daß sie weit reichten –, und da lächelte sie, das erste richtige Lächeln, das sie mir an diesem Abend schenkte, und sagte, ohne die geringste Überraschung zu zeigen: »Hallo, Fremder.«

Erleichtert holte ich eine Zigarette hervor und bot auch ihr eine an, aber sie wollte keine. Sie schloß einfach wieder die Augen und kuschelte sich zum Schlafen hin. Außer einem Soldaten der Royal Air Force, der ganz vorn über seiner Zeitung eingenickt saß, war auf dem Oberdeck keine Menschenseele, darum lehnte ich ihren Kopf an meine Schulter, legte meinen Arm so richtig gemütlich um sie und dachte: Sicher wird sie ihn wegschubsen, und ich kriege ein Donnerwetter zu hören. Aber nein, nichts davon. Sie ließ ein kleines, glucksendes Lachen hören, nestelte sich wie in einem Lehnstuhl zurecht und sagte: »Man kriegt nicht jeden Abend die Fahrt umsonst und obendrein noch ein Kissen. Wecken Sie mich, ehe wir zur Anhöhe kommen, kurz vor dem Friedhof.«

Ich hatte keine Ahnung, was für eine Anhöhe und was für einen Friedhof sie meinte, aber wecken würde ich sie auf keinen Fall, ich bestimmt nicht. Ich hatte die Fahrt bezahlt, und es war mein verdammt gutes Recht, sie auszukosten.

Da saßen wir also beisammen, der Bus schaukelte mit uns durch die Gegend, und ich dachte bei mir: Das macht ja viel mehr Spaß, als zu Hause auf der Couch zu sitzen und Fußballnachrichten zu lesen oder den Abend mit Thompsons bei der Tochter in Highgate zu verbringen.

Allmählich bekam ich mehr Courage, lehnte meinen Kopf gegen ihren und drückte sie ein bißchen fester an mich, nicht allzu auffällig, eher zärtlich. Jeder, der auf das Oberdeck gekommen wäre, hätte uns für ein Liebespaar gehalten.

Nachdem wir etwa das halbe Fahrgeld abgefahren hatten, bekam ich es mit der Angst. Der alte Kasten würde bestimmt nicht wenden, wenn wir die Sixpence-Grenze erreicht hatten; also ging's bis zur Endstation, und dort würde er über Nacht abgestellt werden. Und da säßen wir, das Mädchen und ich, verloren irgendwo weit draußen, ohne Bus für die Rückfahrt, und ich mit meinem paar lumpigen Münzen in der Tasche. Sechs Shilling hatte ich bei mir und keinen roten Heller darüber, das konnte niemals für ein Taxi mit Trinkgeld und allem Drum und Dran reichen. Außerdem würde ein Taxi dort draußen gar nicht zu haben sein.

Was für ein Esel war ich doch gewesen, nicht mehr Geld einzustecken. Vielleicht war es dumm, sich deswegen den Kopf zu zerbrechen; ich hatte mich schließlich nur von einem Einfall treiben lassen, und wenn ich geahnt hätte, was mir der Abend bescheren würde, hätte ich mir die Brieftasche schon vollgestopft. Es kam nicht oft vor, daß ich mit einem Mädchen ausging, aber nichts ist mir verhaßter als Burschen, die nicht wissen, wie sich ein Kavalier dabei zu benehmen hat. Eine piekfeine Einladung gehört dazu – heutzutage gibt es ja sehr nette Lokale mit Selbstbedienung –, und falls sie nun Lust auf irgendwas Stärkeres als Kaffee oder Orangeade hätte, bitte schön. Heute abend wär es natürlich schon ein bißchen spät dafür, da war nicht mehr viel zu machen. Bei uns in der Gegend allerdings, da hätt ich mich schon ausgekannt. Da gab es eine Kneipe – der Chef kehrte dort auch manchmal ein –, wo man seine Flasche Gin bezahlte und sie dort in Verwahrung ließ, und wenn einen danach gelüstete, ging man hin und goß einen aus der eigenen Flasche hinter die Binde. Hab gehört, daß man dasselbe auch in den feinen Bars im West End machen kann, aber natürlich wird man da gewaltig übers Ohr gehauen.

Hier kutschierte ich also in einem Bus, Gott weiß wohin, mit meinem Mädchen an der Seite – ich nannte sie »mein Mädchen«, gerade als ob sie es wirklich wäre, und dabei hatte ich nicht mal genug Geld bei mir, sie nach Hause zu bringen! Aus lauter Nervosität begann ich umherzurutschen und alle Taschen zu durchwühlen, denn vielleicht hatte ich doch Glück und fand noch irgendwo fünf Shilling oder sogar zehn, an die ich nicht mehr gedacht hatte. Wahrscheinlich störte ich sie aber mit dieser Sucherei, denn plötzlich zupfte sie mich am Ohr und sagte: »Hör auf mit dem Gezappel!«

Ja, wie soll ich es erklären … Es ging mir durch und durch. Warum, weiß ich nicht. Bevor sie mich zwickte, hielt sie mein Ohrläppchen einen Augenblick lang fest, als ob sie die Haut befühlte und sie gern mochte, und dann erst kam dieses lässige Zupfen. Genau wie man es mit Kindern macht, und dazu der Ton, in dem sie es sagte, so als kennten wir uns schon jahrelang und machten jetzt einen kleinen Ausflug zusammen. »Hör auf mit dem Gezappel.« Vertraut, kameradschaftlich, und mehr als das.

»Hör mal«, sagte ich, »es tut mir leid, ich hab was furchtbar Blödes gemacht. Ich hab Billetts bis zur Endstation gelöst, weil ich neben dir sitzen wollte, aber wenn wir angelangt sind, werden sie uns an die Luft setzen, und dann sind wir meilenweit draußen, und ich hab nur sechs Shilling in der Tasche.«

»Du hast doch Beine, nicht?« fragte sie.

»Was meinst du damit?«

»Sie sind schließlich zum Gehen da. Meine sind's jedenfalls«, antwortete sie.

Da wußte ich, daß es nichts ausmachte; böse war sie auch nicht, der Abend war also gerettet. Ich wurde richtig vergnügt und drückte sie an mich als Anerkennung dafür, daß sie ein so feiner Kerl war – die meisten Mädchen hätten mir die Augen ausgekratzt –, und dann sagte ich: »Soviel ich weiß, sind wir nicht an einem Friedhof vorbeigekommen. Ist es sehr schlimm?«

»Ach wo, es kommen ja noch andere«, sagte sie. »Ich nehm's nicht so genau.«

Ich wußte nicht, was ich davon halten sollte. Ich hatte gedacht, sie wollte an einer Haltestelle beim Friedhof aussteigen, weil es die nächste zu ihrer Wohnung sei, so wie man sagt, »Ich steige bei Woolworth aus«, wenn man da in der Nähe wohnt. Ich grübelte eine Weile darüber nach, und dann fragte ich: »Was meinst du damit, es kommen noch andere? So viele Friedhöfe liegen ja meistens nicht an der Busstrecke.«

»Ach, ich meinte nur so im allgemeinen«, antwortete sie. »Gib dir keine Mühe, mich zu unterhalten, ich mag dich am liebsten, wenn du still bist.«

Dies war nicht etwa eine Ohrfeige, so hatte sie es nicht gesagt. Ich wußte gleich, was sie meinte. Ein Schwatz ist ja ganz nett mit Leuten wie Thompsons, beim Abendbrot zum Beispiel; man erzählt sich, was tagsüber passiert ist, und dann liest einer etwas aus der Zeitung vor, und der andere sagt: »Ist es wohl zu glauben?«, und so redet man weiter, hier ein Wort, bis einer gähnt und sagt: »Zeit, ins Bett zu kriechen.« Ich unterhalte mich auch gern mit dem Chef, bei einer Tasse Tee zwischendurch am Vormittag oder nachmittags um drei herum, wenn wenig zu tun ist. »Ich sage Ihnen offen: was diese Idioten in der Regierung anstellen, ist alles Pfuscherei, sie sind keinen Deut besser als die Gesellen vorher«, und dann wird er unterbrochen, weil jemand Benzin tanken kommt. Auch zu meiner alten Mutter geh ich gern auf einen Schwatz, was ja nicht allzuoft vorkommt, und sie erzählt mir, wie sie mir, als ich noch ein Knirps war, den Hintern verhauen hat. Dabei sitz ich auf dem Küchentisch, genau wie früher, und sie bäckt Mürbekuchen und gibt mir vom Rand und sagt: »Den hast du ja immer am liebsten gemocht.« Das nenne ich ein Gespräch, das nenne ich Unterhaltung.

Aber mit meinem Mädchen brauchte ich mich nicht zu unterhalten. Ich wollte nichts anderes, als sie so wie jetzt im Arm halten und mein Kinn gegen ihren Kopf lehnen; und das hatte sie auch gemeint, als sie sagte: »Ich mag dich am liebsten, wenn du still bist.« Ich hatte es auch am liebsten.

Aber da war noch etwas, was mir keine rechte Ruhe ließ: Würde ich sie küssen können, bevor der Bus hielt und wir an der Endstation abgesetzt wurden? Ich finde nämlich: Den Arm um ein Mädchen legen ist eine Sache, sie küssen eine andere. In der Regel dauert es ja ein Weilchen, ehe sie auftaut. Man fängt mit einem Film oder einem Konzert an, hat den ganzen Abend vor sich, dann geht man eine Kleinigkeit essen oder trinken, und da hat man sich unterdessen kennengelernt, und es gehört eben dazu, daß das Ganze mit einem Geknutsche endet, das erwarten die Mädchen. Offen gestanden bin ich nie sehr für solche Küssereien gewesen. Früher, als ich noch zu Hause wohnte, ehe ich eingezogen wurde, ging ich mit einem Mädchen; sie war wirklich ein nettes Ding, ich mochte sie gern leiden. Aber sie hatte ein bißchen vorstehende Zähne, und selbst wenn ich die Augen zumachte, um zu vergessen, wen ich eigentlich küßte, wußte ich doch immer, daß sie es war, und aus war der Traum! Ja, ja, die gute alte Doris von nebenan! Aber die andere Sorte, die einen packt und beinahe auffrißt, ist doch schlimmer. Steckt man in der Uniform, rennen einem solche Weiber haufenweise über den Weg. Sie sind zu erpicht darauf, machen einen ganz konfus, und man hat immer das Gefühl, sie könnten es nicht abwarten, bis sie einen endlich soweit haben. Mir ist, rundheraus gesagt, dabei immer speiübel geworden. Nahm mir total die Lust.

Aber jetzt, an diesem Abend im Bus, war alles ganz anders. Ich weiß nicht, was eigentlich an dem Mädchen dran war – diese verhangenen Augen, dieses kupferrote Haar und dann ihre Art, so zu tun, als mache sie sich nichts aus mir und habe mich doch gleichzeitig gern; so etwas war mir bisher noch nie begegnet. Ich fragte mich also im stillen: Soll ich's riskieren oder soll ich noch warten? An der Art, wie der Fahrer Gas gab und der Schaffner vor sich hin pfiff und den Aussteigenden »Guten Abend« nachrief, merkte ich, daß wir bald an der Endstation sein mußten. Das Herz unter der Jacke begann mir zu klopfen, mein Nacken unter dem Kragen wurde ganz heiß – verdammt blöd, ich wollte ja schließlich nur einen Kuß, deswegen würde sie mich schon nicht umbringen –, und dann ... Dann stürzte ich mich kopfüber hinein, wie von einem Sprungbrett. Los jetzt, dachte ich, beugte mich über sie, drehte mir ihr Gesicht zu, hob ihr Kinn mit der Hand empor und küßte sie gründlich und ausdauernd.

Wenn ich poetisch wäre, würde ich sagen, daß das, was dann geschah, wie eine Offenbarung war. Aber ich bin nicht poetisch, und deshalb kann ich nur sagen, daß sie mich wiederküßte, daß es lange dauerte und ganz anders war als bei Doris.

Dann hielt der Bus mit einem Ruck, und der Schaffner rief mit singender Stimme: »Alles aussteigen, bitte!« Wahrhaftig, ich hätte ihm den Hals umdrehen können.

Sie puffte mich an den Knöchel. »Los, reg dich«, sagte sie, und ich taumelte von meinem Sitz hoch und polterte die Treppe hinunter; sie folgte mir, und da standen wir also auf der Straße. Es hatte auch noch zu regnen angefangen, nicht schlimm, aber doch so, daß man es merkte und gern den Mantelkragen hochschlug. Wir befanden uns am Ende einer großen, breiten Straße mit verlassenen, dunklen Läden zu beiden Seiten, mir schien es das Ende der Welt zu sein, und tatsächlich, lag da nicht zur Linken eine Anhöhe und am Fuß der Anhöhe ein Friedhof? Ich konnte die Umzäunung und die weißen Grabsteine dahinter erkennen. Er erstreckte sich beinahe den halben Hügel hinauf, war wohl mehrere Morgen groß.

»Gott verdamm mich«, rief ich, »hast du diesen da gemeint?«

»Kann sein«, sagte sie mit einem gleichgültigen Blick über die Schulter und ergriff meinen Arm. »Wollen wir zuerst eine Tasse Kaffee trinken?« fragte sie.

Zuerst ...? Meinte sie nun vor dem langen Trott nach Haus, oder war sie hier schon zu Hause? Aber es spielte ja keine Rolle. Es war erst kurz nach elf. Und eine Tasse Kaffee und ein Butterbrot dazu konnte ich wohl vertragen. Auf der andern Straßenseite stand ein Kiosk, der noch nicht geschlossen war.

Wir marschierten hinüber; der Fahrer war auch dort und der Schaffner und auch der Kerl von der Air Force, der auf dem Oberdeck ganz vorn gesessen hatte. Alle bestellten Tee und Butterbrote, wir nahmen aber statt Tee Kaffee. An solchen Kiosken gibt es leckere Brote, das wußte ich, sie knausern dort nicht, ordentliche Schinkenbrote zwischen dicken Weißbrotschnitten, brühheißen Kaffee und die Tassen bis obenhin voll, mehr konnte man für sein Geld nicht verlangen. Ich dachte bei mir: Sechs Shilling werden längst reichen.

Mir fiel auf, daß mein Mädchen zu diesem Kerl von der Air Force hinüberschaute, ganz gedankenverloren, so als hätte sie ihn schon früher gesehen, und auch er blickte zu ihr hin; das konnte ich ihm nicht verdenken. Ich nahm es auch durchaus nicht übel; schließlich ist man ja doch ein bißchen stolz, wenn die andern

Männer das Mädchen, mit dem man ausgeht, beachten. Und dieses hier konnte man nicht übersehen. Nein, mein Mädchen nicht!

Dann drehte sie ihm den Rücken zu, mit voller Absicht, stützte die Ellbogen auf die Theke, schlürfte ihren heißen Kaffee, und ich stand daneben und machte es genauso. Wir taten nicht hochnäsig oder dergleichen, waren durchaus nett und höflich und wünschten der ganzen Runde guten Abend, aber jeder begriff sofort, daß wir, mein Mädchen und ich, zusammengehörten, daß wir uns selbst genug waren. Und das gefiel mir. Komisch, irgendwo tief drinnen gab es mir ein Gefühl, als sei ich ihr Beschützer. In den Augen der andern konnten wir ganz gut ein Ehepaar auf dem Heimweg sein.

Die andern drei und der Mann im Kiosk scherzten miteinander, aber wir machten nicht mit.

»Sieh dich bloß vor in dieser Uniform«, sagte der Schaffner zu dem Burschen in der Fliegeruniform, »sonst nimmt es mit dir genauso ein Ende wie mit den andern. Es ist auch schon spät, und du bist ganz allein.«

Alle lachten. Ich wußte nicht recht, was das zu bedeuten hatte, mußte wohl irgendein Witz gewesen sein.

»Ich bin auch nicht von gestern«, entgegnete der Flieger, »wenn ich Gesindel seh, weiß ich gleich, was die Uhr geschlagen hat.«

»Kann mir vorstellen, daß die andern dasselbe gesagt haben«, bemerkte der Fahrer, »und wir wissen ja, wie es ihnen erging. Beim bloßen Gedanken daran kriegt man eine Gänsehaut. Aber warum ausgerechnet die von der Royal Air Force, das möcht ich bloß wissen.«

»Das liegt an der Farbe unsrer Uniform«, sagte der Flieger, »man kann sie im Dunkeln genau erkennen.«

In dieser Art scherzten sie weiter. Ich zündete mir eine Zigarette an, mein Mädchen wollte keine.

»Der Krieg ist schuld daran, daß sich die Weiber so verändert haben«, sagte nun der Budenbesitzer, wischte eine Tasse aus und hängte sie hinter sich an einen Haken. »Hat meiner Meinung nach den meisten den Kopf verdreht. Sie wissen einfach nicht mehr, was sich gehört.«

»Am Krieg liegt es nicht, sondern am Sport«, sagte der Schaffner. »Der entwickelt ihre Muskeln und alles mögliche, was gar nicht entwickelt werden sollte. Nehmt nur mal meine beiden Bälger. Das

Mädchen kann den Bengel jederzeit niederboxen. So was gibt einem zu denken.«

»Ja, gewiß«, stimmte der Fahrer zu, »Gleichberechtigung wird es ja wohl genannt, nicht? Das Wahlrecht, das ist schuld daran. Wir hätten ihnen eben niemals das Wahlrecht geben dürfen.«

»Quatsch«, sagte der Flieger, »das Wahlrecht hat die Frauen nicht verrückt gemacht. Sie sind im Grunde schon immer so gewesen. Die Männer im Orient wissen, wie man sie behandeln muß. Da unten, da hält man sie hinter Schloß und Riegel. Das ist die richtige Methode. Dann hat man keinen Ärger mit ihnen.«

»Ich möchte wissen, was meine Alte sagen würde, wenn ich versuchte, sie einzusperren«, meinte der Fahrer. Alle lachten laut.

Jetzt zupfte mich mein Mädchen am Ärmel, ich sah, daß sie ihren Kaffee ausgetrunken hatte. Sie deutete mit dem Kopf zur Straße hinüber.

»Möchtest du nach Haus?« fragte ich.

Albern. Irgendwie versuchte ich den Eindruck zu erwecken, als gingen wir beide heim. Sie antwortete nicht. Zog einfach los, die Hände in den Manteltaschen. Ich sagte guten Abend und ging hinterher, aber vorher bemerkte ich doch noch, daß der Flieger ihr über seine Teetasse hinweg nachstarrte.

Sie wanderte die Straße entlang. Es regnete noch immer, trist und einförmig, so daß man sich danach sehnte, irgendwo gemütlich am Kaminfeuer zu sitzen. Nachdem sie die Straße überquert hatte, blieb sie am Friedhofgitter stehen, blickte zu mir auf und lächelte mich an.

»Was nun?« fragte ich.

»Grabplatten sind flach«, sagte sie, »manche wenigstens.«

»Na und, was dann?« fragte ich ganz verdutzt.

»Man kann sich drauflegen«, antwortete sie.

Sie kehrte um und schlenderte suchend am Gitter entlang, und dann kam sie an eine Stelle, wo die eine Stange zerbrochen und die andere verbogen war, blickte auf und lächelte mir wieder zu.

»Es ist immer dasselbe«, sagte sie. »Wenn man lange genug sucht, findet man todsicher ein Schlupfloch.«

Und schon war sie, flink wie ein Messer durch die Butter, hindurchgeglitten. Ich war ganz platt.

»Langsam«, rief ich, »ich bin nicht so schmal wie du.«

Aber sie war schon auf und davon und wanderte bereits zwischen den Gräbern umher. Ich zwängte mich mit Geschnaufe und Gekeuche durch die Lücke. Dann schaute ich mich nach ihr um, und Herrgott noch mal, da lag sie wahrhaftig auf einer langen, flachen Grabplatte, die Arme unter dem Kopf verschränkt, die Augen geschlossen.

Ich hatte mir keine großen Hoffnungen gemacht, ich meine, ich hatte mir nur vorgenommen, sie nach Hause zu bringen und so. Mich mit ihr für den nächsten Abend zu verabreden. Natürlich hätten wir noch ein bißchen vor ihrer Haustür stehenbleiben können, sie hätte ja nicht sofort hineingehen brauchen. Aber hier auf einem Grabstein zu liegen, das war doch eher unnatürlich.

Ich setzte mich und ergriff ihre Hand.

»Wenn du hier liegen bleibst, wirst du naß werden«, sagte ich.

Kümmerlich, aber mir fiel nichts Besseres ein.

»Bin es gewohnt«, sagte sie.

Sie öffnete die Augen und sah mich an. Nicht weit vom Gitter entfernt stand eine Straßenlaterne, es war also nicht stockdunkel, und auch sonst war die Nacht trotz dem Regen nicht pechschwarz, nur trübe. Ich wünschte, ich wüßte, wie ich ihre Augen beschreiben soll, aber ich versteh mich nicht auf schöne Worte. Jeder weiß, wie im Dunkeln eine Leuchtuhr glimmt. Hab selbst so eine; wenn man nachts aufwacht, sieht man sie am Handgelenk blinken, sie ist wie ein Freund. In dieser Art leuchteten die Augen meines Mädchens, hübsch waren sie. Waren auch nicht länger schläfrig wie Katzenaugen, sondern zärtlich und sanft, aber gleichzeitig auch traurig.

»Bist du es denn gewöhnt, draußen im Regen zu liegen?« fragte ich.

»Bin so aufgewachsen. Damals im Krieg gaben sie uns einen Spitznamen. ›Die Streuner‹ haben sie uns im Bunker immer genannt.«

»Warst du denn niemals evakuiert?« fragte ich.

»Nein, ich nicht. Konnte es nirgends aushalten, kam immer wieder zurück.«

»Leben deine Eltern noch?«

»Nein, kamen beide um, als eine Bombe unser Häuschen traf.« Sie sagte es nicht tragisch, sondern mit ganz alltäglicher Stimme.

»Pech«, sagte ich.

Sie antwortete nicht darauf, und ich saß da, hielt ihre Hand und wünschte, ich könnte sie mit nach Hause nehmen.

»Arbeitest du schon längere Zeit im Kino?« fragte ich.

»Ungefähr drei Wochen. Ich bleib nirgends lange, werd auch da bald wieder verschwinden.«

»Warum denn das?«

»Keine Ruhe.«

Plötzlich nahm sie mein Gesicht in beide Hände und hielt es sanft umfaßt, nicht so, wie man vielleicht denken könnte.

»Du hast ein gutes, liebes Gesicht. Ich hab es gern«, sagte sie.

Seltsam. Die Art, wie sie es sagte, machte mich ganz wirr und schwach, nicht etwa erregt wie im Bus, und ich dachte so bei mir: Am Ende habe ich wirklich das Mädchen gefunden, das ich haben möchte. Nicht nur eine für einen Abend, sondern etwas Festes.

»Hast du einen Freund?« fragte ich.

»Nein.«

»Keinen, mit dem du gehst?«

»Nein, nie gehabt.«

Für einen Friedhof war das eine wunderliche Unterhaltung; und dort lag sie, ausgestreckt auf der Grabplatte wie eine gemeißelte Figur.

»Ich hab auch kein Mädchen«, sagte ich. »Bin darin komisch, nicht wie die andern Jungen. Wohl ein bißchen schrullig, nehme ich an. Was mich interessiert, ist meine Arbeit. Ich bin in einer Garage, Autoschlosser, mach Reparaturen und was so hereinkommt, verdien ganz gut dabei. Hab auch außer dem, was ich meiner alten Mutter schicke, ein bißchen beiseite gelegt. Ich wohn in Untermiete, Thompsons heißen sie, sind wirklich nette Leute, und der Chef in der Werkstatt ist auch ein feiner Kerl. Hab mich eigentlich nie einsam gefühlt, auch jetzt nicht. Aber seit ich dich kenne, sieht doch alles anders aus. So wie es vorher war, wird es nie wieder werden, verstehst du?«

Sie hatte mich nicht ein einziges Mal unterbrochen, es war beinahe so, als dächte ich laut.

»Heimzukommen zu Thompsons ist gut und schön«, fuhr ich fort. »Nettere Wirtsleute kann man sich wirklich nicht wünschen. Gutes Futter gibt's auch. Und nach dem Abendbrot unterhalten wir uns ein bißchen und hören Radio. Aber weißt du, was ich mir jetzt wünsche, ist etwas anderes. Ich möchte dich nach der Vorstellung vom Kino abholen können. Du müßtest dort am Vorhang stehn, die Leute hinauslassen und mir zuzwinkern, damit ich weiß, du ziehst dich nur rasch um und ich soll auf dich warten. Und dann kommst du heraus, so wie heut abend, würdest aber nicht allein losziehn, sondern dich einhaken, und wenn du deinen Mantel nicht anhaben willst, trag ich ihn für dich, oder auch ein Päckchen, oder was du gerade bei dir hast. Und dann gehn wir ins Automatenrestaurant oder in irgendeine andre Kneipe in der Nähe und essen Abendbrot. Wir würden einen reservierten Tisch haben, die Kellnerin und alle dort würden uns schon kennen und uns etwas Gutes aufheben, extra für uns.«

Ganz genau sah ich alles vor mir. Den Tisch mit dem Schild »Reserviert«. Die Kellnerin, die uns zunickte: »Heute gibt's Curryeier.« Und wie wir durch das Lokal gingen, um unsere Tabletts zu holen, und mein Mädchen so tat, als kennte sie mich nicht, und ich vor mich hingrinste.

»Verstehst du, wie ich es meine?« fragte ich sie. »Nicht nur eine Freundschaft, mehr als das.«

Ich weiß nicht, ob sie mir zugehört hatte. Sie lag dort, sah zu mir auf und strich mir in ihrer drolligen, sanften Art über Ohr und Kinn. Man hätte denken können, ich tue ihr leid.

»Ich würde dir auch gern alles mögliche kaufen«, fuhr ich fort. »Manchmal Blumen. Es sieht so nett aus, wenn ein Mädchen eine Blume am Kleid hat, so adrett und frisch. Und bei besonderen Gelegenheiten, Geburtstag, Weihnachten oder so, irgendwas, was du mal im Schaufenster gesehn und dir gewünscht hast, wo du dich aber nicht trautest, nach dem Preis zu fragen. Eine Brosche vielleicht oder ein Armband, irgendwas Hübsches. Und wenn ich mal allein bin, gehe ich hin und kaufe es, und wenn es auch mehr als einen Wochenlohn kosten würde, mir würde das nichts ausmachen.«

Ich konnte vor mir sehen, was für ein Gesicht sie beim Öffnen des Päckchens machte. Und wie sie sich damit schmückte und wir zusammen ausgingen, sie bei der Gelegenheit ein bißchen feiner als sonst, nicht auffallend, das mein ich nicht, aber irgendwas Apartes müßte sie anhaben, was Elegantes.

»Es ist vielleicht nicht recht, vom Heiraten zu reden«, sagte ich, »heutzutage, wo alles so unsicher ist. Einem Mann macht die Unsicherheit ja nichts aus, für ein Mädchen ist es wohl schlimmer. Enge Wohnung, Schlangestehen, Rationierung und all das. Klar, daß die Mädchen ihre Freiheit auch gern haben, ihre selbständige Arbeit, sie wollen ebensowenig angebunden sein wie wir. Aber das, was sie eben in der Kaffeebude sagten, war doch Blödsinn. Daß die Mädchen anders sein sollen als früher und daß der Krieg daran schuld sei. Und wie sie im Orient behandelt werden – na, hab da unten auch so allerhand gesehen. Wahrscheinlich wollte der Kerl witzig sein, die Kerls von der Royal Air Force tun ja alle so keck, aber ich finde, es war nur dummes Gequatsche.«

Sie ließ ihre Hände herabfallen und schloß die Augen. Auf dem Grabstein war es jetzt sehr naß geworden. Ich machte mir Sorgen ihretwegen; gewiß, sie hatte einen Regenmantel an, aber ihre Beine und Füße in den dünnen Strümpfen und Schuhen waren völlig durchnäßt.

»Du bist doch nicht etwa bei den Fliegern gewesen?« fragte sie.

Merkwürdig. Ihre Stimme war plötzlich hart geworden, scharf, ganz verändert. Als fürchte sie sich vor etwas; es klang beinahe verstört.

»Nein«, sagte ich, »ich habe meine Zeit bei den Pionieren abgedient. Waren anständige Leute. Ohne Aufschneiderei, ohne Firlefanz. Man wußte, woran man war.«

»Ich bin froh darüber«, sagte sie. »Du bist lieb und nett. Ich bin sehr froh.«

Ich fragte mich, ob sie irgendeinen von der Air Force kannte, der sie sitzengelassen hatte. Eine wilde Bande, jedenfalls die, die ich kennengelernt habe. Mir fiel ein, wie sie in der Kaffeebude den Flieger beim Teetrinken gemustert hatte. Beinahe grüblerisch, als denke sie an irgend etwas zurück. Schließlich konnte ich ja auch nicht erwarten, daß sie noch ganz unerfahren war, bei ihrem Aussehen, und dazu elternlos in Bunkern groß geworden, wie sie sagte. Aber die Vorstellung, daß ihr irgend jemand weh getan haben konnte, mochte ich gar nicht.

»Warum? Was hast du gegen die Flieger?« fragte ich. »Was haben sie dir denn getan?«

»Sie haben mein Heim zerbombt!«

»Aber das waren doch die Deutschen, nicht unsre.«

»Das kommt auf eins heraus, sind doch alle miteinander Mörder, nicht wahr?«

Ich sah auf sie hinunter, wie sie dort auf der Grabplatte lag; ihre Stimme klang nicht länger so scharf wie vorhin, als sie mich fragte, ob ich bei der Luftwaffe gewesen sei, sondern müde und traurig und seltsam verloren. Es gab mir ein ganz komisches Gefühl tief drinnen in der Magengrube, am liebsten hätte ich was ganz Verrücktes angestellt, sie mit nach Haus zu Thompsons genommen. Die Alte war eine Seele von Mensch, sie hätte das nicht verkehrt aufgefaßt. »Das hier, Frau Thompson«, hätt ich dann gesagt, »ist mein Mädchen. Seien Sie nett zu ihr.« Dann hätt ich gewußt, daß sie in Sicherheit, behütet war, daß keiner ihr etwas tun konnte. Das war es nämlich, was mir plötzlich so angst machte, daß irgendeiner meinem Mädchen etwas antun könnte.

Ich beugte mich nieder, legte meinen Arm um sie und zog sie an mich, ganz fest.

»Hör mal«, sagte ich, »es gießt schrecklich. Ich bring dich nach Haus. Du holst dir hier auf dem nassen Stein den Tod.«

»Nein«, sagte sie und legte mir die Hände auf die Schultern, »ich laß mich nicht nach Haus bringen, von keinem, niemals. Und du wirst zurückgehen, woher du gekommen bist, allein.«

»Ich laß dich hier nicht so liegen«, sagte ich.

»Doch, ich verlang es aber von dir. Wenn du es nicht tust, werde ich sehr böse. Und das willst du doch sicher nicht?«

Ich starrte sie an, ganz bestürzt. Ihr Gesicht sah in dem trüben Licht so seltsam aus, noch blasser als vorher, ganz weiß, aber wunderschön. Heiliger Heiland, wie schön sie aussah! Das tönt wohl wie Lästerung, aber anders kann ich es nicht ausdrücken.

»Was verlangst du denn von mir?« fragte ich.

»Ich will, daß du weggehst und mich hier allein läßt, ohne dich umzusehn, wie im Traum, wie ein Schlafwandler. Einfach heimgehst, im Regen verschwindest. Du wirst Stunden brauchen. Aber das macht nichts, du bist jung und hast lange Beine. Kehr in dein Zimmer zurück, wo es auch immer sein mag, und leg dich zu Bett und schlaf ein und wach morgen früh auf, iß Frühstück und geh zur Arbeit, genau wie immer.«

»Und du?«

»Mach dir darüber keine Gedanken. Geh einfach.«

»Darf ich dich morgen abend vom Kino abholen? Könnte es zwischen uns nicht so werden, wie ich vorhin gesagt habe – etwas Festes?«

Sie antwortete nicht. Lächelte nur. Saß ganz still und schaute mich unverwandt an. Dann schloß sie die Augen, warf den Kopf zurück und sagte: »Küß mich noch einmal, Fremder.«

Ich verließ sie, wie sie es gewünscht hatte, sah mich auch nicht um. Kletterte durchs Friedhofsgitter hinaus auf die Straße. Weit und breit war keine Menschenseele, die Bude an der Bushaltestelle hatte inzwischen auch geschlossen, die Theke war hochgeklappt.

Ich wanderte den Weg entlang, den wir mit dem Bus gekommen waren. Es mußte eine Hauptverkehrsstraße sein, sie lief immer geradeaus, endlos. Zu beiden Seiten lagen Läden, es war irgendwo im Nordosten von London, wo ich noch nie gewesen war. Ich kannte mich da nicht aus, aber das war ja auch egal. Ich ging wie ein Schlafwandler, genauso, wie sie es gesagt hatte.

Die ganze Zeit über dachte ich nur an sie. Nichts als ihr Gesicht sah ich vor mir, während ich wanderte. Beim Militär gab es einen Ausdruck dafür, wenn einer so verschossen war, daß er weder sah noch hörte, noch wußte, was er tat. Hab das immer für Aufschneiderei gehalten und geglaubt, so was könne nur einem Besoffenen passieren, aber jetzt wußte ich, daß es wahr und mir selbst passiert war. Ich zwang mich auch, nicht weiter darüber nachzugrübeln, wie sie nach Hause käme; sie hatte es mir verboten. Wahrscheinlich wohnte sie dort in der Nähe, sonst wäre sie ja kaum so weit hinausgefahren. Merkwürdig war es ja, so weit weg von der Arbeitsstelle zu wohnen. Aber vielleicht würde sie mir allmählich mehr erzählen, Stück für Stück. Aushorchen würde ich sie nicht. Ich hatte nur einen einzigen Gedanken in meinem Schädel, und zwar, sie am nächsten Abend vom Kino abzuholen. Das stand bombenfest, und nichts würde mich davon abbringen können. Die Stunden, bis es endlich zehn Uhr abends war, würden für mich leer sein.

Ich wanderte weiter durch den Regen. Bald kam ein Lastwagen vorbei, ich hielt den Daumen hoch, und der Fahrer nahm mich ein gutes Stück mit, bis er in eine andere Richtung abbiegen mußte.

Ich kletterte wieder hinunter und marschierte weiter. Es muß beinahe drei gewesen sein, als ich zu Hause anlangte.

Normalerweise wäre es mir unangenehm gewesen, Thompsons herauszuklopfen, es war auch noch nie vorgekommen, aber durch die Liebe zu meinem Mädchen schwebte ich wie auf Wolken und machte mir nichts draus. Endlich kam Thompson herunter und öffnete die Tür. Ich hatte ein halbes Dutzend mal klingeln müssen, ehe er es hörte, und da stand der arme Kerl, schlaftrunken und in zerknittertem Schlafanzug.

»Was ist Ihnen denn passiert?« fragte er. »Meine Alte und ich, wir haben uns schon Sorgen Ihretwegen gemacht. Haben schon befürchtet, Sie hätten eins über den Schädel bekommen oder seien überfahren worden. Als wir heimkamen, war das Haus wie ausgestorben, und Ihr Abendbrot stand unberührt da.«

»Ich war im Kino«, sagte ich.

»Im Kino?« Er war im Flur stehengeblieben und starrte mich an. »Die Kinos machen doch um zehn Uhr Schluß.«

»Weiß ich«, sagte ich, »bin aber hinterher noch spazierengegangen. Entschuldigen Sie die Störung. Gute Nacht.«

Ich ließ den Alten stehn und stieg die Treppe zu meinem Zimmer hinauf. Ich hörte, wie er vor sich hinbrummte, die Tür abriegelte und wie Frau Thompson vom Schlafzimmer rief: »Was ist's? Ist er's? Ist er endlich da?«

Ich hatte sie in Unruhe und Sorge versetzt, und eigentlich hätte ich auf der Stelle hingehn und mich entschuldigen müssen, aber ich brachte es nicht über mich, hätte es auch nicht auf die rechte Art tun können. Darum machte ich einfach die Tür zu, zog mich aus und legte mich ins Bett. Es war, als sei sie nun in der Finsternis noch immer bei mir, mein Mädchen.

Am nächsten Morgen beim Frühstück waren die beiden Thompsons etwas schweigsam, sahen mich auch nicht an. Frau Thompson setzte mir wortlos meinen Räucherhering vor, und er blickte unverwandt in die Zeitung.

Nach dem Frühstück fragte ich: »Hatten Sie es gestern abend nett bei Ihrer Tochter?« Und Frau Thompson antwortete, ein bißchen verkniffen: »Danke, sehr nett. Wir waren um zehn zu Haus«, und dabei schnupfte sie beleidigt und goß ihrem Mann noch eine Tasse Tee ein.

Dann verstummten wir wieder. Keiner sprach ein Wort, bis schließlich Frau Thompson sagte: »Werden Sie heute zum Abendbrot zu Hause sein?« Und ich. »Nein, ich glaube nicht. Bin mit einem Freund verabredet.« Der Alte blickte über seine Brille hinweg zu mir herüber.«

»Falls Sie spät nach Hause kommen, legen wir Ihnen wohl am besten den Hausschlüssel bereit.«

Dann steckte er seine Nase wieder in die Zeitung. Man konnte merken, daß sie gekränkt waren, weil ich ihnen nichts erzählte und auch nicht sagte, was ich vorhatte.

Ich ging zur Werkstatt, und den ganzen Tag über hatten wir alle Hände voll zu tun, eine Reparatur nach der andern. An jedem andern Tag wäre es mir egal gewesen, ich hatte es sogar gern, wenn viel Arbeit da war, und machte oft Überstunden. Aber heute abend wollte ich fertig sein, bevor die Geschäfte schlossen. Seit mir die Idee gekommen war, hatte ich an nichts anderes mehr denken können.

Die Uhr ging schon auf halb fünf, da kam der Chef und sagte: »Ich hab dem Doktor versprochen, daß er seinen Austin noch heut abend haben kann. Hab ihm gesagt, Sie würden wohl gegen halb acht damit fertig sein. Geht doch in Ordnung, nicht?«

Ich war niedergeschlagen. Ich hatte damit gerechnet – wegen dieser Sache, die ich erledigen wollte –, früh wegzukommen. Dann überlegte ich rasch, daß es sich auch einrichten ließ, wenn der Chef mir jetzt, vor Ladenschluß, freigab, und ich dann wieder zurückkam, um den Austin zu reparieren. »Eine Überstunde macht mir nichts aus«, sagte ich. »Möchte nur gern mal für eine halbe Stunde weg, falls Sie solange hierbleiben können, hab nämlich noch was zu besorgen.«

Ihm war es recht. Ich zog also meinen Overall aus, wusch mich, schlüpfte in die Jacke und ging zu der Geschäftsstraße, unten bei Haverstock Hill. Ich hatte einen ganz bestimmten Laden im Auge, ein Juweliergeschäft; Thompson brachte immer seine Uhr dorthin, wenn sie kaputt war. Dort gab es keinen Schund, nur gute Ware, Bestecke, gediegene Silberrahmen und derlei.

Ringe hatten sie natürlich auch, und auch ein paar Armreifen, sie gefielen mir aber nicht; alle Mädchen im Hilfsdienst hatten diese Dinger mit Amuletts getragen, sie waren mir zu gewöhnlich. Ich starrte weiter in das Schaufenster, und plötzlich sah ich das Richtige, ganz hinten lag es.

Es war eine Brosche. Klein, nicht viel größer als ein Daumennagel, aber mit einem hübschen blauen Stein in der Mitte und hinten mit einer Nadel; sie war herzförmig. Ich sah sie mir noch eine Weile an, ein Preisschild lag nicht dabei, was bedeutete, daß sie schon einen Batzen kosten würde. Ich ging hinein und ließ sie mir zeigen. Der Juwelier holte sie aus dem Schaufenster, polierte sie erst ein bißchen auf und drehte sie dann vor mir hin und her. Ich konnte sie mir an meinem Mädchen vorstellen. Wie hübsch sie sich an ihrem Pullover oder Kleid ausnehmen würde! Ich wußte: Das ist das richtige.

»Ich nehm sie«, sagte ich und fragte nach dem Preis.

Als er ihn nannte, mußte ich doch einmal leer schlucken, aber ich zog meine Brieftasche und zählte ihm die Scheine auf.

Er packte das Herz fein säuberlich in ein mit Watte gepolstertes Schächtelchen und verschnürte es mit einer bunten Kordel zu einem hübschen Päckchen. Ich überlegte, daß ich den Chef vor Feierabend noch um Vorschuß bitten müßte, aber er war ja ein netter Kerl, und ich wußte, daß er es mir nicht abschlagen würde.

Als ich aus dem Juwelierladen trat – das Schächtelchen für mein Mädchen hatte ich in die Brusttasche gesteckt –, hörte ich es dreiviertel fünf schlagen. Es blieb also noch Zeit, zum Kino zu laufen und die Verabredung mit ihr für den Abend festzumachen und dann zur Werkstatt zurückzurennen; den Austin konnte ich dann immer noch rechtzeitig in Ordnung bringen.

Auf dem Wege zum Kino schlug mir das Herz wie eine Schmiedehammer, ich konnte kaum Luft kriegen. Immerfort malte ich mir aus, wie sie da am Vorhang stehn, wie sie in ihrer Samtjacke mit der keck aufgesetzten Mütze aussehn würde.

Vor dem Eingang stand eine kleine Schlange; ich sah, daß das Programm gewechselt hatte. Das Wildwestfilmplakat, wo der Cowboy dem Indianer das Messer in die Eingeweide stach, war verschwunden, und statt dessen waren jetzt eine Menge Tanzgirls abgebildet, und dazu ein Kerl, der mit einem Spazierstock dirigierte. Also ein Revuefilm.

Ich ging hinein, drückte mich an der Kasse vorbei und spähte hinüber zum Vorhang, wo sie stehn mußte. Da stand auch ganz richtig eine Platzanweiserin, aber es war nicht mein Mädchen. Es war ein großes, kräftiges Geschöpf, das in der Tracht albern aussah. Und sie versuchte, zwei Dinge auf einmal zu tun: die Billetts abzureißen und gleichzeitig mit der Taschenlampe zu hantieren.

Ich wartete ein Weilchen. Vielleicht hatten sie die Arbeitsplätze getauscht, und mein Mädchen war jetzt oben im Rang. Als der letzte größere Schub durch den Vorhang gegangen war und ich sah, daß sie einen Augenblick Ruhe haben würde, trat ich an sie heran und fragte: »Entschuldigen Sie, können Sie mir vielleicht sagen, wo ich die andre junge Dame einen Moment sprechen könnte?«

Sie sah mich an. »Was für eine andre junge Dame?«

»Die, die gestern abend hier war, die mit dem kupferroten Haar.«

Sie warf mir einen forschenden, fast mißtrauischen Blick zu.

»Sie ist heut nicht erschienen. Ich hab jetzt ihre Arbeit übernommen.«

»Nicht erschienen?«

»Nein. Komisch, daß Sie auch nach ihr fragen, Sie sind nämlich nicht der erste. Sogar die Polizei war vor kurzem hier. Sie haben den Geschäftsführer vernommen, und auch den Portier; bisher hat mir zwar noch keiner etwas gesagt, aber ich glaub, da ist irgendwas nicht in Ordnung.«

Mein Herz schlug noch immer. Aber anders als vorher. Nicht freudig erregt, sondern dumpf, quälend. Als sei jemand plötzlich krank und ins Krankenhaus geschafft worden.

»Die Polizei?« fragte ich. »Warum war die denn hier?«

»Ich hab Ihnen doch gesagt, ich weiß es nicht, aber es muß mit ihr zusammenhängen. Der Geschäftsführer ist mit auf die Wache gegangen und noch nicht wieder zurück. Diesen Weg hier, bitte sehr, Rang nach links, Logen nach rechts.«

Dort stand ich und wußte nicht, was tun. Es war, als hätte man mir den Boden unter den Füßen weggezogen.

Das große Mädchen riß den Abschnitt von einem Billett und fragte über die Schulter: »War sie Ihre Freundin?«

»So ähnlich«, antwortete ich. Ich wußte nicht, was ich sagen sollte.

»Na, wenn Sie mich fragen, ganz bei Trost war sie nicht. Soll mich nicht wundern, wenn sie sich was angetan und man sie tot gefunden hat. Nein, Eis wird in der Pause verkauft, nach der Wochenschau.«

Ich ging auf die Straße hinaus. Die Schlange für die billigen Plätze war länger geworden, auch Kinder waren darunter, lärmend und aufgeregt. Ich stürzte davon, die Straße entlang, mir war ganz elend zumute, so merkwürdig. Irgendwas war meinem Mädchen zugestoßen. Jetzt begriff ich, warum sie mich gestern abend loswerden wollte. Darum also sollte ich sie nicht nach Hause bringen. Sie hatte sich dort auf dem Friedhof etwas antun wollen. Deshalb redete sie auch so krauses Zeug und sah so bleich aus. Und jetzt hatte man sie also gefunden, dort auf der Grabplatte nahe beim Gitter.

Wenn ich sie nicht allein gelassen hätte, wäre es nicht passiert. Wenn ich nur fünf Minunten länger geblieben wäre und ihr gut zugeredet hätte, dann hätt ich sie schließlich herumgekriegt und ohne Widerspruch nach Hause bringen können, und dann wäre sie jetzt im Kino und wiese den Leuten die Plätze an.

Vielleicht war es doch nicht so schlimm, wie ich befürchtete. Vielleicht hatte sie plötzlich ihr Gedächtnis verloren, war umhergeirrt und von der Polizei aufgegriffen und mitgenommen worden. Dann hatten sie wohl herausbekommen, wo sie arbeitete, und darum auch den Geschäftsführer geholt, damit er bestätigte, daß es so war. Wenn ich zur Wache ginge und mich erkundigte, würden sie mir vielleicht verraten, was passiert war, und dann würde ich aussagen, daß sie meine Freundin sei und wir zusammen aus waren. Und wenn sie mich auch nicht wiedererkannte, würde ich mich nicht davon abbringen lassen. Aber ich konnte den Chef nicht im Stich lassen, mußte erst diesen Austin in Gang bringen, aber hinterher, wenn ich fertig war, dann würde ich gleich zur Polizei gehen.

All mein Lebensmut war dahin, in der Werkstatt wußte ich kaum, was ich tat, und zum erstenmal wollte sich mir bei dem Gestank dort der Magen umdrehen: Öl und Dreck, und obendrein ließ ein Kerl vor dem Ausfahren seinen Motor wie verrückt rattern, und der Auspuff stieß dicken, schwarzen Qualm aus, der die ganze Werkstatt verpestete.

Ich streifte den Overall über, holte mein Werkzeug und nahm den Austin vor. Die ganze Zeit über grübelte ich, was meinem Mädchen passiert sein könne, ob sie nun allein und verloren auf der Wache saß oder ob sie irgendwo lag – tot. Und immerzu hatte ich ihr Gesicht vor Augen, so wie gestern abend.

Es dauerte nur anderthalb Stunden, da hatte ich den Austin fix und fertig, mit Tanken und allem, und ich stellte ihn so in die Ausfahrt, daß der Besitzer gleich losfahren konnte. Aber dann war ich auch völlig ausgepumpt, hundemüde, und der Schweiß lief mir nur so übers Gesicht. Ich wusch mich flüchtig, zog meine Jacke an, und da fühlte ich das Schächtelchen in der Brusttasche. Ich nahm es heraus und schaute es mir an, so niedlich war es mit der bunten Kordel; da hörte ich aber den Chef kommen – ich stand mit dem Rücken zur Tür – und steckte es rasch wieder ein.

»Haben Sie gekriegt, was Sie haben wollten?« fragte er, freundlich lächelnd.

»Ja«, sagte ich.

Ich hatte aber keine Lust, darüber zu sprechen, sagte ihm nur, die Arbeit sei fertig und der Austin fahrbereit. Dann ging ich mit ihm ins Büro, damit er die Reparatur und die Überstunden eintragen konnte. Auf seinem Schreibtisch lag eine Schachtel Zigaretten – und er bot mir eine an – und daneben die Abendzeitung.

»Hab eben gelesen, daß ›Glücksdame‹ das Drei-Uhr-dreißig-Rennen gemacht hat«, sagte er. »Hab diese Woche ein paar Scheinchen gewonnen.«

Er trug die Reparatur ins Hauptbuch ein, um die Lohnliste auf dem laufenden zu halten.

»Gratuliere«, sagte ich.

»Hab nur auf Platz gesetzt, ich Schafskopf. Brachte fünfundzwanzig zu eins. Immerhin, Wetten macht Spaß.«

Ich antwortete nicht. Im allgemeinen mach ich mir nicht viel aus Schnaps, aber in diesem Augenblick hätte ich ein Glas verdammt nötig gehabt. Ich wischte mir mit dem Taschentuch die Stirn. Wenn er doch endlich mit seiner Kritzelei fertig wäre, guten Abend sagte und mich gehn ließe.

»Schon wieder hat so'n armer Teufel dran glauben müssen«, fuhr er fort. »Das ist der dritte innerhalb der letzten drei Wochen. Wieder den Bauch aufgeschlitzt, genau wie bei den anderen.

Heute früh im Krankenhaus ist er gestorben. Auf die Flieger scheint man's abgesehen zu haben.«

»Wie kam es denn? Düsenflugzeug?«

»Düsenflugzeug? Nein, Mord, verdammt noch mal! Das Messer direkt in die Eingeweide, der arme Kerl! Lesen Sie denn keine Zeitung? Ist doch schon der dritte in drei Wochen, immer genau dasselbe, immer Flieger und immer auf einem Friedhof oder dicht dabei. Grad eben hab ich dem Mann, der tanken kam, gesagt, es sind nicht immer nur Männer, die einen Koller kriegen und Lustmorde begehen, bei Weibern kommt so was auch vor. Aber die hier werden sie diesmal schon schnappen. In der Zeitung steht, sie seien schon hinter ihr her und die Verhaftung in Kürze zu erwarten. Ist ja wahrhaftig auch Zeit, ehe noch so ein armer Teufel dran glauben muß.«

Er klappte sein Hauptbuch zu und steckte den Bleistift hinters Ohr.

»Wie wär's mit einem Gläschen?« fragte er. »Hab eine Flasche Gin drüben im Schrank.«

»Nein«, sagte ich, »nein, vielen Dank. Ich hab ... Ich hab eine Verabredung.«

»Recht so«, meinte er lächelnd, »amüsieren Sie sich.«

Ich ging die Straße hinunter und kaufte mir eine Abendzeitung. Darin stand genau dasselbe, was er mir über den Mord erzählt hatte, gleich auf der ersten Seite. Es müsse um zwei Uhr nachts geschehen sein, hieß es. Ein junger Soldat von den Fliegern. Im Nordosten der Stadt. Er hatte sich noch bis zu einer Telefonzelle geschleppt und die Polizei angerufen, und als sie ankamen, fanden sie ihn dort zusammengebrochen am Boden liegen.

In der Zeitung stand, er habe im Krankenhaus noch eine Aussage gemacht. Er gab an, ein Mädchen habe ihn angesprochen, er sei, im Glauben, er könne ein kleines Liebesabenteuer erleben, mitgegangen – kurz vorher habe er sie in einer Kaffeebude zusammen mit einem anderen gesehen, und da habe er geglaubt, sie habe den anderen fallenlassen und sich in ihn verliebt, ja, und dann habe sie es ihm gegeben, direkt in die Eingeweide.

Es hieß in der Zeitung, er habe der Polizei eine genau Beschreibung von ihr geliefert, und dann stand da auch noch, die Polizei lege Wert darauf, mit dem anderen Mann, der früher am Abend in

Begleitung des Mädchens gesehen worden war, in Verbindung zu kommen, um ihn dem Mädchen gegenüberzustellen.

Ich wollte die Zeitung nicht länger sehen. Ich warf sie fort. Wanderte dann straßauf, straßab, bis ich todmüde war. Als ich annehmen konnte, die beiden Thompsons seien schon im Bett, angelte ich mir den Schlüssel, der an einem Bindfaden im Briefkasten hing, hervor, schloß auf und stieg nach oben in mein Zimmer.

Frau Thompson hatte schon das Bett abgedeckt, fürsorglich eine Thermosflasche mit Tee hingestellt und daneben die Abendzeitung gelegt, die letzte Ausgabe.

Sie hatten sie gefaßt. Nachmittags gegen drei Uhr. Ich las den Artikel nicht, weder Namen noch sonst etwas. Ich setzte mich mit der Zeitung in der Hand aufs Bett, und da, auf der ersten Seite, starrte mich mein Mädchen an. Dann nahm ich das Schächtelchen und die bunte Kordel fort, und so blieb ich sitzen und schaute auf das kleine Herz in meiner Hand.

Nicht nach Mitternacht

Ich bin Lehrer von Beruf. Oder war es jedenfalls. Ich kündigte vor dem Abschluß des Sommertrimesters, um der unvermeidlichen Entlassung zuvorzukommen. Die Begründung, die ich dem Schulleiter nannte, war ganz richtig: schlechte Gesundheit, durch einen heimtückischen Bazillus verursacht, den ich bei einem Urlaub in Kreta aufgelesen hatte und der vielleicht einen mehrwöchigen Krankenhausaufenthalt notwendig machte. Über die Art des Bazillus schwieg ich mich aus. Er wußte ohnhin Bescheid, genausogut wie meine Kollegen. Und die Jungen. Mein Leiden ist universaler Natur und war es zu allen Zeiten – stets Anlaß für Spott und Gelächter, bis einer von uns die Grenze überschreitet und eine Bedrohung für die Gesellschaft wird. Dann werden wir abgeschoben. Die an uns vorübergehen, wenden den Blick zur Seite, und wir müssen allein versuchen, aus dem Loch herauszukommen – oder dort bleiben und sterben.

Wenn ich verbittert bin, so deshalb, weil ich zu jenem Bazillus ganz von ungefähr gelangte. Andere, die von dem gleichen Leiden befallen werden, können Veranlagung, erbliche Vorbelastung, familiäre Schwierigkeiten oder exzessives Wohlleben dafür verantwortlich machen, sich hernach auf der Couch eines Psychoanalytikers ausstrecken, ihr verrottetes Innenleben bei ihm abladen und auf diese Weise Heilung finden. Ich kann nichts dergleichen tun. Der Arzt, dem ich die Geschehnisse auseinanderzusetzen versuchte, hörte mich mit überheblichem Lächeln an, murmelte dann etwas von psychisch-destruktiver Identifikation, gekoppelt mit verdrängten Schuldgefühlen, und verschrieb mir Pillen. Vielleicht wäre mir damit geholfen gewesen, wenn ich sie genommen hätte. Doch sie landeten in einem Abflußrohr, und der Bazillus, der in mir kursierte, vergiftete mich immer mehr; daß die Jungen, die ich für meine Freunde gehalten hatte, meinen Zustand erkannten und, wenn ich ins Klassenzimmer trat, einander anstießen oder ihre widerlichen kleinen Köpfe mit unterdrücktem Lachen über die Pulte beugten, machte natürlich alles nur noch schlimmer, bis ich mir plötzlich darüber klar wurde, daß ich nicht mehr unterrichten konnte, und an die Tür des Schulleiters klopfte.

Nun, das ist vorbei, fertig, erledigt. Bevor ich ins Krankenhaus gehe oder aber – das ist die zweite Möglichkeit – die Erinnerung an das Vorgefallene auslösche, möchte ich erst einmal festhalten, was überhaupt geschehen ist. Dann bleiben, ganz gleich, was aus mir wird, zumindest diese Aufzeichnungen, und der Leser kann selbst entscheiden, ob ich, wie der Arzt andeutete, ganz einfach das Opfer abergläubischer Furcht wurde, weil ich in gewissem Maße aus dem inneren Gleichgewicht geraten war, oder ob mein Zusammenbruch, wie ich persönlich glaube, auf einen heimtückischen, bösen Zauber zurückzuführen ist, dessen Ursprünge in nebelhafter Vergangenheit liegen: Der ihn zum erstenmal anwendete, hielt sich für unsterblich und verbreitete in gottloser Euphorie die Saat der Selbstzerstörung unter all denen, die nach ihm kamen.

Doch zurück zur Gegenwart. Es war im April, in den Osterferien. Ich war schon zweimal in Griechenland gewesen, jedoch noch nie in Kreta. Daß ich alte Sprachen lehrte, hatte nichts mit meiner Reise zu tun. Mir ging es nicht darum, Knossos und Phaistos zu besichtigen; es war ein Hobby, das mich nach Kreta zog. Ich habe ein bescheidenes Talent für Malerei, und damit bin ich an freien Tagen und in den Ferien restlos ausgefüllt. Ein paar kunstverständige Freunde hatten meine Arbeiten gelobt und den Ehrgeiz in mir geweckt, genügend Bilder zusammenzubringen, um eine kleine Ausstellung veranstalten zu können. Das allein wäre schon ein schöner Erfolg, selbst wenn ich nichts verkaufte.

Hier noch kurz ein paar persönliche Daten. Ich bin Junggeselle. Neunundvierzig Jahre alt. Eltern verstorben. Schul- und Universitätsausbildung in Sherborne, Brasenose, Oxford. Beruf, wie schon bekannt, Lehrer. Ich spiele Kricket, Golf, Badminton und – ziemlich schlecht – Bridge. Sonstige Interessen, wie bereits erwähnt, die Kunst und ab und zu eine Reise, soweit ich es mir erlauben kann. Laster bis jetzt kein einziges. Ich will damit durchaus nicht selbstgefällig erscheinen, es ist ganz einfach eine Tatsache, daß mein Dasein in jeder Hinsicht ereignislos verlaufen ist. Was mich allerdings auch nie gestört hat. Ich bin vermutlich ein langweiliger Mann. In meinem Gefühlsleben hat es keinerlei Komplikationen gegeben. Als ich fünfundzwanzig war, verlobte ich mich mit einem hübschen Mädchen aus der Nachbarschaft, das dann einen anderen heiratete. Zuerst tat das weh, aber in knapp einem Jahr war die Wunde verheilt. Ich hatte von jeher einen Fehler – falls es überhaupt ein Fehler ist –, und vielleicht liegt da die Erklärung für mein monotones Leben. Es ist meine Abneigung gegen allzu enge Kontakte mit anderen Menschen. Selbst bei Freunden wahre ich Distanz. Sobald man jemanden zu nahe an sich herankommen läßt, gibt es Probleme, die oft Unheil nach sich ziehen.

Ein mittelgroßer Koffer und mein Malzeug war mein einziges Gepäck, als ich in den Osterferien nach Kreta flog. Von einem Reisebüro war mir auf meine Erklärung hin, daß ich nicht an archäologischen Stätten interessiert sei, sondern malen wolle, ein Hotel an der Ostküste empfohlen worden, das den Golf von Mirabello überblickte. Man zeigte mir einen Prospekt, der meinen Vorstellungen zu entsprechen schien. Ein hübsch gelegenes Hotel nicht weit vom Meer und Bungalows am Strand, in denen man schlief und frühstückte. Es war nicht für den billigen Tourismus gedacht, wie ich befriedigt feststellte: Ich halte mich zwar nicht für einen Snob, kann aber Papiertüten und Orangenschalen nicht ertragen. Ein paar Bilder, die ich im Winter gemalt und einer Kusine verkauft hatte, finanzierten mir die Reise, und ich gestattete mir noch eine zusätzliche Annehmlichkeit, die allerdings auch beinahe unentbehrlich war – bei der Ankunft in Herakleion mietete ich einen Volkswagen.

Der Flug mit Zwischenlandung und Übernachten in Athen verlief angenehm und ereignislos; etwas ermüdend waren nur die etwa siebzig Kilometer, die ich mit dem Auto zurücklegen mußte, denn da ich ein vorsichtiger Fahrer bin, hielt ich ein sehr mäßiges Tempo ein, und es war eine entschieden gefährliche Straße, die sich da durch die Hügel wand. Laut hupend überholten mich andere Wagen oder schwenkten mir unversehens aus einer Kurve entgegen. Zudem war es sehr heiß, und ich hatte Hunger. Doch der Anblick des blauen Golfs von Mirabello und der großartigen Berglandschaft im Osten hob meine Stimmung gleich wieder, und als ich das in der Tat herrlich gelegene Hotel erreichte und auf der Terrasse das Mittagessen serviert bekam, obwohl es schon über zwei Uhr war – was für ein Unterschied zu England! –, fühlte ich mich erfrischt genug, um mein Quartier zu besichtigen. Eine Enttäuschung folgte. Der junge Portier führte mich auf einem von leuchtenden Geranien umsäumten Gartenweg zu einem kleinen, zwischen andere Häuschen eingezwängten Bungalow, der nicht das Meer, sondern eine Minigolf-Anlage überblickte. Von der Nachbarveranda, wo eine ganze Reihe Badeanzüge in der Sonne trockneten, begrüßte mich das Lächeln einer unverkennbar englischen Mutter und ihrer Sprößlinge. Zwei Männer mittleren Alters spielten Minigolf. Ich hätte genausogut in Maidenhead sein können.

»Das ist nichts für mich«, sagte ich zu meinem Begleiter. »Ich bin zum Malen hergekommen. Ich brauche die Aussicht aufs Meer.«

Er zuckte die Achseln und murmelte etwas davon, daß die Bungalows am Strand alle belegt seien. Es war natürlich nicht seine Schuld. Wir gingen also wieder zum Hotel zurück, und ich wandte mich an den Empfangschef.

»Hier muß ein Irrtum vorliegen«, sagte ich. »Ich wollte einen Bungalow mit Blick zum Meer, vor allem aber Ruhe.«

Der Empfangschef lächelte, entschuldigte sich, begann in irgendwelchen Papieren herumzuwühlen, und dann folgten die unvermeidlichen Rechtfertigungen. Mein Reisebüro habe nicht ausdrücklich einen Bungalow mit Meerblick bestellt. Diese Bungalows seien sehr gefragt und allesamt schon vergeben. Vielleicht werde in ein paar Tagen der eine oder andere abbestellt, das kommt immer wieder vor, und bis dahin würde ich mich sicher in dem meinen recht wohl fühlen. Er sei genauso möbliert, das Frühstück würde mir gebracht, und so weiter.

Ich war unnachgiebig. Ich würde mich auf keinen Fall mit der englischen Familie und der Minigolf-Anlage abspeisen lassen. Dafür war ich nicht für teures Geld so weit geflogen. Ich fand die ganze Sache äußerst unangenehm und war ziemlich verärgert.

»Ich bin Kunstprofessor«, erzählte ich dem Empfangschef. »Ich habe den Auftrag, einige Bilder zu malen, während ich hier bin, und dazu brauche ich unbedingt die Aussicht aufs Meer und Nachbarn, die mich nicht stören.«

(Mein Paß weist mich als Professor aus. Das klingt besser als Lehrer und trägt mir in Hotels normalerweise Respekt ein.)

Der Empfangschef schien aufrichtig bekümmert und entschuldigte sich noch einmal. Dann wandte er sich wieder den vor ihm liegenden Papieren zu. Erbittert schritt ich durch die geräumige Halle und blickte durch die Terrassentür zum Meer hinab.

»Ich kann nicht glauben«, sagte ich, »daß jeder Bungalow vergeben ist. Dazu ist es noch viel zu früh. Im Sommer vielleicht, aber nicht jetzt.« Ich wies zur Westseite der Bucht hinüber. »Diese Gruppe da am Wasser«, fuhr ich fort, »wollen Sie etwa behaupten, daß jeder davon vermietet ist?«

Er schüttelte den Kopf und lächelte. »Die öffnen wir normalerweise nicht vor der Hochsaison. Sie sind auch teurer. Sie haben außer der Dusche noch ein Bad.«

»Wieviel teurer?« hakte ich sofort ein.

Er sagte es mir. Ich überrechnete die Sache schnell. Wenn ich alle anderen Ausgaben beschnitt, nur abends im Hotel aß und auf den Lunch und Drinks in der Bar verzichtete, konnte ich es mir leisten.

»Dann gibt es gar kein Problem«, erklärte ich großspurig. »Meine Ruhe ist mir Mehrkosten wert. Wenn Sie nichts dagegen haben, möchte ich mir allerdings selbst den geeignetsten Bungalow aussuchen. Ich gehe jetzt zum Meer hinunter, hole mir anschließend den Schlüssel, und dann kann der Hausdiener mein Gepäck bringen.«

Er fand gar keine Zeit zu einer Erwiderung, denn ich machte auf dem Absatz kehrt und verschwand durch die Terrassentür nach draußen. Es lohnte sich, fest zu bleiben. Hätte ich auch nur eine Sekunde gezögert, so wäre ich mit dem muffigen Bungalow bei der Minigolf-Anlage abgefertigt worden. Ich konnte mir die Folgen ausmalen. Die schnatternden Kinder auf der Nebenveranda, ihre vielleicht überschwenglich freundliche Mutter, die Golfspieler gesetzten Alters, die versuchen würden, mich zu einem Spiel zu überreden. Ich hätte es nicht ertragen.

Als ich durch den Garten zum Meer hinunterging, besserte sich meine Laune schnell wieder. Hier bot sich mir nun endlich das Panorama, das der Prospekt des Reisebüros in so leuchtenden Farben gezeigt und das mich veranlaßt hatte, eine so weite Flugreise zu unternehmen. Es war auch keien Übertreibung gewesen. Kleine, weißgekalkte Häuschen, in diskretem Abstand voneinander erbaut, und unter ihnen die vom Meer bespülten Felsen. Es gab einen Strand, an dem in der Hochsaison sicherlich viele Hotelgäste badeten, der aber jetzt völlig verlassen dalag. Und falls er sich doch bevölkern würde, die Bungalows standen immer noch ein ganzes Stück weiter links, vor Neugierigen geschützt. Ich besah sie mir einen nach dem anderen ganz genau. Der Empfangschef hatte offenkundig die Wahrheit gesagt, als er erklärte, sie würden erst in der Hochsaison vermietet, denn überall waren die Fensterläden geschlossen. Nur an einem nicht. Und als ich die Stufen hinaufstieg und auf die Veranda trat, wußte ich sofort, daß ich diesen und keinen anderen haben wollte. Das war genau der Ausblick, den ich mir vorgestellt hatte. Unter mir das Meer, das leise gegen die Felsen klatschte, die Bucht, die sich zum eigentlichen Golf erweiterte, und auf der anderen Seite die Berge. Vollkommen. Das Hotel war von hier aus gar nicht mehr zu sehen, und die Bungalows östlich davon konnte man übersehen. Nur einer zog den Blick auf sich. Wie ein einsamer Vorposten stand er, mit einer eigenen Bootsanlegestelle versehen, etwas abseits in der Nähe einer Landzunge, aber es konnte die Bildwirkung nur erhöhen, wenn ich dieses Panorama malte. Der Minigolfplatz lag gnädigerweise hinter dem ansteigenden Gelände verborgen. Ich drehte mich um und schaute durch die offenen Fenster in das Schlafzimmer. Schlichte weißgekalkte Wände, Steinboden, eine bequeme Liege, dicke Wolldecken darauf, ein Nachttisch mit Lampe und Telefon. Abgesehen von den letzten beiden Gegenständen war das Ganze genauso einfach und schmucklos wie eine Mönchszelle, und ich verlangte nicht mehr.

Es wunderte mich, daß die Fensterläden offenstanden, und als ich eintrat, hörte ich im Badezimmer Wasser laufen. Doch nicht schon wieder eine Enttäuschung! Sollte der Bungalow etwa belegt sein? Ich streckte den Kopf durch die offene Tür und sah ein kleines griechisches Zimmermädchen den Boden schrubben. Bei meinem Anblick fuhr es erschrocken zusammen. Ich gestikulierte, zeigte herum und fragte: »Ist dieser Bungalow vermietet?« Das Mädchen verstand mich nicht und sagte etwas auf griechisch. Dann packte es Putzlappen und Eimer, ließ die Arbeit halb fertig liegen und hastete mit sichtlich verängstigter Miene zur Tür.

Ich ging ans Telefon und hob den Hörer ab; sogleich meldete sich die verbindliche Stimme des Empfangschefs.

»Ich bin Mr. Grey«, sagte ich, »Mr. Terence Grey. Ich habe vor ein paar Minuten mit Ihnen darüber gesprochen, daß ich einen anderen Bungalow haben wollte.«

»Ja, Mr. Grey«, bestätigte er in etwas verwirrtem Ton. »Von wo aus rufen Sie an?«

»Warten Sie einen Augenblick«, erwiderte ich. Ich legte den Hörer hin und trat auf die Veranda hinaus. Über der Tür stand die Nummer 62. Ich ging zum Apparat zurück. »Ich telefoniere von dem Bungalow aus, für den ich mich entschieden habe«, erklärte ich. »Er war zufällig offen – eins der Mädchen machte gerade das Bad sauber, und ich fürchte, ich habe es verscheucht. Das Haus ist ideal für meine Zwecke. Es ist Nummer 62.«

Er antwortete nicht gleich, und als er schließlich sprach, klang seine Stimme unsicher. »Nr. 62?« wiederholte er. Und nach kurzem Zögern fügte er hinzu: »Ich bin nicht sicher, ob Sie den haben können.«

»Oh, um Himmels willen...« begann ich aufgebracht, und plötzlich hörte ich ihn mit jemandem griechisch sprechen. Der recht langwierigen Diskussion nach gab es irgendeine Schwierigkeit, was mich in meinem Entschluß allerdings nur bestärkte.

»Sind Sie noch da?« fragte ich, als das hastige Geflüster nicht enden wollte. »Was ist los?«

Endlich wandte er sich wieder an mich. »Gar nichts, Mr. Grey. Wir glauben nur, daß Sie in Nummer 57 besser untergebracht wären – es liegt etwas näher beim Hotel.«

»Unsinn«, antwortete ich, »ich ziehe die Aussicht von hier vor. Was stimmt denn mit Nr. 62 nicht? Sind die Installationen defekt?«

»O nein, sie funktionieren tadellos«, versicherte er mir, während das Geflüster von neuem begann. »Der Bungalow ist völlig in Ordnung. Wenn Sie sich dafür entschieden haben, schicke ich den Hausdiener mit Ihrem Gepäck und dem Schlüssel hinunter.«

Er legte auf, vermutlich um die Diskussion mit dem Flüsterer neben sich zu beenden. Vielleicht wollten sie den Preis erhöhen. In dem Fall würde ich energisch protestieren. Der Bungalow unterschied sich durch nichts von den anderen, doch die Lage zwischen

Meer und Bergen war genau das, was ich mir erträumt hatte – übertraf es sogar noch. Ich stand auf der Veranda, blickte aufs Meer hinaus und lächelte. Was für eine Aussicht, was für ein herrlicher Ort! Ich würde meine Sachen auspacken und schwimmen und dann meine Staffelei aufstellen und ein paar Skizzen machen, bevor ich am Morgen ernsthaft an die Arbeit ging.

Ich hörte Stimmen und sah das kleine Zimmermädchen auf dem Gartenweg stehen, der zum Hotel hinaufführte. Putztuch und Eimer noch immer in der Hand, starrte sie mich an. Sie hatte offenbar gerade den Hausdiener mit meinem Koffer und dem Malzeug den Weg herunterkommen sehen und daraus geschlossen, daß ich der neue Bewohner von Nr. 62 sein müsse, denn sie hielt ihn an, und wieder wurde geflüstert. Ich hatte die glatte Routine des Hotels sichtlich unterbrochen. Kurz danach erschienen sie zusammen auf meiner Veranda, der Hausdiener, um mein Gepäck abzuliefern, das Mädchen zweifellos, um den Badezimmerboden fertig zu putzen. Auf gutes Einvernehmen bedacht, drückte ich beiden mit munterem Lächeln ein Trinkgeld in die Hand.

»Wunderbare Aussicht«, verkündete ich laut und wies auf das Meer hinaus. »Ich werde jetzt gleich einmal das Wasser ausprobieren.« Ich versuchte ihnen meine Absicht durch angedeutete Schwimmstöße klarzumachen und wartete hoffnungsvoll auf das Lächeln, womit die Griechen im allgemeinen so bereitwillig auf ein freundliches Wort reagieren.

Der Hausdiener wich meinen Augen aus und zog sich mit stummem Gruß und Leichenbittermiene zurück, nahm mein Trinkgeld allerdings an. Das Mädchen lief mit gequältem Gesicht hinter ihm her – es hatte den Badezimmerboden anscheinend schon wieder vergessen. Ich hörte sie reden, während sie den Gartenweg zum Hotel hinaufgingen.

Na, es sollte mich nicht kümmern. Personal und Direktion mußten ihre Probleme untereinander ausmachen. Ich hatte bekommen, was ich wollte, und das war das einzige, was mich interessierte. Ich packte aus und richtete mich häuslich ein. Dann schlüpfte ich in die Badehose, stieg zu den Klippen unterhalb meiner Veranda hinunter und steckte vorsichtig einen Zeh ins Wasser. Obwohl die Sonne den ganzen Tag darauf heruntergebrannt hatte, war es erstaunlich kalt. Das konnte mich allerdings nicht davon abhalten, meinen Mut zu beweisen – sei es auch nur mir selbst gegenüber. Ich wagte es also und sprang hinein, um sodann – unter den günstigsten Voraussetzungen schon ein vorsichtiger Schwimmer und ganz besonders in fremden Gewässern – keuchend meine Kreise zu ziehen wie ein junger Seelöwe in einem Tiergartenbassin.

Erfrischend war es zweifellos, aber ein paar Minuten genügten mir, und als ich wieder auf die Felsen kletterte, sah ich, daß der Hausdiener und das kleine Zimmermädchen die ganze Zeit am oberen Ende des Gartenweges hinter einem blühenden Strauch gestanden und mich beobachtet hatten. Hoffentlich hatte ich keine allzu komische Figur abgegeben. Was sollte überhaupt dieses rege Interesse? Es gingen doch jeden Tag Leute aus den Bungalows schwimmen, wie die auf den Balkonen ausgelegten Badeanzüge bewiesen. Ich trocknete mich auf der Veranda ab und betrachtete das Wasser, das die Sonne, die jetzt im Westen hinter meinem Bungalow stand, mit Tupfen sprenkelte. Fischerboote fuhren mit behäbig tuckernden Motoren in den kleinen Hafen ein.

Nach den ersten Schwimmversuchen des Jahres ist man meist ein wenig starr, und so nahm ich vorsichtshalber ein heißes Bad, ehe ich mich anzog. Anschließend stellte ich meine Staffelei auf und vertiefte mich in meine Arbeit. Das war es, weshalb ich hergekommen war, und alles andere hatte keine Bedeutung. Ich skizzierte ein paar Stunden lang, und als das verblassende Tageslicht das Meer dunkler färbte und die Berge zartviolett überhauchte, freute ich mich schon darauf, dieses Abendrot am nächsten Tag in Farbe statt in Kohle festhalten zu können.

Es war Zeit aufzuhören. Ich räumte mein Malzeug fort und wollte gerade in den Bungalow, um mich zum Dinner umzuziehen und die Läden zu schließen – es gab bestimmt Moskitos, und ich hatte kein Bedürfnis, gestochen zu werden –, als sich ein Motorboot der östlichen Landspitze näherte, wo der einsame Bungalow stand. An Bord waren drei Leute, unter ihnen eine Frau; sie kamen zweifellos vom Angeln zurück. Ein Mann, vermutlich ein Einheimischer, machte das Boot fest und sprang auf den Landungssteg, um der Frau herauszuhelfen. Dann starrten alle drei zu mir herüber, und der zweite Mann, der im Heck gestanden hatte, hob einen Feldstecher und richtete ihn auf mich. Ein paar

Minuten lang fixierte er ganz offensichtlich jedes Detail meiner weiß Gott nicht gerade bemerkenswerten Erscheinung und hätte das noch länger fortgesetzt, wenn ich mich nicht, verärgert über soviel Unverschämtheit, ins Schlafzimmer zurückgezogen und die Läden zugeschlagen hätte. Dann erst fiel mir ein, daß alle anderen Bungalows hier auf der Westseite leer standen und meiner der erste bewohnte war. Vermutlich war das der Grund für das Interesse, das ich anscheinend sowohl beim Hotelpersonal als nun auch bei den Gästen weckte. Nun, es würde sicher bald abflauen. Ich war weder ein Pop-Star noch Millionär. Und meine Malkünste, soviel Freude ich auch selbst daran hatte, würden kaum je ein fasziniertes Publikum anziehen.

Pünktlich um acht Uhr ging ich den Gartenweg zum Hotel hinauf und betrat den Speisesaal. Er war mäßig besetzt, und man wies mir einen Ecktisch in der Nähe der Küchentür zu. Als Einzelgast muß man oft mit solchen Plätzen vorliebnehmen. Es störte mich allerdings nicht; ich saß viel lieber etwas abgesondert als in der Raummitte.

Ich ließ mir das Essen schmecken, gestattete mir, trotz meines Luxusbungalows, eine halbe Flasche Wein und war gerade dabei, eine Orange zu schälen, als ein fürchterliches Getöse vom anderen Ende des Speisesaals alle Anwesenden zusammenzucken ließ. Eine rauhe Stimme rief in reinstem Südstaaten-Amerikanisch: »He, schaffen Sie bloß schnell diese gottverdammte Bescherung weg!« Der Sprecher war ein breitschultriger Mann mittleren Alters, der einen derartigen Sonnenbrand im Gesicht hatte, daß es aussah, als hätten ihn Hunderte von Bienen gestochen. Er hatte tiefliegende Augen und einen von wirren grauen Haarbüscheln umrahmten rosigen Kahlkopf. Ungeheuer große Ohren und eine unter dem herabhängenden Schnurrbart wulstig vorspringende, feuchte Unterlippe machten das Zerrbild vollkommen. Ich habe selten einen häßlicheren Menschen gesehen. Eine Frau, wahrscheinlich seine Ehefrau, saß steif aufgerichtet neben ihm und schien sich um den hauptsächlich aus Flaschentrümmern bestehenden Scherbenhaufen nicht im mindesten zu kümmern. Sie war etwa in seinem Alter, hatte einen flachsfarbenen, ergrauenden Wuschelkopf, und ihr Gesicht war genauso sonnenverbrannt wie das ihres Mannes, nur mahagonibraun statt rot.

»Komm, laß uns von hier verschwinden und in die Bar gehen!« Die laute, heisere Stimme hallte durch den ganzen Raum wider. Die Gäste an den anderen Tischen wandten sich diskret wieder ihrer Mahlzeit zu, und ich war vermutlich der einzige, der den schwankenden Abgang des krebsroten Amerikaners und seiner Frau beobachtete. Als sie an mir vorbeikamen, sah ich, daß sie ein Hörgerät im Ohr trug; daher vielleicht das heisere Gebrüll ihres Mannes, der, ein schlingerndes Schiff im Kielwasser seiner unerschütterlichen Gattin, auf die Bar zutaumelte. Ich zollte im stillen dem Hotelpersonal Anerkennung, denn im Nu waren die Scherben fortgeräumt.

Der Speisesaal leerte sich. »Der Kaffee wird in der Bar serviert, Sir«, murmelte mein Kellner. Ich zögerte erst, bevor ich eintrat, denn ich habe nichts übrig für Hotelkameraderie und fürchtete Gedränge und laute Unterhaltung, aber ich verzichte nicht gern auf meinen Kaffee nach dem Abendessen. Meine Sorge erwies sich als unbegründet. Die Bar war fast leer. Nur der Barkeeper stand in weißem Jackett hinter der Theke, und an einem Tisch saß der Amerikaner mit seiner Frau, drei leere Bierflaschen vor sich. Sie schwiegen. Von irgendwo hinter der Bar erklang leise griechische Musik. Ich setzte mich auf einen Hocker und bestellte Kaffee.

Der Barkeeper, der ausgezeichnet Englisch sprach, fragte mich, ob ich einen angenehmen Tag verbracht hätte. Ich bejahte und fügte hinzu, ich hätte lediglich die Straße von Herakleion etwas strapaziös und das Wasser ziemlich kalt gefunden. Er meinte, es sei noch zu früh. »Nun«, sagte ich, »ich bin sowieso in erster Linie zum Malen hergekommen. Ich habe einen Bungalow am Meer, Nr. 62, und die Aussicht von der Veranda ist einzigartig.«

Sonderbar. Er polierte gerade ein Glas, und auf meine Worte hin änderte sich ganz unvermittelt sein Gesichtsausdruck. Er schien etwas bemerken zu wollen, überlegte es sich jedoch offenbar anders und fuhr in seiner Arbeit fort.

»Stellen Sie doch bloß diese gottverdammte Platte ab!«

Die rauhe, herrische Aufforderung dröhnte durch den leeren Raum. Der Barkeeper ging sofort zu dem Plattenspieler in der Ecke und drückte auf eine Taste. Gleich danach erschallte die große Stimme von neuem.

»Bringen Sie noch eine Flasche Bier!«

Wenn ich der Barmixer gewesen wäre, hätte ich mich an den Mann gewandt und ihm wie einem ungezogenen Kind klargemacht, daß er gefälligst bitte sagen solle. Statt dessen wurde der unerträgliche Mensch zuvorkommend bedient, und ich trank gerade meinen Kaffee, als sich die Stimme schon wieder vernehmen ließ.

»He, Sie da, Bungalow Nr. 62. Sind Sie nicht abergläubisch?«

Ich drehte mich auf meinem Hocker um. Er starrte mich an, das Glas in der Hand. Seine Frau blickte unbeteiligt geradeaus. Vielleicht hatte sie ihr Hörgerät entfernt. Des Grundsatzes eingedenk, daß man Irre und Betrunkene bei guter Laune halten muß, entschloß ich mich zu einer höflichen Antwort.

»Nein«, sagte ich. »Ich bin nicht abergläubisch. Sollte ich es denn sein?«

Als er zu lachen begann, war sein rotes Gesicht auf einmal von unzähligen Runzeln zerfurcht.

»Na, ich wär's, weiß der Himmel«, entgegnete er. »Der Mann aus diesem Bungalow ist ja erst vor zwei Wochen ertrunken. Zwei Tage lang war er vermißt, und dann hat ein Fischer die Leiche in seinem Netz an Land gezogen – halb von Kraken zerfressen.«

Er schüttelte sich vor Lachen und schlug sich mit der Hand aufs Knie. Ich wandte mich angewidert ab und blickte den Barkeeper fragend an.

»Ein tragischer Unglücksfall«, murmelte er. »So ein netter Herr, dieser Mr. Gordon. Interessierte sich für Archäologie. In der Nacht, in der er verschwand, war es sehr warm, und er muß wohl nach dem Abendessen noch schwimmen gegangen sein. Natürlich haben wir die Polizei benachrichtigt. Es war für uns alle hier ein furchtbarer Schock. Wissen Sie, Sir, wir sprechen nicht sehr gern darüber. Das wäre schlecht fürs Geschäft. Aber ich versichere Ihnen, daß Sie unbesorgt baden können. Es war der erste Unfall, den wir je hatten.«

»Oh, das glaube ich Ihnen sofort«, sagte ich.

Dennoch fand ich die Tatsache, daß dieser arme Mensch der letzte Bewohner meines Bungalows gewesen war, ziemlich entmutigend. Nun, er war ja nicht im Bett gestorben. Und ich war nicht abergläubisch. Immerhin verstand ich jetzt, weshalb man sich davor gescheut hatte, den Bungalow so bald schon wieder zu vermieten, und warum das kleine Zimmermädchen derart aus der Fassung geraten war.

»Ich will Ihnen mal was sagen«, dröhnte die abstoßende Stimme. »Gehn Sie nach Mitternacht nie schwimmen, sonst enden Sie auch als Krakenfutter.« Neuerliches Gelächter folgte dieser Feststellung. Dann wandte er sich an seine Frau: »Komm, Maud. Wir sind reif fürs Bett«, und ich hörte ihn geräuschvoll den Tisch beiseite schieben.

Ich atmete befreit auf, als sie verschwanden und ich mit dem Barkeeper allein zurückblieb.

»Was für ein unmöglicher Mensch«, sagte ich. »Kann ihn die Hoteldirektion nicht loswerden?«

Der Barkeeper zuckte die Achseln. »Geschäft ist Geschäft. Was soll man machen? Die Stolls haben viel Geld. Das ist ihre zweite Saison hier, und sie sind schon da, seit wir im März aufgemacht haben. Sie scheinen in die Gegend vernarrt zu sein. Mr. Stoll trinkt auch erst seit diesem Jahr so viel. Er wird sich noch umbringen, wenn er so weitermacht. Abend für Abend ist es dasselbe. Am Tag führt er allerdings ein recht gesundes Leben. Von frühmorgens bis Sonnenuntergang ist er zum Angeln draußen.«

»Ob da nicht mehr Flaschen über Bord gehen, als Fische gefangen werden?« bemerkte ich zweifelnd.

»Möglich«, pflichtete mir der Barkeeper bei. »Er bringt seine Fische nie ins Hotel mit. Wahrscheinlich behält sie der Bootsmann.«

»Die Frau tut mir leid.«

Der Barkeeper zuckte die Achseln. »Sie ist es, die das Geld hat«, erwiderte er halblaut, denn in diesem Augenblick kamen andere Gäste herein. »Und ich glaube nicht, daß Mr. Stoll seinen Willen immer durchsetzen kann. Es ist vielleicht manchmal ganz zweckmäßig für sie, schwerhörig zu sein. Eins muß man ihr zwar lassen – sie weicht nie von seiner Seite. Jeden Tag fährt sie mit ihm hinaus. Was darf ich Ihnen geben, meine Herrschaften?«

Er wandte sich seinen neuen Kunden zu, und ich räumte vorsichtshalber das Feld. Was es auf der Welt nicht alles gibt, dachte ich. Nun, meinethalben konnten sich dieser Mr. Stoll und seine Frau den ganzen Tag auf dem Meer von der Sonne rösten lassen und am Abend Bierflaschen zertrümmern. Sie waren schließlich nicht meine Nachbarn. Es war traurig, daß mein Vorgänger einem so unheilvollen Geschick zum Opfer gefallen war, doch auf diese Weise blieb zumindest dem gegenwärtigen Bewohner Ruhe und Friede gesichert.

Ich schlenderte den Gartenweg zu meinem Quartier hinunter. Die Nacht war sternklar und die Luft balsamisch-süß vom Duft der blühenden Sträucher, die dicht nebeneinander in der roten Erde standen. Auf meiner Veranda angelangt, sah ich zu den fernen, verhüllten Bergen und den Lichtern des kleinen Fischerhafens hinüber. Rechts von mir blinkten die beleuchteten Fenster der anderen Bungalows aus der Dunkelheit und boten ein reizvolles, beinahe etwas unwirkliches Bild, als wären sie ein raffiniert gestalteter Bühnenhintergrund. Wirklich ein wunderbarer Fleck Erde. Ich pries das Reisebüro, das ihn mir empfohlen hatte.

Ich öffente die Läden der Haustür, trat ein und knipste die Nachttischlampe an. Das Zimmer sah einladend und behaglich aus; ich hätte nicht besser untergebracht sein können. Ich zog mich aus und wollte schon ins Bett gehen, als mir einfiel, daß ich das Buch, in dem ich gerade las, auf der Veranda liegengelassen hatte. Ich holte es mir und ließ noch einmal den Blick übers Meer schweifen. Die unwirklichen Lichter waren inzwischen fast alle erloschen, aber die Terrasse des alleinstehenden Bungalows war noch beleuchtet, und in dem Boot, das an der Anlegestelle vertäut lag, brannte eine Ankerlaterne. Ich wollte eben wieder eintreten, als ich neben den Felsen unter mir eine Bewegung wahrnahm. Es war der Schnorchel eines Unterwasserschwimmers. Gleichmäßig wie ein winziges Periskop glitt das schmale Rohr über die stille dunkle Wasseroberfläche, bis es links von mir außer Sicht kam. Ich zog meine Läden zu und ging hinein.

Der Anblick dieses sich bewegenden Objekts war irgendwie beunruhigend. Er erinnerte mich an meinen unglücklichen Vorgänger, der eines Nachts beim Schwimmen ertrunken war. Vielleicht hatte auch ihn eine linde Nacht wie diese zu einer Unterwasserexkursion verlockt, die ihn dann das Leben kostete. Man sollte meinen, der verhängnisvolle Vorfall hätte andere Hotelgäste von einsamen nächtlichen Schwimmausflügen abhalten müssen. Ich nahm mir fest vor, nur bei Tageslicht zu baden und – was vielleicht etwas überängstlich war – nur da, wo ich Grund bekam.

Ich las noch ein wenig in meinem Buch und drehte mich dann

schläfrig auf die andere Seite, um die Lampe auszuschalten. Dabei stieß ich gegen das Telefon, und es fiel auf den Boden. Ich hob es auf – es war glücklicherweise nicht beschädigt – und sah, daß das kleine Adressenfach, das zu dem Apparat gehörte, aufgesprungen war. Es enthielt eine Visitenkarte, auf der der Name James Gordon und eine Anschrift in Bloomsbury stand. Hatte mein Vorgänger nicht Gordon geheißen? Die Schublade war offenbar vom Zimmermädchen übersehen worden. Ich drehte die Karte um. Auf der Rückseite waren die Worte »Nicht nach Mitternacht« gekritzelt, und darunter wie ein Nachtrag, die Zahl 38. Ich legte die Karte wieder in das Fach und knipste das Licht aus. Vielleicht war ich durch die Reise übermüdet, denn ich lag noch lange wach und hörte das Meer unter meiner Veranda gegen die Felsen klatschen, ehe ich endlich einschlief.

Ich malte drei volle Tage lang und verließ meinen Bungalow nur, um zu schwimmen oder zum Abendessen ins Hotel zu gehen. Niemand belästigte mich. Ein freundlicher Kellner brachte mir mein Frühstück, von dem ich mir ein paar Brötchen für den Lunch aufhob; das kleine Zimmermädchen machte mein Bett und tat ihre Arbeit, ohne mich zu stören; und als mein Stimmungsbild am Nachmittag des dritten Tages fertig war, hatte ich das sichere Gefühl, daß es zum Besten gehörte, was ich je zustande gebracht hatte. Es würde einen Ehrenplatz in der beabsichtigten Ausstellung einnehmen. Fürs erste befriedigt, konnte ich mir eine Ruhepause genehmigen, und ich beschloß, am nächsten Tag die Küste nach neuen Motiven zu erforschen. Das Wetter war herrlich. Warm wie ein schöner englischer Juni. Und was diesen Winkel so besonders reizvoll machte, war die Tatsache, daß man völlig ungestört war. Die anderen Gäste blieben auf ihrer Seite, und der Kontakt mit ihnen beschränkte sich auf Verbeugungen und Kopfnicken von den Nachbartischen, wenn man sich im Speisesaal zum Abendessen hinsetzte. Im übrigen achtete ich wohlweislich darauf, meinen Kaffee in der Bar zu trinken, bevor der unsympathische Mr. Stoll vom Tisch aufgestanden war.

Ich wußte jetzt, daß es sein Boot war, das dort vor der Landzunge ankerte. Sie fuhren morgens zu früh aus, als daß ich ihre Abfahrt hätte beobachten können, aber ich sah sie meist am Spätnachmittag heimkehren; seine klobige Gestalt und die rauhe Stimme, die dem Bootsmann gelegentlich etwas zurief, waren unverkennbar. Ich überlegte, ob er seinen abseitsstehenden Bungalow wohl deshalb gewählt hatte, um sich außer Sicht- und Hörweite seiner Nachbarn sinnlos zu betrinken. Nun, ich gönnte ihm den Spaß gerne, solange er mir nicht seine lästige Gesellschaft aufzwang.

Da ich das Bedürfnis nach ein bißchen Bewegung verspürte, entschloß ich mich, den Nachmittag für einen Spaziergang zur Ostseite des Hotelgeländes zu nutzen. Erneut beglückwünschte ich mich dazu, den Bungalows in dieser belebten Zone entkommen zu sein. Minigolf und Tennis waren in vollem Gange, und auf dem kleinen Strand lagen die Sonnenhungrigen wie Sardinen nebeneinander. Doch bald hatte ich die betriebsame Welt hinter mir und war auf der Landspitze in der Nähe der Anlegestelle angelangt. Das Boot war noch nicht in Sicht. Plötzlich überkam mich die Versuchung, einen Blick auf den Bungalow des unangenehmen Mr. Stoll zu werfen. Verstohlen wie ein herumschnüffelnder Einbrecher schlich ich den schmalen Pfad hinauf und starrte die geschlossenen Fensterläden an. Das einzige, was diesen Bungalow von den übrigen – zumindest von meinem – unterschied, war ein verräterischer Haufen Flaschen in einer Ecke der Veranda. Gräßlicher Kerl ... Dann fiel mir etwas anderes auf. Ein Paar Schwimmflossen und ein Schnorchel. Dieses menschliche Wrack wagte sich doch nicht etwa mit Alkohol vollgepumpt unter Wasser? Vielleicht schickte er den Griechen, den er als Bootsmann beschäftigte, auf Krabbensuche aus. Ich dachte an den Schnorchel, den ich am ersten Abend vor den Felsen unterhalb meines Bungalows gesehen hatte, und an die Ankerlaterne im Boot.

Mir war, als hörte ich jemanden den Pfad heraufkommen, und da ich nicht beim Herumspionieren ertappt werden wollte, ging ich weiter, las aber zuvor noch die Nummer des Bungalows. Es war 38. Die Zahl hatte in diesem Moment keine besondere Bedeutung für mich, doch später, als ich mich zum Abendessen umzog und gerade nach der Krawattennadel griff, die ich auf den Nachttisch gelegt hatte, folgte ich einer jähen Eingebung und öffnete das kleine Schubfach unter dem Telefon, um mir die

Karte meines Vorgängers noch einmal anzusehen. Ja, ich hatte es mir gedacht. Die hingekritzelte Zahl war tatsächlich 38. Reiner Zufall natürlich, aber trotzdem ... »Nicht nach Mitternacht«. Und plötzlich erhielten die Worte einen Sinn. Stoll hatte mich am ersten Abend davor gewarnt, zu später Stunde schwimmen zu gehen. Hatte er auch Gordon gewarnt? Und hatte Gordon die Warnung hier mit Stolls Bungalownummer darunter aufnotiert? Ein durchaus logischer Schluß, nur hatte Gordon offenbar den Ratschlag außer acht gelassen. Und das gleiche tat anscheinend auch einer der Bewohner des Bungalows Nr. 38.

Ich machte mich fertig und steckte die Visitenkarte in meine Brieftasche. Ich hatte das unbehagliche Gefühl, daß es meine Pflicht sei, sie dem Geschäftsführer zu übergeben, weil es ja immerhin möglich war, daß sie das Ableben meines unglücklichen Vorgängers erklären half. Während des ganzen Abendessens erwog ich den Gedanken, gelangte aber zu keinem Entschluß. Ich wollte nicht in die Sache verwickelt werden. Und soweit ich wußte, war der Fall abgeschlossen. Es hatte wenig Zweck, daß ich plötzlich mit einer vergessenen Visitenkarte erschien, die vermutlich überhaupt keine Bedeutung hatte.

Zufällig waren die Leute, die normalerweise im Speisesaal rechts von mir saßen, bereits gegangen, und so konnte ich den Tisch der Stolls beobachten, ohne daß es allzu offensichtlich wurde. Mir fiel auf, daß er nie das Wort an sie richtete. Ein merkwürdig gegensätzliches Paar ... Sie, die stocksteif, mit strenger Miene, ihren Teller leer aß wie eine Sonntagsschullehrerin auf einem Ausflug; er, der mit purpurrotem, aufgedunsenem Gesicht fast alles, was ihm der Kellner vorlegte, beiseite schob und seine feiste, haarige Hand unaufhörlich nach dem Glas ausstreckte ...

Als ich fertig war, schlenderte ich in die Bar, um meinen Kaffee zu trinken. Es war noch früh, und ich war der einzige Gast. Der Barkeeper und ich tauschten die üblichen Floskeln aus, und nachdem wir auch das Wetter erwähnt hatten, wies ich mit dem Kopf zum Speisesaal.

»Unser Freund Mr. Stoll und seine Frau haben wieder den ganzen Tag draußen auf dem Meer zugebracht«, sagte ich.

Der Barkeeper zuckte die Achseln. »Das tun sie immer«, antwortete er, »und meistens fahren sie auch in dieselbe Richtung, nach Westen zu in den Golf hinaus. Nicht einmal böiges Wetter scheint sie zu stören.«

»Ich weiß nicht, wie sie es mit ihm aushält«, sagte ich. »Ich habe sie beim Essen beobachtet – er sprach kein einziges Wort mit ihr. Es würde mich interessieren, was die anderen Gäste von ihm halten.«

»Sie gehen ihm aus dem Weg, Sir. Sie haben ja selbst gesehen, wie es mit ihm ist. Wenn er überhaupt den Mund aufmacht, dann nur, um grob zu sein. Und das gilt auch für das Personal. Die Mädchen wagen es nicht, seinen Bungalow sauberzumachen, solange er da ist. Und der Geruch!« Er schnitt eine Grimasse und beugte sich vertraulich vor. »Die Mädchen behaupten, er braut sein eigenes Bier. Er zündet das Feuer im Kamin an und hat da einen Kessel voll halbverfaultem Weizen stehen, ein abscheuliches Gesöff! O ja, er trinkt es. Stellen Sie sich einmal vor, wie seine Leber aussehen muß, vor allem, wenn man bedenkt, was er schon zum Abendessen und hinterher in der Bar konsumiert!«

»Vermutlich ist das der Grund, weshalb sein Terrassenlicht bis spät in die Nacht brennt. Da trinkt er eben dann dieses schauerliche Gebräu. Sagen Sie, wer von den Hotelgästen interessiert sich denn für Sporttauchen?«

Der Barkeeper zeigte eine erstaunte Miene. »Niemand, soweit ich weiß. Jedenfalls seit dem Unglücksfall nicht mehr. Der arme Mr. Gordon ging gern in der Nacht schwimmen, wenigstens vermuteten wir das. Er war einer der wenigen Gäste, die je mit Mr. Stoll gesprochen haben, fällt mir gerade ein. Einmal haben sie sich an einem Abend hier in der Bar lange unterhalten.«

»Tatsächlich?«

»Über Altertümer. Es gibt im Dorf ein interessantes kleines Museum, wissen Sie, aber es ist gerade wegen Instandsetzungsarbeiten geschlossen. Mr. Gordon hatte irgend etwas mit dem Britischen Museum in London zu tun.«

»Ich hätte gar nicht gedacht«, meinte ich, »daß so etwas Freund Stoll interessieren könnte.«

»Oh«, sagte der Barkeeper, »Sie wären überrascht. Mr. Stoll ist nicht ungebildet. Im letzten Jahr fuhren er und Mrs. Stoll viel mit dem Wagen herum und besuchten alle die berühmten Orte wie Knossos und Mallia und andere, weniger bekannte. Dieses Jahr ist es anders. Jetzt geht er jeden Tag angeln.«

»Und Mr. Gordon«, fuhr ich fort, »hat er sie vielleicht einmal zum Angeln begleitet?«

»Nein, Sir. Ich glaube nicht. Er hatte einen Wagen gemietet, wie Sie, und sah sich die Gegend an. Er schrieb an einem Buch über archäologische Funde in Ostkreta und ihre Beziehung zur griechischen Mythologie.«

»Mythologie?«

»Ja, ich meine, das wäre es gewesen. Aber das ging natürlich alles weit über meinen Horizont, wie Sie sich vorstellen können, und ich bekam auch nicht viel von der Unterhaltung mit – wir hatten an dem Abend viel Betrieb in der Bar. Mr. Gordon war ein ruhiger Herr, ein ähnlicher Typ wie Sie, wenn Sie mir die Bemerkung erlauben, Sir, und er fand das Gespräch offenbar sehr interessant. Es drehte sich über eine Stunde lang nur um die alten Götter.«

Hm ... Ich dachte an die Karte in meiner Brieftasche. Sollte ich sie dem Geschäftsführer aushändigen oder nicht? Ich sagte dem Barkeeper gute Nacht und kehrte durch den Speisesaal zur Halle zurück. Die Stolls waren gerade vom Tisch aufgestanden. Es wunderte mich, daß sie nicht der Bar zustrebten, sondern vor mir her in die Halle gingen. Ich blieb vor dem Ansichtskartenständer stehen, der mir einerseits als Vorwand diente, in der Halle zu verweilen, und mich zugleich ihrem Blickfeld entrückte. Ich sah Mrs. Stoll im Vestibül ihren Mantel von einem Haken nehmen, während ihr unsympathischer Ehemann in der Toilette verschwand, und gleich darauf gingen die beiden zum Parkplatz hinaus. Sie wollten offenbar irgendwohin fahren. Mit Stoll in seiner Verfassung am Steuer?

Ich zögerte. Der Empfangschef telefonierte gerade. Es war nicht der geeignete Moment, um ihm die Karte anzuvertrauen. Ein jäher Impuls, wie ihn ein kleiner Junge beim Detektivspielen haben mag, brachte mich dazu, ihnen zu folgen, und als die Rücklichter ihres Mercedes außer Sicht waren, fuhr ich ihnen nach. Es gab nur diese eine Straße, und der Stollsche Wagen war in Richtung des Dorfes verschwunden. Ich konnte allerdings doch nicht verhindern, daß ich sie aus den Augen verlor, als ich den kleinen Kai erreichte; ich strebte nämlich instinktiv dem größten Café zu, weil ich glaubte, er müsse dasselbe getan haben. Als ich den Volkswagen geparkt hatte, schaute ich mich um. Vom Mercedes keine Spur. Ich sah lediglich ein paar Touristen und ansonsten einheimische Spaziergänger.

Ach, es war mir gleichgültig, ich würde mich setzen und eine Limonade trinken. Ich saß wohl über eine halbe Stunde da, nahm »Lokalkolorit« in mich auf und betrachtete die Menschen um mich herum – vorbeiflanierende griechische Familien, die ein bißchen Luft schöpfen wollten; hübsche Mädchen, die schüchtern die offenbar ganz mit ihresgleichen beschäftigten jungen Burschen beäugten; einen bärtigen orthodoxen Priester, der unaufhörlich rauchend mit ein paar sehr alten Männern am Nebentisch über einem Würfelspiel saß; und natürlich auch die altbekannten englischen Hippies, die längere Haare als irgendwer sonst hatten, schmutziger waren und weitaus mehr Lärm machten. Als sie ein Kofferradio anstellten und sich hinter mir auf dem Kopfsteinpflaster häuslich niederließen, hatte ich das Gefühl, es sei Zeit zum Aufbruch.

Ich bezahlte die Limonade, schlenderte zum Kaiende und wieder zurück – die vielen Reihen Fischerboote mußten bei Tag ein farbenprächtiges Bild bieten, und es lohnte sich vielleicht, die Szene zu malen –, und dann sah ich plötzlich auf der anderen Straßenseite, am Ende einer kurzen Sackgasse, Wasser schimmern und überquerte den Kai. Das mußte der im Reiseführer erwähnte und in der Hochsaison vielbesuchte und -fotografierte »Unergründliche Teich« sein. Er war größer, als ich erwartet hatte, ein recht stattlicher See, doch das Wasser war voller Schaum und Abfälle, und ich beneidete diejenigen nicht, die es bei Tag wagten, das Sprungbrett am anderen Ende des Teichs zu benutzen.

Dann sah ich den Mercedes. Er stand gegenüber einem trüb beleuchteten Café, und der plumpe Mensch, der dort an einem Tisch vor ein paar Bierflaschen hockte, war ebensowenig zu verkennen wie seine steif dasitzende Begleiterin. Überrascht und ein wenig angewidert sah ich, daß er sich für sein Trinkgelage offenbar mit einer Gruppe rauher Fischer vom Nebentisch angebiedert hatte. Geschrei und Gelächter erfüllten die Luft. Sie schienen ihn zu verspotten – die griechische Höflichkeit war wohl in den Gläsern untergegangen –, und während einer der Fischer in einen heiseren Gesang ausbrach, streckte er die Hand aus und fegte die leeren

Flaschen von seinem Tisch aufs Pflaster; seine Zechkumpane quittierten das Klirren zerbrochenen Glases mit lauten Beifallskundgebungen. Ich rechnete jeden Augenblick damit, daß die örtliche Polizei erscheinen und dem Gelage ein Ende machen würde, aber es tauchte nirgends ein Ordnungshüter auf. Was mit Stoll geschehen konnte, kümmerte mich nicht – eine Nacht im Gefängnis würde ihn vielleicht ausnüchtern –, aber für seine Frau mußte es eine peinliche Angelegenheit sein. Ich wollte gerade zum Kai zurückgehen, als er sich unter dem Applaus der Fischer schwankend erhob, die letzte Flasche vom Tisch ergriff, sie über seinem Kopf schwang und dann mit einer für seine Verfassung erstaunlichen Geschicklichkeit wie ein Diskuswerfer in den See schleuderte. Sie verfehlte mich nur knapp, und er sah, wie ich mich duckte. Das war zuviel. Zornbebend schritt ich auf ihn zu.

»Was soll das? Sind Sie verrückt geworden?« schrie ich.

Taumelnd stand er da. Das Gelächter aus dem Café verebbte; seine Genossen beobachteten die Szene gebannt. Ich erwartete eine Flut von Beleidigungen, aber Stolls aufgequollenes Gesicht runzelte sich zu einem Grinsen, und er trat schwankend neben mich und tätschelte meinen Arm.

»Wissen Sie was?« sagte er. »Wenn Sie nicht im Weg gestanden hätten, wär das Ding genau in die Mitte von diesem gottverdammten Teich gefallen. Das brächten diese Kerle nie fertig. Kein einziger reinblütiger Kreter unter ihnen. Alles gottverdammte Türken.«

Ich versuchte ihn abzuschütteln, aber er klammerte sich an mich mit der überschwenglichen Herzlichkeit des Gewohnheitstrinkers, der plötzlich einen uralten Freund gefunden hat oder gefunden zu haben glaubt.

»Sie sind doch aus dem Hotel, nicht wahr?« fragte er schlucksend. »Streiten Sie's nicht ab, Kamerad, ich hab einen guten Blick für Gesichter. Sie sind der Mensch, der den ganzen Tag auf seiner gottverdammten Veranda malt. Na, ich bewundre das. Verstehe selbst ein bißchen was von Kunst. Vielleicht kaufe ich Ihr Bild sogar.«

Seine Anbiederungsversuche waren beleidigend, sein gönnerhaftes Gehabe unerträglich.

»Ich bedaure«, antwortete ich steif, »das Bild ist unverkäuflich.«

»Ach, nun hören Sie doch auf«, gab er zurück. »Ihr Künstler seid alle gleich. Ihr spielt immer die Unnahbaren, bis euch jemand einen gepfefferten Preis bietet. Nehmen Sie mal Charlie Gordon . . .« Er brach ab und beäugte mich listig. »Warten Sie mal, Sie haben Charlie Gordon nicht kennengelernt, oder?«

»Nein«, antwortete ich kurz. »Er lebte schon nicht mehr, als ich kam.«

»Richitg, richtig«, pflichtete er bei. »Der arme Kerl ist tot. Da in der Bucht ertrunken, genau unter Ihren Felsen. Dort hat man ihn jedenfalls gefunden.«

Seine Augen in dem aufgedunsenen Gesicht waren praktisch nur noch Schlitze, aber ich wußte, daß er meine Reaktion beobachtete.

»Ja«, sagte ich, »das habe ich gehört. Er war aber kein Künstler.«

»Kein Künstler?« echote Stoll und brach in wieherndes Gelächter aus. »Nein, aber er war ein Kenner, und das kommt meiner Meinung nach aufs gleiche hinaus. Charlie Gordon, der Kunstkenner. Na, hat ihm am Ende auch nicht viel genützt, wie?«

»Nein«, bestätigte ich, »offensichtlich nicht.«

Er versuchte sich zusammenzunehmen und förderte, noch immer leicht schwankend, mit unsicheren Fingern ein Päckchen Zigaretten und ein Feuerzeug zutage. Er zündete sich eine an und hielt mir dann das Päckchen hin. Ich schüttelte den Kopf und erklärte, ich rauchte nicht. Und herausfordernd fügte ich hinzu: »Ich trinke auch nicht.«

»Sehr vernünftig«, antwortete er überraschenderweise, »ich auch nicht. Das Bier, das hier verkauft wird, ist sowieso 'ne üble Lauge, und der Wein reines Gift.« Er warf einen Blick über die Schulter zu der Gruppe im Café und zerrte mich mit verschwörerischem Zwinkern zu der Mauer neben dem Teich.

»Ich habe gesagt, daß diese Burschen alle Türken sind, und das sind sie auch«, erklärte er. »Weinsaufende, kaffeeschlürfende Türken. Seit fünftausend Jahren haben die hier keine Ahnung mehr, wie man den richtigen Stoff braut. Vorher wußten sie genau Bescheid.«

Ich erinnerte mich an das, was mir der Barkeeper von dem Gebräu in Stolls Bungalow erzählt hatte. »Tatsächlich?« fragte ich. »Ist das wahr?«

Er zwinkerte wieder, und dann weiteten sich seine Augenschlitze, und ich sah, daß er von Natur aus vortretende, schmutzigbraune, blutunterlaufene Augen hatte. »Wissen Sie was?« wisperte er heiser. »Die Gelehrten irren sich da alle. Es war Bier, was die Kreter hier in den Bergen tranken, Bier aus Pinien und Efeu, lange vor dem Wein. Der Wein ist erst Jahrhunderte später von den gottverdammten Griechen entdeckt worden.«

Eine Hand gegen die Mauer, die andere auf meinen Arm gestützt, schien er allmählich sein Gleichgewicht wiederzufinden. Dann beugte er sich vor und erbrach sich in den Teich. Mir wurde beinahe selbst übel.

»Das ist schon besser«, sagte er. »So wird man das Gift los. Bekommt einem nicht, Gift im Organismus zu haben. Ich hab eine Idee. Wir fahren jetzt zum Hotel zurück, und Sie kommen auf einen kleinen Schlaftrunk mit in unseren Bungalow. Sie gefallen mir, Mr. Wie-heißen-Sie-noch? Sie haben vernünftige Ansichten. Sie trinken nicht, Sie rauchen nicht, und Sie malen Bilder. Was sind Sie von Beruf?«

Es war unmöglich, ihn abzuschütteln, und ich mußte mich wohl oder übel von ihm über die Straße zerren lassen. Glücklicherweise hatte sich die Gruppe in dem Café inzwischen zerstreut – sehr enttäuscht, zweifellos, daß es zwischen uns nicht zu Handgreiflichkeiten gekommen war –, und Mrs. Stoll war in den Mercedes eingesteigen und saß auf dem Beifahrersitz.

»Achten Sie am besten gar nicht auf sie«, sagte er. »Sie ist stocktaub, und man muß sie schon anbrüllen, wenn sie was verstehen soll. Auf dem Rücksitz ist Platz genug.«

»Danke«, erwiderte ich. »Ich habe meinen Wagen am Kai stehen.«

»Wie Sie wollen«, sagte er. »Aber jetzt heraus damit, Herr Künstler, was sind Sie von Beruf? Professor?«

Ich hätte es dabei belassen können; in der törichten Hoffnung jedoch, daß er mich zu langweilig fände, um sich weiter mit mir abzugeben, sagte ich die Wahrheit.

»Ich bin Lehrer an einer Jungenschule.«

Er blieb stehen, den feuchten Mund zu einem entzückten Grinsen geöffnet. »Du lieber Gott!« brüllte er. »Das ist umwerfend, einfach umwerfend. Ein gottverdammter Erzieher, eine Säuglingsschwester. Sie gehören zu uns, Kamerad, Sie gehören zu uns. Und Sie wollen mir weismachen, daß Sie noch nie Pinien und Efeu zusammengebraut haben!«

Er war natürlich komplett verrückt, aber zumindest hatte er in seinem plötzlichen Heiterkeitsausbruch meinen Arm freigegeben und steuerte nun vor mir auf seinen Wagen zu. Er hatte eine merkwürdige Art, sich zu bewegen. Er schlenkerte den Kopf hin und her, und seine Beine trabten, die sperrige Last des Körpers tragend, plump dahin, eins, zwei ... eins, zwei ... wie ein schwerfälliges Pferd.

Ich wartete noch, bis er neben seine Frau in den Wagen eingestiegen war, und stahl mich dann schnell fort, aber er wendete den Wagen erstaunlich behend, und noch ehe ich an der Straßenecke angelangt war, hatte er mich schon eingeholt. Grinsend steckte er den Kopf aus dem Fenster.

»Besuchen Sie uns, Mr. Tutor, besuchen Sie uns, wann Sie wollen. Sie sind immer willkommen. Sag es ihm, Maud. Kannst du nicht sehen, daß der Bursche schüchtern ist?«

Sein Gebrüll hallte in der ganzen Straße wider, und verschiedene Leute blickten in unsere Richtung. Das starre, teilnahmslose Gesicht Mrs. Stolls schaute hinter der Schulter ihres Mannes hervor. Sie schien in keiner Weise beunruhigt, so, als sei alles in bester Ordnung, als sei es der normalste Zeitvertreib der Welt, neben einem betrunkenen Ehemann durch ein ausländisches Dorf zu fahren.

»Guten Abend«, sagte sie mit gänzlich ausdrucksloser Stimme. »Sehr erfreut, Sie kennenzulernen, Mr. Tutor. Besuchen Sie uns einmal. Nicht nach Mitternacht. Bungalow Nr. 38 ...«

Stoll winkte, und der Wagen fuhr mit aufheulendem Motor davon.

Es wäre übertrieben zu behaupten, das Zusammentreffen hätte mir meinen Urlaubsort verleidet. Gewiß war ich verstimmt und angewidert, doch mein Ärger und meine Abneigung richteten sich nur gegen die Stolls. Ich wachte nach einer gutdurchschlafenen Nacht erfrischt auf, und der strahlende Morgen trug das Seine dazu bei, daß ich alles in milderem Licht sah. Mein einziges Problem war, wie ich Stoll und seiner nicht minder schwachsinnigen

Frau aus dem Wege gehen könnte. Sie waren den ganzen Tag mit dem Boot draußen, hier gab es also keine Schwierigkeit. Wenn ich früh zu Abend aß, konnte ich eine Begegnung im Speisesaal vermeiden. Sie gingen nie spazieren, so daß die Gefahr eines unvermuteten Zusammentreffens im Garten kaum bestand. Und wenn ich mich um die Zeit ihrer abendlichen Heimkehr zufällig auf meiner Veranda aufhielt und er seinen Feldstecher auf mich richtete, würde ich eben schleunigst nach drinnen verschwinden. Im übrigen war es mit ein bißchen Glück sogar möglich, daß er meine Existenz bereits vergessen hatte oder, falls diese Hoffnung allzu vermessen war, sich zumindest an unsere nächtliche Unterhaltung nicht mehr erinnerte. Die Episode war unerfreulich und merkwürdigerweise irgendwie alarmierend gewesen, aber ich war nicht gesonnen, mir dadurch meinen Urlaub verderben zu lassen. Ich hatte hier malen und mich erholen wollen und war entschlossen, das auch weiterhin zu tun.

Das Boot lag nicht mehr an seinem Landungssteg, als ich nach dem Frühstück auf die Veranda trat; ich wollte die Küste mit meinem Malzeug durchstreifen, wie ich es mir vorgenommen hatte, und wenn ich erst einmal in mein Hobby vertieft war, konnte ich die Stolls und alles, was mit ihnen zusammenhing, vergessen. Und ich würde die hingekritzelte Notiz des armen Gordon nicht der Hoteldirektion übergeben. Ich konnte mir jetzt vorstellen, was geschehen war. Der bedauernswerte Mensch, der nicht merkte, wohin ihn diese Unterhaltung in der Bar führen würde, war vermutlich durch Stolls Geschwätz über Mythologie und den Unsinn über das alte Kreta neugierig geworden und hatte als Archäologe gedacht, eine Fortsetzung des Gesprächs könne vielleicht ergiebig sein. Und so hatte er eine Einladung in den Bungalow Nr. 38 angenommen – die unheimliche Übereinstimmung der Worte auf der Karte mit denen, die Mrs. Stoll ausgesprochen hatte, verfolgte mich noch immer – und war danch über die Bucht zurückgeschwommen. Weshalb er statt dessen nicht den etwas längeren Weg über den Felspfad gewählt hatte, war allerdings rätselhaft. Ein Anflug von Wagemut? Wer weiß? In Stolls Bungalow hatte sich das bedauernswerte Opfer dann dazu hinreißen lassen, von dem Teufelsgebräu, das ihm sein Gastgeber anbot, zu trinken, und als er später schwer angeschlagen wieder zurückschwimmen wollte, geschah das Unvermeidliche. Ich hoffte nur, daß er zu weit hinüber war, um noch Todesqualen auszustehen, und sofort versank. Natürlich gründete meine Theorie nur auf Intuition, auf einigen Bruchstücken, die zusammenzupassen schienen, und auf Vorurteil. Es war höchste Zeit, die ganze Angelegenheit aus meinem Gedächtnis zu streichen und mich auf den Tag zu konzentrieren, der vor mir lag.

Oder besser, auf die Tage. Mein Erkundungsausflug längs der Küste nach Westen hin übertraf alle meine Erwartungen. Ich folgte der Straße, die sich links vom Hotel ein paar Kilometer in die Hügel wand und dann wieder zum Meer führte. Als ich abwärts fuhr, dehnte sich das Land rechts unter mir plötzlich zu einer weiten, glatten, weißlichen Fläche, von der sich das gleißendblaue Meer in wunderbarem Kontrast abhob. Ich glaubte zuerst, es sei ausgetrocknetes Marschland, doch als ich näher kam, sah ich, daß es sich um Salinen handelte, die durch schmale Dämme voneinander getrennt waren. Von Gräben durchschnittene Mauern faßten die eigentlichen Becken ein, so daß das Meerwasser abfließen konnte und das Salz zurückblieb. Hier und da sah man die Ruine einer verlassenen Windmühle, und in ein paar hundert Meter Entfernung stand ganz nahe am Meer eine kleine Kirche, deren winziges Kreuz auf dem Dach in der Sonne blitzte. Dann endeten die Salinen abrupt, und das Land begann zu dem langen schmalen Isthmus von Spinalongha hin wieder anzusteigen.

Ich steuerte den Volkswagen den holprigen Weg hinunter, der zu den Salinen führte. Kein Mensch weit und breit. Hier, so beschloß ich, nachdem ich die Szenerie von jedem Gesichtswinkel aus betrachtet hatte, würde für die nächsten Tage mein Arbeitsbereich sein. Die verfallene Kirche im Vordergrund, die verlassenen Windmühlen dahinter, die Salinen zur Linken und rechts das blaue Wasser, das die Küste der Landenge umspülte.

Ich baute meine Staffelei auf, drückte mir den verbeulten Filzhut auf den Kopf und hatte bald alles außer dem Panorama vor mir vergessen. Ich kam noch zweimal wieder, und diese drei Tage in Einsamkeit und Frieden waren der Höhepunkt meiner Ferien. Ich sah keine Menschenseele. Ab und zu fuhr ein Wagen in der Ferne die Küstenstraße entlang und verschwand dann wieder. Ich stärkte mich zwischendurch an Sandwiches und Limonade, und wenn die Sonne am heißesten herunterbrannte, legte ich bei der verfallenen Windmühle eine Ruhepause ein. In der Abendkühle kehrte ich ins Hotel zurück, ging früh in den Speisesaal und zog mich dann in meinen Bungalow zurück, um bis zum Einschlafen zu lesen. Ein in seine Gebete vertiefter Eremit hätte sich nicht mehr Abgeschiedenheit wünschen können.

Am vierten Tag – ich hatte zwei Bilder beendet, verließ aber nur sehr ungern mein erwähltes Territorium, das ich inzwischen als meine persönliche Domäne betrachtete – packte ich mein Malzeug in den Wagen und machte mich zu Fuß daran, das ansteigende Gelände des Isthmus zu durchstreifen und einen neuen Platz für den nächsten Tag zu suchen. Eine höher gelegene Stelle mochte zusätzliche Vorteile bieten. Ich arbeitete mich mühsam den Hügel hinauf und benutzte dabei meinen Hut als Fächer, denn es war außerordentlich heiß. Oben angelangt, stellte ich mit Erstaunen fest, wie schmal der Isthmus war. Unmittelbar unter mir war das Meer – nicht das ruhige Wasser, das die Salzbecken bespülte, sondern die schaumig-gekräuselten Wellen des eigentlichen Golfs, von einem scharfen Nordwind aufgepeitscht, der mir fast den Hut aus der Hand blies. Ein Genie hätte diese mannigfaltigen Tönungen vielleicht festhalten können – Türkis, das in Ägäisch-Blau mit weindunklen Schatten überging –, aber nicht ein Dilettant wie ich. Außerdem konnte ich kaum aufrecht stehen. Leinwand und Staffelei wären sofort vom Wind weggeweht worden.

Ich kletterte zu einer Gruppe Ginsterbüsche hinunter, in deren Schutz ich ein paar Minunten ausruhen und die geriffelte See betrachten konnte. Dann sah ich plötzlich das Boot. Es lag vor einer kleinen Bucht, wo das Wasser verhältnismäßig ruhig war. Ein Irrtum war unmöglich; es war ihr Boot. Der Grieche, der es bediente, hatte eine Angelschnur ausgeworfen, doch seiner lässigen Positur nach zu schließen, schien er gar nicht darauf erpicht, Fische zu fangen; es sah viel eher so aus, als hielte er seine Siesta. Er war allein im Boot. Ich blickte zu dem Sandstreifen hinunter, der die Küste säumte, und sah, daß sich dort eine halbverfallene Hütte aus unbehauenen Steinen gegen das Kliff lehnte, die ursprünglich sicher als Unterstand für Schafe und Ziegen benutzt worden war. Neben dem Eingang lagen ein Rucksack, ein Picknickkorb, ein

Mantel, eine Jacke. Die Stolls mußten demnach schon eine Weile vorher an Land gegangen sein und rasteten vermutlich an einer windgeschützten Stelle, obwohl es bestimmt bei der bewegten See ein recht gewagtes Unternehmen gewesen war, den Bug zum Strand zu steuern. Braute Stoll etwa hier an diesem abgeschiedenen Fleck auf dem Isthmus von Spinalongha sein Spezialgemisch aus Piniennadeln und Efeu, vielleicht noch mit etwas Ziegenmist aufgebessert?

Plötzlich erhob sich der Bursche im Boot, kurbelte die Schnur ein, ging ans andere Ende und beobachtete vom Heck aus das Wasser. Ich sah, wie sich unter der Oberfläche etwas bewegte, und dann tauchte die Gestalt auf: Haube, Maske, Neoprenanzug, Preßluftflasche – die gesamte Ausrüstung. Doch zunächst verdeckte der Grieche den Taucher, als er ihm half, sich von Maske und Mundstück zu befreien, und meine Aufmerksamkeit wurde zu der verfallenen Hütte abgelenkt. Irgend etwas stand im Eingang. Ich sage »etwas«, weil es sich zunächst – zweifellos durch irgendein kurioses Spiel des Lichts – um ein zottiges Fohlen zu handeln schien, das auf den Hinterhänden stand. Beine und sogar das Gesäß waren mit Haaren bedeckt. Dann erkannte ich an dem scharlachroten Gesicht und den zu beiden Seiten des kahlen Kopfes abstehenden gewaltigen Ohren, daß es Stoll war, Arme und Brust ebenso haarig wie der Rest des Körpers. Ich hatte kaum je in meinem Leben etwas so Abstoßendes gesehen. Er trat in die Sonne hinaus, schaute zum Boot hin und stolzierte dann, die Arme auf die Hüften gestemmt, mit vorgewölbter Brust und weit ausladendem Hinterteil vor dem Schuppen auf und ab, als sei er höchst zufrieden mit sich und der Welt. Und er hatte dabei dieselbe merkwürdige Art, sich zu bewegen, die mir schon im Dorf aufgefallen war; es war nicht der schwankende Gang eines Betrunkenen, sondern eher ein schwerfälliges Traben.

Der Taucher hatte sich inzwischen der Maske und der Preßluftflasche entledigt und kam mit gemächlichen Stößen in die Bucht hereingeschwommen. Er hatte die Schwimmflossen noch nicht abgelegt, und sie durchpflügten das Wasser wie die Schwanzflosse eines riesigen Fisches. Nun streifte er sie ab, warf sie auf den Sand und richtete sich auf, und ich sah zu meinem höchsten Erstaunen, daß es Mrs. Stoll war. Sie trug eine Art Beutel um den

Hals, den sie abnahm und ihrem Ehemann aushändigte. Dann gingen sie zusammen zu der Hütte und verschwanden darin. Der Grieche hatte sich währenddessen wieder in die Bootsback gesetzt und träge die Angelschnur ausgeworfen.

Ich ging hinter dem Ginster in Deckung und wartete. Ich würde ihnen zwanzig Minuten geben, eine halbe Stunde vielleicht, und dann zu den Salinen und zu meinem Wagen zurückkehren. Aber ich brauchte gar nicht so lange zu warten. Knapp zehn Minuten später schon hörte ich unter mir auf dem Strand einen Ruf. Ich spähte durch den Ginster und sah, daß sie beide auf dem Sandstreifen standen, Rucksack, Picknickkorb und Schwimmflossen in der Hand; Stoll hatte sich angezogen. Der Grieche startete den Motor, hievte anschließend den Anker hoch und steuerte das Boot langsam an die Felsplatte heran, wo ihn die Stolls erwarteten. Sie stiegen hinein, und im Nu hatte das Boot gewendet und fuhr aus der geschützten Bucht in den Golf hinaus. Dort umrundete es die Spitze der Landenge und war dann außer Sicht.

Die Neugier ließ mir keine Ruhe. Ich kletterte das Kliff hinunter und ging geradenwegs zu der verfallenen Hütte. Wie ich vermutet hatte, war es ein Schuppen für Ziegen gewesen; überall lagen ihre Exkremente herum, und der schmutzige Boden stank. Nur eine Ecke hatte man saubergemacht, und dort waren einige Holzplanken zu einer Art Bord aufgeschichtet. Die unvermeidlichen Bierflaschen waren darunter verstaut, aber ich konnte nicht feststellen, ob sie das einheimische Erzeugnis oder Stolls eigenes Giftgebräu enthalten hatten. Auf dem Bord selbst lagen allerlei Keramikfragmente; es sah aus, als hätte jemand eine Schutthalde durchwühlt und wertlosen Haushaltplunder ans Tageslicht gefördert. Es klebte allerdings keine Erde an ihnen; sie waren mit Muscheln überkrustet, und einige waren feucht, und plötzlich wurde mir klar, daß es sich um archäologische »Scherben« handelte, die vom Meeresgrund stammten. Mrs. Stoll hatte unter Wasser nach Muscheln oder interessanteren Dingen gesucht; diese Trümmer hier waren als wertlos aussortiert worden, und weder sie noch ihr Mann hatten sich die Mühe gemacht, sie wegzuwerfen. Ich bin auf dem Gebiet kein Kenner, und nachdem ich mich noch einmal umgeschaut hatte, verließ ich die Hütte.

Dies war ein verhängnisvoller Schritt. Ich wollte gerade das

Kliff hinaufklettern, als ich das Tuckern des zurückkehrenden Motorbootes hörte, das – seiner Position nach zu schließen – die Küste entlangfuhr. Alle drei Köpfe waren mir zugewandt, und wie nicht anders zu erwarten, hatte die vierschrötige Gestalt im Heck den Feldstecher auf mich gerichtet. Er würde unschwer erkennen können, wer es war, der soeben den verfallenen Schuppen besichtigt hatte.

Ich schaute mich nicht um, sondern stieg weiter nach oben, den Hut tief in die Stirn gezogen, in der vagen Hoffnung, er könne mir als Tarnung dienen. Letzten Endes hätte ich ja ein x-beliebiger Tourist sein können, den es zufällig genau um diese Zeit an genau diesen Ort verschlagen hatte. Dennoch fürchtete ich, daß er mich unweigerlich erkannt hatte. Ich ging zu den Salinen zurück und langte müde, atemlos und gründlich verärgert an. Ich bedauerte es, je auf die Idee gekommen zu sein, die andere Seite der Halbinsel zu erforschen. Die Stolls würden glauben, ich hätte ihnen nachspioniert, und obendrein stimmte das. Der ganze Tag war mir verdorben. Ich hielt es für das beste, schnell ins Hotel zurückzufahren, aber ich hatte Pech, denn ich war kaum ein Stück weit gelangt, als ich merkte, daß einer meiner Reifen platt war. Ich bin in allen mechanischen Arbeiten sehr ungeschickt, und so vergingen vierzig Minuten, bis ich den Ersatzreifen aufmontiert hatte.

Meine schlechte Laune besserte sich keineswegs, als ich im Hotel feststellen mußte, daß mir die Stolls zuvorgekommen waren. Ihr Boot lag bereits an seinem Ankerplatz neben dem Landungssteg, und Stoll saß auf seiner Veranda und überwachte meinen Bungalow durch das Fernglas. Unsicher und befangen, als stünde ich vor einer Fernsehkamera, stapfte ich die Stufen hinauf, ging in mein Zimmer und schloß die Läden hinter mir. Ich nahm gerade ein Bad, als das Telefon klingelte.

»Ja?« Ein Handtuch umgeschlungen, tropfende Hände – es hätte in keinem ungeeigneteren Augenblick läuten können.

»Sind Sie's, Mr. Tutor?«

Die krächzende, schnarrende Stimme war unverkennbar. Er schien allerdings nicht angetrunken zu sein.

»Hier ist Terence Grey«, erklärte ich steif.

»Wie Sie heißen, ist mir völlig egal«, sagte er. Sein Ton war unangenehm, feindselig. »Sie waren heute nachmittag auf dem Spinalongha-Isthmus. Stimmt's?«

»Ich machte einen Spaziergang«, gab ich zurück. »Ich wüßte nicht, wieso Sie das interessieren könnte.«

»Ach, hören Sie doch auf«, erwiderte er. »Sie können mich nicht zum Narren halten. Sie sind genauso wie der andere Bursche. Ein gottverdammter Spion, sonst nichts. Jetzt hören Sie mir gut zu: Das Wrack ist schon vor Jahrhunderten völlig kahlgeplündert worden.«

»Ich weiß überhaupt nicht, wovon Sie sprechen«, sagte ich. »Was für ein Wrack?«

Eine kurze Pause trat ein. Er murmelte etwas vor sich hin, ohne daß ich hätte unterscheiden können, ob es an ihn selbst oder an seine Frau gerichtet war, doch als er wieder zu sprechen anfing, hatte sich sein Ton gemildert, wieder etwas von der trügerischen Gutartigkeit angenommen, die ihn normalerweise kennzeichnete.

»O.K. ... O.K. ... Mr. Tutor«, sagte er. »Wir wollen uns nicht streiten, Junge. Sagen wir mal, Sie und ich haben gewisse gemeinsame Interessen. Lehrer, Universitätsprofessoren, College-Dozenten – wir sind doch innerlich alle gleich und manchmal sogar äußerlich.« Sein leises Kichern war ekelhaft. »Keine Angst, ich verrate Sie nicht«, fuhr er fort. »Sie gefallen mir, das hab ich Ihnen neulich schon gesagt. Sie möchten etwas für Ihr gottverdammtes Schulmuseum, hab ich recht? Etwas, was Sie den kleinen Jungen und Ihren Kollegen zeigen können? Gut. Einverstanden. Ich hab genau das Richtige. Kommen Sie heute am späten Abend hier vorbei, und ich schenke es Ihnen. Ich will Ihr gottverdammtes Geld nicht ...« Glucksend hielt er inne, und dann mußte Mrs. Stoll wohl eine Bemerkung gemacht haben, denn er fügte hinzu: »Gut, gut. Wir werden eine gemütliche Party veranstalten. Nur wir drei. Meine Frau mag Sie auch.«

Das Handtuch glitt auf den Boden, und ich stand nackt da. Ein absurdes Gefühl der Befangenheit überkam mich, und die gönnerhafte, einschmeichelnde Stimme machte mich wütend.

»Mr. Stoll«, sagte ich, »ich betätige mich nicht als Sammler für Schulen, Colleges oder Museen. Ich interessiere mich nicht für archäologische Funde. Ich will hier in aller Ruhe zu meinem eigenen Vergnügen ein bißchen malen, und ich habe nicht die geringste

Absicht, Sie oder irgendeinen anderen Hotelgast zu besuchen. Guten Abend.«

Ich schmetterte den Hörer hin und ging ins Badezimmer zurück. Eine himmelschreiende Unverschämtheit. Widerlicher Mensch. Die Frage war nur, würde er mich jetzt in Ruhe lassen, oder würde er mit seinem Feldstecher meinen Balkon überwachen, bis er mich zum Abendessen ins Hotel gehen sah, und mir dann, Mrs. Stoll im Schlepptau, in den Speisesaal folgen? Er würde es doch wohl nicht wagen, das Gespräch vor Kellnern und Gästen fortzuführen? Wenn ich seine Absichten richtig beurteilte, dann versuchte er mein Schweigen zu erkaufen, indem er mich mit irgendeinem Geschenk abspeiste. Diese stundenlangen Angeltouren waren eine Tarnung für Unterwasserstreifzüge – daher seine Anspielung auf das Wrack –, bei denen er wertvolle Gegenstände zu finden hoffte oder vielleicht schon gefunden hatte, die er aus Kreta herausschmuggeln wollte. Zweifellos hatte er das bereits im Vorjahr mit Erfolg praktiziert, und der griechische Bootsmann wurde sicher gut dafür bezahlt, daß er den Mund hielt. In dieser Saison waren die Dinge allerdings nicht ganz planmäßig verlaufen. Mein unglückseliger Vorgänger im Bungalow 62, Charles Gordon, selbst ein Fachmann in archäologischen Fragen, hatte Verdacht geschöpft. Stolls Bemerkung »Sie sind genau wie der andere Bursche, ein gottverdammter Spion, sonst nichts« machte das völlig klar. Wie, wenn Gordon nicht in den Bungalow Nr. 38 eingeladen worden war, um das selbstgebraute Bier zu versuchen, sondern um Stolls Sammlung zu besichtigen? Und bei der Gelegenheit ein Bestechungsgeschenk angeboten bekommen hatte, damit er nichts verlauten ließe? Hatte er abgelehnt und gedroht, Stoll zu entlarven? War sein Tod wirklich ein Unfall gewesen, oder war ihm Stolls Frau mit Tauchanzug, Maske und Schwimmflossen ins Wasser gefolgt, um sodann, unter der Oberfläche ...

Meine Phantasie ging mit mir durch. Ich hatte keinerlei Beweise. Ich wußte nur eins: daß mich nichts in der Welt dazu bewegen könnte, Stolls Bungalow zu betreten; und wenn er tatsächlich versuchte, mich weiter zu belästigen, würde ich die Geschichte eben der Hoteldirektion erzählen müssen.

Ich zog mich zum Abendessen um, machte dann meine Läden

einen Spalt auf und spähte zu seinem Bungalow hinüber. Auf seiner Terrasse brannte Licht, denn es war schon dunkel, aber er selbst war verschwunden. Ich trat hinaus, schloß die Läden hinter mir und ging durch den Garten zum Hotel hinauf. Ich wollte gerade von der Terrasse aus die Halle durchqueren, als ich Stoll und seine Frau drinnen sitzen sah. Sie überwachten gewissermaßen den Durchgang zur Halle und zum Speisesaal, und wenn ich etwas essen wollte, mußte ich an ihnen vorbeigehen. Gut, dachte ich. Ihr könnt hier den ganzen Abend warten. Ich trat wieder auf die Terrasse hinaus, ging um den Küchentrakt herum zum Parkplatz und stieg in den Volkswagen. Ich würde eben im Dorf essen, die zusätzliche Ausgabe war mir jetzt gleichgültig. Wütend fuhr ich davon und fand ein ganzes Stück vom Hafen entfernt eine obskure Kneipe, wo ich mich statt des Drei-Gänge-Dinners mit einem Omelett, einer Orange und einer Tasse Kaffee begnügen mußte. Dabei hatte ich mich auf das Essen im Hotel gefreut, denn nach einem ganzen Tag im Freien und ein paar kärglichen Sandwiches fühlte ich mich hungrig.

Es war nach zehn, als ich zum Hotel zurückkam. Ich parkte den Wagen, ging um das Hotel herum zu meinem Bungalow hinunter und schlüpfte wie ein Dieb durch die Tür. Das Licht auf Stolls Terrasse brannte immer noch. Zu dieser Stunde war er zweifellos ganz damit beschäftigt, sich die nötige Bettschwere anzutrinken, und falls er mir am nächsten Tag irgendwelchen Ärger bereitete, würde ich definitiv die Hoteldirektion informieren.

Ich zog mich aus und las im Bett, bis ich nach Mitternacht schläfrig wurde. Dann knipste ich das Licht aus und ging zum Fenster, um die Läden zu öffnen, weil mir die Luft stickig vorkam. Ich blickte zur anderen Seite der Bucht hinüber. Alle Häuschen lagen im Dunkeln – bis auf eines. Stolls Bungalow natürlich. Sein Verandalicht brannte, warf einen gelben Streifen auf das Wasser neben der Anlegestelle. Zuerst fiel mir auf, daß sich das Wasser kräuselte, obwohl es völlig windstill war. Und dann sah ich ihn plötzlich. Den Schnorchel, meine ich. Das kleine Rohr war nur eine Sekunde lang in dem gelben Schein auszumachen, doch ich wußte sofort, daß es den Felsen unterhalb meines Bungalows zusteuerte. Ich wartete. Es geschah nichts, ich hörte keinen Laut, nicht das leiseste Plätschern. Vielleicht tat sie das jeden Abend.

Vielleicht hatte sie schon des öfteren, während ich nichtsahnend in ein Buch vertieft auf meinem Bett lag, unten bei den Felsen Wasser getreten. Der Gedanke, daß sie regelmäßig nach Mitternacht ihren über seinem Teufelsgebräu aus Piniennadeln und Efeu eingeschlafenen Ehemann verließ und in ihrem schwarzen Tauchanzug, der Maske und den Schwimmflossen herüberkam, um dem Bewohner des Bungalows 62 nachzuspionieren, war – gelinde gesagt – unangenehm. Und vor allem in dieser Nacht, nach dem Telefongespräch und meiner Weigerung, sie zu besuchen, hatte die Vorstellung, daß sie sich in so unmittelbarer Nachbarschaft aufhalten könnte, etwas Unheimliches, ja geradezu Bedrohliches, zumal ich auch noch eine neue Theorie über das Schicksal meines Vorgängers entwickelt hatte.

Plötzlich kam der Schnorchel in Sicht, als ihn der dünne Lichtstrahl erfaßte, der von meiner Veranda auf das nachtschwarze stille Wasser fiel. Jetzt war er beinahe genau unter mir. Von Furcht überwältigt, stürzte ich in mein Zimmer und verschloß sorgfältig alle Läden. Dann schaltete ich das Verandalicht aus, lehnte mich gegen die Wand zwischen Schlafzimmer und Bad und lauschte. Laue Luft drang durch die Spalten in den Läden, neben denen ich stand. Es schien eine Ewigkeit zu dauern, bis ich das Geräusch wahrnahm, das ich erwartet, gefürchtet hatte. Eine Art Rascheln auf der Veranda, tastende Hände, schwerer Atem. Ich konnte von meinem Platz aus nichts sehen, aber ich wußte, sie war da. Ich wußte, daß sie die Tür befühlte, während aus ihrem hautengen Tauchanzug Wasser tropfte, und ich wußte, daß sie nichts hören würde, selbst wenn ich »Was wollen Sie?« schrie. Es gab noch keine Hörapparate, die unter Wasser funktionierten. Was immer sie nachts tat, mußte sie allein mit den Augen und dem Tastsinn bewältigen.

Sie begann an den Läden zu rütteln. Ich rührte mich nicht. Sie rüttelte wieder. Dann klingelte sie, und das scharfe Schrillen durchschnitt die Luft über meinem Kopf mit der Brutalität eines Zahnbohrers, der auf den Nerv trifft. Sie klingelte dreimal. Dann wurde es still. Keinerlei Geräusch mehr. Nicht einmal Atemzüge. Doch sie konnte sehr gut in ihrem tropfenden schwarzen Tauchanzug irgendwo auf der Veranda kauern und darauf warten, daß ich die Geduld verlor und herauskam.

Ich schlich von der Wand fort und setzte mich aufs Bett. Draußen blieb es still. Mutig knipste ich die Nachttischlampe an und rechnete fast damit, daß das Gerüttel der Läden, das Schrillen der Klingel wieder ertönen würde. Doch nichts geschah. Ich blickte auf meine Armbanduhr. Es war halb eins. Ich saß zusammengekrümmt auf dem Bett. Meine ganze Schläfrigkeit war verflogen. Ich war entsetzlich wach, von bösen Vorahnungen erfüllt, und meine Furcht vor dieser schlüpfrigen schwarzen Gestalt nahm von Minute zu Minute zu, so daß ich nahe daran war, die Nerven zu verlieren. Und meine Angst wurde noch dadurch stärker und zugleich unbegreiflicher, daß es sich bei der Gestalt im Tauchanzug um eine Frau handelte. Was wollte sie?

Eine Stunde oder länger saß ich da, bis meine Vernunft endlich wiederkehrte. Meine unheimliche Besucherin war bestimmt längst fort. Ich stand auf, ging zu dem geschlossenen Laden und lauschte. Es war nichts zu hören, nur das sanfte Plätschern des Wassers am Fuß der Felsen. Behutsam öffnete ich den Haken und spähte durch die Tür. Es war niemand da. Ich stieß sie weiter auf und trat hinaus. Jenseits der Bucht brannte kein Licht mehr. Die kleine Pfütze vor meiner Tür war allerdings Beweis genug dafür, daß hier vor einer Stunde jemand gestanden hatte, und die feuchten Fußabdrücke, die auf Stufen zu den Felsen hinunterführten, ließen vermuten, daß sie auf dem gleichen Weg, den sie für ihr Kommen gewählt hatte, auch verschwunden war. Ich atmete erleichtert auf. Jetzt konnte ich ruhig schlafen.

Erst in diesem Moment bemerkte ich den Gegenstand, der vor der Tür auf dem Boden lag. Ich bückte mich und hob ihn auf. Es war ein kleines, in wasserdichtes Tuch eingewickeltes Päckchen. Ich nahm es mit hinein und betrachtete es mißtrauisch. Alberne Mutmaßungen über Plastikbomben gingen mir durch den Kopf, doch die Unterwasserbeförderung hätte so ein gefährliches Ding ja sicher unwirksam gemacht ... Das Päckchen war ringsum mit Schnur zugenäht. Es wog nicht viel. Ich erinnerte mich an das klassische Sprichwort »Ich fürchte die Griechen auch dann, wenn sie schenken.« Aber die Stolls waren keine Griechen, und, ganz gleich was für ein versunkenes Atlantis sie geplündert haben mochten – Sprengstoffe gehörten nicht zu den Schätzen, die dieser untergegangene Kontinent barg.

Ich schnitt die Schnur mit einer Nagelschere durch, zog sie Stück für Stück aus dem wasserdichten Tuch heraus und entfernte es dann. Doch der Gegenstand blieb noch immer durch eine Schicht feinmaschiges Netz verhüllt, und nachdem auch dieses entwirrt war, hielt ich endlich die symbolische Gabe in der Hand. Es war ein kleiner, rötlicher Krug mit Henkeln auf beiden Seiten. Ich hatte diese Art von Krug schon zuvor gesehen, in den Glaskästen von Museen. Aus dem Gefäßbauch war mit hervorragendem Geschick das Gesicht eines Mannes herausmodelliert – geradestehende, an Kammuscheln erinnernde Ohren, vortretende Augen, eine Knollennase über dem lüstern grinsenden Mund, der hängende Schnurrbart und ein abgerundeter Bart, der den Fuß bildete. Der Gefäßhals zeigte zwischen den Henkeln die Figuren dreier mit gewölbter Brust einherstolzierender Männer, deren Gesichter dem anderen auf dem Gefäßbauch ähnelten; doch damit hörte das Menschliche an ihnen auch auf, denn sie hatten Hufe statt Hände und Füße, und von ihrem haarigen Hinterteil wallte ein Pferdeschweif herab.

Ich drehte den Krug herum. Von der anderen Seite grinste mich dasselbe Gesicht lüstern an. Dieselben drei Figuren zierten den Hals. Er hatte keinen Sprung, keinen einzigen erkennbaren Makel, außer einer winzigen Kerbe an der Mündung. Ich schaute hinein und sah einen Zettel auf dem Gefäßboden liegen. Die Öffnung war zu eng für meine Hand, so daß ich ihn herausschütteln mußte. Es war eine einfache weiße Karte, auf der in Maschinenschrift geschrieben stand: »Silen, sterblicher Satyr, halb Pferd, halb Mensch, der – unfähig, die Wahrheit von trügerischem Schein zu unterscheiden – Dionysos, den Gott des Weins, in einer kretischen Höhle als Mädchen aufzog und später sein trunkener Erzieher und Gefährte wurde.«

Das war alles. Nichts weiter. Ich legte die Karte wieder in den Krug und stellte ihn auf den Tisch am anderen Ende des Zimmers. Doch selbst von dort aus grinste das geile, spöttische Gesicht noch zu mir herüber, und die drei Pferdemenschenfiguren hoben sich als deutlich hervortretendes Relief vom Hals ab. Ich war zu erschöpft, um das Gefäß wieder einzuwickeln, und so bedeckte ich es nur mit meiner Jacke und legte mich ins Bett. Am Morgen würde ich mich an die mühsame Aufgabe machen, es zu verpakken, und dann konnte ich den Frühstückskellner bitten, es in den Bungalow Nr. 38 zu bringen. Stoll sollte seinen Krug behalten, was immer er auch wert war, und glücklich damit werden. Ich wollte nichts damit zu schaffen haben.

Todmüde schlief ich ein, aber es war mir keine Entspannung vergönnt. Die Träume, die mich heimsuchten, ohne daß es mir gelang, sie abzuschütteln, gehörten einer anderen, unbekannten Welt an, die sich auf unheimliche Weise mit der meinen vermischte. Das Trimester hatte begonnen, doch die Schule, an der ich unterrichtete, lag auf einer von Wald umschlossenen Bergspitze, wiewohl die Gebäude die gleichen und das Klassenzimmer mein eigenes war. Meine Schüler, alles mir vertraute Jungengesichter, trugen Weinblätter im Haar und waren von einer seltsamen, unirdischen Schönheit, die betörend und zugleich verdorben wirkte. Sie liefen lächelnd auf mich zu, und ich umschlang sie mit den Armen und empfand dabei ein tückisch-süßes Glücksgefühl, wie ich es nie zuvor gekannt oder mir auch nur vorgestellt hatte. Der Mann, der mit vorgewölbter Brust in ihrer Mitte stand und mit ihnen spielte, war nicht ich selbst, so wie ich mich kannte, sondern ein dämonenhafter Schemen, der aus einem Krug aufstieg und eitel herumstolzierte, wie Stoll es in Spinalongha getan hatte.

Mir schien eine Ewigkeit vergangen zu sein, als ich erwachte, und tatsächlich sickerte helles Tageslicht durch die Läden, und es war Viertel vor zehn. Mein Kopf schmerzte, und ich fühlte mich elend, wie ausgepumpt. Ich bestellte Kaffee und schaute zur anderen Seite der Bucht hinüber. Das Boot lag an seinem Ankerplatz. Die Stolls waren also nicht angeln gefahren. Normalerweise waren sie spätestens um neun Uhr draußen. Ich holte den Krug unter meiner Jacke hervor und begann ihn mit ungeschickten Händen in das Netz und das wasserdichte Tuch zu verpacken. Ich war gerade fertig, als der Kellner mit meinem Frühstückstablett erschien. Lächelnd wie immer wünschte er mir guten Morgen.

»Könnten Sie mir wohl einen Gefallen tun?« fragte ich.

»Gern, Sir«, erwiderte er.

»Es betrifft Mr. Stoll«, erklärte ich. »Soviel ich weiß, wohnt er in Bungalow Nr. 38 auf der anderen Seite der Bucht. Er fährt sonst jeden Tag zum Angeln hinaus, aber wie ich sehe, liegt sein Boot noch am Landungssteg.«

»Das braucht Sie nicht zu wundern.« Der Kellner lächelte. »Mr. und Mrs. Stoll sind heute früh mit dem Wagen fortgefahren.«

»Verstehe. Wissen Sie, wann sie zurückkommen?«

»Sie kommen nicht mehr zurück, Sir. Sie sind abgereist. Sie sind zum Flughafen gefahren und wollten die Maschine nach Athen nehmen. Das Boot ist wahrscheinlich jetzt frei, wenn Sie es mieten wollen.«

Er ging die Stufen in den Garten hinunter, und der Krug in seiner wasserdichten Verpackung lag noch immer neben dem Frühstückstablett.

Die Sonne brannte bereits auf meinen Balkon. Es würde ein heißer Tag werden, zu heiß zum Malen. Ich war allerdings auch nicht dazu aufgelegt. Die Ereignisse der Nacht hatten mich völlig ausgelaugt, und meine Erschöpfung war nicht nur auf den mitternächtlichen Eindringling, sondern auch auf meine endlosen Träume zurückzuführen. Von den Stolls war ich vielleicht erlöst, nicht aber von ihrem Vermächtnis. Ich wickelte den Krug erneut aus und drehte ihn in meinen Häden herum. Das lüsterne, spöttische Gesicht stieß mich ab; ich bildete mir die Ähnlichkeit mit Stoll nicht nur ein, sie war überwältigend, unheimlich und zweifellos der eigentliche Grund, weshalb er das Gefäß an mich weitergegeben hatte – ich erinnerte mich an das Kichern bei jenem Telefongespräch –, und wenn er andere Gegenstände von ähnlichem oder vielleicht sogar noch höherem Wert besaß, dann konnte er auf diesen einen sehr gut verzichten. Es war bestimmt nicht einfach, dergleichen Dinge durch den Zoll zu schmuggeln, schon gar nicht in Athen. Die Geldstrafen für solche Vergehen waren ungeheuer hoch. Aber er hatte zweifellos seine Verbindungen und wußte, was zu tun war.

Ich starrte die Figuren auf dem Gefäßhals an und war von neuem verblüfft über die auffallende Ähnlichkeit zwischen ihnen und dem am Strand von Spinalongha gespreizt herumstolzierenden Stoll mit seinem nackten, behaarten Körper und dem ausladenden Gesäß. Halb Mensch, halb Satyr … »Silenos, der trunkene Erzieher des Gottes Dionysos« …

Der Krug war abscheulich, teuflisch. Kein Wunder, daß ich derart üble Träume gehabt hatte, die meiner Natur so völlig fremd waren. Aber vielleicht Stolls Natur nicht? Konnte es sein, daß er das Obszöne an diesem Gefäß ebenfalls bemerkt hatte, wenn auch erst, als es zu spät war? Der Barkeeper hatte mir erzählt, daß Stoll erst in diesem Jahr dem Alkohol verfallen sei. Sicher bestand ein Zusammenhang zwischen seiner Trunksucht und dem Fund des Kruges. Eins war mir klar, ich mußte ihn loswerden – aber wie? Wenn ich ihn zur Hoteldirektion brachte, würde man mir Fragen stellen. Vielleicht klang es unglaubwürdig, daß jemand das Gefäß in der Nacht auf meiner Veranda deponiert hatte. Vielleicht würde man mich verdächtigen, es von einer archäologischen Stätte mitgenommen zu haben, womöglich, um es aus dem Land zu schmuggeln oder irgendwo auf der Insel zu veräußern. Was also dann? Sollte ich die Küste entlangfahren und diesen jahrhundertealten Krug von wahrscheinlich unschätzbarem Wert ins Wasser werfen?

Ich packte ihn behutsam in meine Jackentasche und wanderte durch den Garten zum Hotel hinauf. Die Bar war leer, der Barkeeper polierte gerade hinter seiner Theke Gläser. Ich setzte mich auf einen Hocker und bestellte Mineralwasser.

»Kein Ausflug heute, Sir?« erkundigte er sich.

»Vielleicht später«, antwortete ich.

»Ein kühles Bad im Meer und eine Siesta auf der Veranda«, schlug er vor. »Ah, übrigens, Sir, ich habe etwas für Sie.«

Er bückte sich und brachte eine kleine Flasche mit Schraubverschluß zum Vorschein. »Das hat Mr. Stoll gestern abend mit den besten Grüßen für Sie hinterlassen. Er wartete hier fast bis Mitternacht auf Sie, aber Sie kamen nicht. So versprach ich ihm, Ihnen die Flasche zu geben.«

Ich beäugte sie mißtrauisch. »Was ist darin?« fragte ich.

Der Barkeeper lächelte. »Etwas von seinem Spezialgebräu«, antwortete er. »Es ist ganz harmlos, er hat mir auch eine Flasche davon gegeben, für mich und meine Frau. Sie sagt, es ist ganz einfach Limonade. Das übelriechende Zeug muß er wohl weggeschüttet haben. Probieren Sie mal.« Und bevor ich ihn daran hindern konnte, hatte er schon ein wenig in mein Mineralwasser gegossen.

Zögernd tauchte in meinen Finger in das Glas und kostete. Es erinnerte mich an den Gerstentrank, den meine Mutter immer machte, als ich noch Kind war. Es schmeckte auch genauso fade. Und doch ... es hinterließ einen eigenartigen Nachgeschmack auf Gaumen und Zunge. Nicht so süß wie Honig, auch nicht so herb wie Trauben, aber angenehm, eine Mischung aus sonnenbeschienenen Rosinen und reifen Ähren.

»Na gut«, sagte ich. »Auf die Gesundheit von Mr. Stoll – er hat es nötig!« Und mannhaft trank ich meine Medizin.

»Eins steht fest«, erklärte der Barkeeper, »ich habe meinen besten Kunden verloren. Sie sind heute früh abgereist.«

»Ja«, sagte ich, »das habe ich von meinem Kellner gehört.«

»Mrs. Stoll sollte ihn in eine Klinik bringen«, fuhr der Barkeeper fort. »Er ist ein kranker Mann, und es ist nicht nur der Alkohol.«

»Wie meinen Sie das?«

Er tippte sich an die Stirn. »Da oben stimmt's nicht mehr ganz«, antwortete er. »Sie haben ja selbst erlebt, wie er sich benimmt. Irgend etwas zerrüttet ihm den Verstand. Eine fixe Idee oder so etwas. Ich glaube nicht, daß wir die beiden nächstes Jahr wiedersehen.«

Ich trank mein Mineralwasser, das durch den Gerstengeschmack zweifellos gewonnen hatte.

»Was war er eigentlich von Beruf?« fragte ich.

»Mr Stoll? Na, mir erzählte er einmal, er sei an einer amerikanischen Universität Professor für alte Sprachen, aber bei ihm wußte man ja nie, ob er die Wahrheit sagte oder nicht. Mrs. Stoll bezahlte die Rechnungen hier, engagierte den Bootsmann und kümmerte sich überhaupt um alles. Obwohl er sie in der Öffentlichkeit beschimpfte, schien er von ihr abhängig zu sein. Ich hab mich zwar manchmal gefragt ...«

Er verstummte.

»Was haben Sie sich gefragt?« forschte ich.

»Na ja ... Sie mußte eine ganze Menge einstecken. Ich hab sie oft beobachtet, wenn sie ihn anschaute, und es waren keine liebevollen Blicke. Frauen ihres Alters möchten doch etwas vom Leben haben. Vielleicht hat sie anderswo ihre Befriedigung gefunden und ihm dafür die Leidenschaft für Alkohol und Altertümer nachgesehen. Er hat eine ganze Reihe Dinge zusammengetragen – in Griechenland und auf den Inseln und hier in Kreta. Es ist gar nicht so schwer, wenn man sich auskennt.«

Er blinzelte. Ich nickte und bestellte noch ein Mineralwasser. Die warme Luft in der Bar hatte mich durstig gemacht.

»Gibt es an der Küste vielleicht noch irgendwelche weniger bekannte Stätten?« fragte ich. »Orte, die er mit dem Boot hätte erreichen können, meine ich.«

Möglicherweise war es nur Einbildung, aber es kam mir so vor, als wiche er meinem Blick aus.

»Das weiß ich nicht, Sir«, antwortete er. »Vermutlich schon, aber es ist sicher alles bewacht. Und daß es noch Orte gibt, die die Behörden nicht kennen, bezweifle ich.«

»Und wie ist es mit Wracks?« bohrte ich weiter. »Schiffen, die vielleicht vor Jahrhunderten gesunken sind und nun auf dem Meeresgrund liegen?«

Er zuckte die Schultern. »Man hört immer wieder einmal Gerüchte«, antwortete er obenhin. »Geschichten, die von Generation zu Generation weitererzählt werden. Aber meistens ist es reine Phantasie, Aberglauben. Ich habe so etwas nie ernst genommen, und ich kenne keinen einigermaßen vernünftigen Menschen, der es tut.«

Er schwieg einen Augenblick und rieb an einem Glas herum. Ich überlegt, ob ich zuviel gesagt hatte. »Wir wissen alle, daß ab und zu kleine Gegenstände gefunden werden«, murmelte er, »und sie können sehr wertvoll sein. Meistens werden sie aus dem Land geschmuggelt, aber wenn das zu riskant ist, kann man sie schon hier zu einem guten Preis an Kenner verkaufen. Ich hab einen Vetter im Dorf, der Beziehungen zu unserem Museum hat. Er ist der Wirt des Cafés gegenüber dem Teich. Mr. Stoll war da sehr häufig. Papitos heißt er. Übrigens gehört ihm auch das Boot, das die Stolls immer benutzten. Er vermietet es an die Hotelgäste.«

»Ich verstehe.«

»Aber ... Sie sind natürlich kein Sammler, Sir ... Sie interessieren sich nicht für Altertümer.«

»Nein«, bestätigte ich, »ich bin kein Sammler.«

Ich stieg von meinem Hocker herunter, nickte dem Barkeeper grüßend zu und verließ die Bar. Ich fragte mich, ob sich wohl das Päckchen in meiner Tasche abzeichnete.

Ich schlenderte durch die Halle auf die Terrasse hinaus. Die Neugier ließ mir keine Ruhe, und so spazierte ich zu Stolls Bootsanlegestelle hinunter. Sein Bungalow war schon saubergemacht und aufgeräumt, die Läden hatte man geschlossen. Nichts erinnerte mehr an die letzten Bewohner. Höchstwahrscheinlich würde das Haus bis zum Abend schon wieder an irgendeine englische Familie vermietet sein, die überall ihre Badeanzüge verstreute.

Das Boot lag an seinem Ankerplatz, und sein Betreuer schrubbte es gerade von außen ab. Ich schaute zu meinem eigenen Bungalow hinüber, den ich nun zum erstenmal von Stolls Blickwinkel aus sah. Ja, wenn er hier stand und durch sein Fernglas starrte, mußte er mich für einen Eindringling gehalten haben, einen Spion, vielleicht sogar für jemanden, der aus England hergeschickt worden war, um die Begleitumstände von Gordons Tod zu untersuchen. War es eine Geste der Herausforderung, daß Stoll mir in der Nacht vor seiner Abreise den Krug geschenkt hatte? Ein Bestechungsversuch? Oder ein Fluch?

Jetzt richtete sich der Grieche auf und sah zu mir herüber. Es war nicht derselbe Bootsmann wie bisher, ich hatte das nur nicht bemerkt, solange er mir den Rücken zugewandt hielt. Der Bursche, der die Stolls begleitet hatte, war jünger gewesen, dunkelhaarig; dieser hier war schon ein recht alter Mann. Es fiel mir ein, daß mir der Barkeeper erzählt hatte, das Boot gehöre seinem Vetter Papitos, dem Besitzer des Cafés beim Teich.

»Entschuldigen Sie«, rief ich. »Sind Sie vielleicht der Bootseigentümer?«

Der Mann kletterte auf den Landungssteg und kam heran.

»Nicolai Papitos ist mein Bruder«, sagte er. »Wollen Sie kleine Fahrt um die Bucht machen? Viele Fische da draußen. Kein Wind heute. Sehr ruhig das Meer.«

»Für Angeln interessiere ich mich nicht«, antwortete ich. »Aber ich hätte nichts gegen einen Ausflug. So eine Stunde ungefähr. Was kostet das?«

Er nannte mir den Betrag in Drachmen, und ich rechnete aus, daß es knapp zwei Pfund waren, obwohl es zweifellos doppelt soviel kosten würde, die Landspitze zu umrunden und bis zu jenem Sandstreifen auf dem Isthmus von Spinalongha die Küste entlangzufahren. Ich zog meine Brieftasche heraus, um nachzusehen, ob ich genügend Geld bei mir hatte oder zur Rezeption zurückgehen und einen Travellerscheck einlösen müßte.

»Lassen Sie Hotel bezahlen«, schlug er schnell vor, da er offenbar meine Gedanken erraten hatte. »Kosten kommen dann auf Ihre Rechnung.«

Das gab den Ausschlag. Im übrigen waren meine Extraausgaben bisher sowieso sehr bescheiden gewesen.

»Schön«, sagte ich, »dann miete ich das Boot für ein paar Stunden.«

Es war ein merkwürdiges Gefühl, durch die Bucht zu tuckern, wie es die Stolls so oft getan hatten. Ich hatte keinen genauen Plan. Es zog mich lediglich aus irgendeinem unerklärlichen Grund zu der Stelle, wo das Boot am Vortag geankert hatte. »Das Wrack ist schon vor Jahrhunderten leergeplündert worden ...« Hatte Stoll gelogen? War es vielleicht denkbar, daß dort wochenlang Tag für Tag sein Jagdrevier gewesen war und seine Frau aus der Tiefe tropfende Schätze heraufgebracht und ihm in die raffgierigen Hände gelegt hatte? Wir umrundeten die Spitze, und als wir den schützenden Arm hinter uns gelassen hatten, wurde die Brise gleich frischer, und das Boot geriet in Bewegung, wenn es die gekräuselten kurzen Wellen schnitt.

Der lange Isthmus von Spinalongha lag links vor uns, und es war ziemlich schwierig, meinem Steuermann nun zu erklären, daß mich ausgerechnet die exponiertere, zur offenen See hin gelegene Isthmusküste interessierte und nicht etwa die ruhigeren Gewässer bei den Salinen.

»Möchten Sie angeln?« brüllte er, um das Dröhnen des Motors zu übertönen. »Gute Fische davor«, und er deutete auf die Salinen.

»Nein, nein!« schrie ich zurück. »Fahren Sie weiter, die Küste entlang.«

Er zuckte die Achseln. Er konnte nicht fassen, daß ich nicht angeln wollte, und ich überlegte mir schon, was für eine Ausrede ich vorbringen könnte, damit er, wenn wir unser Ziel erreichten, das Boot zur Küste steuerte und dort verankerte.

Jetzt kamen die Hügel in Sicht, auf denen ich gestern herumgeklettert war, und gleich darauf, nachdem wir eine Landzunge umrundet hatten, der kleine Meeresarm und die verfallene Schäferhütte am Strand.

»Da hinein«, rief ich. »Ankern Sie vor dem Strand dort.«

Er starrte mich verwirrt an und schüttelte den Kopf. »Nicht gut«, schrie er. »Zuviel Felsen.«

»Unsinn«, brüllte ich. »Erst gestern habe ich Leute vom Hotel hier ankern sehen.«

Er hatte unvermittelt den Motor gedrosselt, so daß meine Stimme lächerlich gellend klang. Das Boot tanzte auf den kurzen Wellen auf und ab.

»Kein guter Platz«, wiederholte er störrisch. »Wrack da, versperrt den Weg.«

Also gab es tatsächlich ein Wrack... Ich verspürte eine wachsende Erregung und war nicht gewillt, mich von meinem Plan abbringen zu lassen.

»Darüber weiß ich nichts«, entgegnete ich genauso entschieden. »Aber das Boot lag genau vor der kleinen Landzunge, ich habe es selbst gesehen.«

Er murmelte etwas vor sich hin und bekreuzigte sich dann.

»Und wenn ich Anker verliere?« fragte er. »Was sage ich meinem Bruder Nicolai?«

Er steuerte das Boot sehr behutsam in die Bucht hinein. Dann ging er mit unterdrücktem Fluchen nach vorn und warf den Anker über Bord. Er wartete, bis er hielt, kam wieder ins Heck und stellte den Motor ab.

»Wenn Sie näher wollen, müssen Sie Schlauchboot nehmen«, sagte er mürrisch. »Ich blase es für Sie auf.« Und er zerrte eines dieser aufblasbaren Rettungsboote hervor.

Es war mir im Grund viel lieber. So konnte ich in Ruhe zum Strand paddeln, ohne daß er mir dabei über die Schulter sah. Gleichzeitig wollte ich mir aber die Gelegenheit nicht entgehen lassen, seinem Stolz einen kleinen Stich zu versetzen.

»Der Mann, der das Boot gestern steuerte, ankerte weiter drinnen, und es ist nichts passiert«, sagte ich.

»Wenn er riskieren wollen, daß mein Bruder Boot verliert, kann er das machen«, erwiderte er barsch. »Jetzt habe ich die Verantwortung. Der andere ist heute nicht gekommen zur Arbeit, wird entlassen. Ich habe nicht Lust, daß auch mir passiert so etwas.«

Ich entgegnete nichts. Wenn der jüngere Bootsmann seinen Job verloren hatte, dann vermutlich, weil zu viele Trinkgelder von Stoll in seine Tasche gewandert waren.

Als das Boot aufgeblasen im Wasser schwamm, stieg ich vorsichtig hinein und begann auf den Sandstreifen zuzupaddeln, den ich glücklicherweise auch ohne große Schwierigkeit erreichte. Als ich das Schlauchboot an Land zog, merkte ich, daß mich mein Steuermann von seinem sicheren Ankerplatz aus interessiert beobachtete. Doch nachdem er sich davon überzeugt hatte, daß das Schlauchboot keinen Schaden nahm, drehte er mir aus Protest den Rücken zu und hockte dann mit vorgeschobenen Schultern im Bug, wo er vermutlich über die spleenigen englischen Touristen nachdachte.

Ich wollte deshalb an Land gehen, weil ich von dort aus den gestrigen Ankerplatz des Bootes einigermaßen genau zu bestimmen hoffte. Wie erwartet, sah ich sofort, daß es weiter links als heute und mehr in Strandnähe gelegen hatte. Ich schaute zu der Schäferhütte hinüber und entdeckte meine Fußabdrücke vom Tag zuvor. Es gab aber noch andere. Frische. Der Sand vor der Hütte war zerwühlt, als hätte etwas da gelegen und wäre dann zum Wasser geschleift worden. Vielleicht war der Ziegenhirte am Morgen mit seiner Herde gekommen.

Ich ging zu dem Schuppen hinüber und schaute hinein. Seltsam ... Der kleine Haufen Keramikscherben war fort. Nur die leeren Flaschen standen noch immer in der Ecke und hatten sich sogar um drei vermehrt, von denen eine noch halb voll war. Die Sonne hatte fast eine Stunde lang auf meinen ungeschützten Kopf heruntergebrannt – ich hatte dummerweise meinen Hut im Bungalow zurückgelassen, weil ich ja überhaupt nicht auf diesen Ausflug vorbereitet gewesen war –, und so verspürte ich jetzt einen unerträglichen Durst. Ich hatte allzu spontan gehandelt und mußte nun dafür büßen. Rückblickend betrachtet, war es ein unverantwortlich leichtfertiges Unternehmen. Auf jeden Fall fand ich, eine halbe Flasche Bier sei einem Hitzschlag vorzuziehen.

Ich wollte nicht gern eine Flasche an den Mund setzen, aus der schon ein Ziegenhirte getrunken hatte – sofern er tatsächlich dagewesen war; diese Burschen zeichneten sich nicht gerade durch besondere Reinlichkeit aus. Der Krug in meiner Tasche fiel mir ein. Nun, so diente er zumindest einem Zweck. Ich wickelte ihn aus und goß das Bier hinein. Erst nach dem ersten Schluck merkte ich, daß es gar kein Bier war, sondern Gerstenwasser. Dasselbe hausgebraute Zeug, das Stoll in der Bar für mich hinterlassen hatte. Tranken es die Einheimischen etwa auch? Daß es völlig harmlos war, wußte ich aus eigener Erfahrung; zudem hatten es auch der Barkeeper und seine Frau probiert.

Als die Flasche leer war, betrachtete ich den Krug noch einmal. Ich weiß nicht, wie es zuging, doch das lüsterne Gesicht schien mit einemmal nicht mehr so geil. Es hatte eine gewisse Würde, die mir zuvor entgangen war. Der Bart zum Beispiel war geradezu vollendet um den Gefäßfuß herum modelliert. Wer immer den Krug hergestellt hatte, es war ein Meister gewesen. Ich überlegte, ob Sokrates so ausgesehen haben mochte, wenn er mit seinen Schülern in die Agora von Athen spazierte und über das Leben philosophierte. Gut möglich. Und bei seinen Schülern mußte es sich auch nicht unbedingt um jene jungen Männer, als die sie Plato bezeichnete, gehandelt haben; sie konnten auch in zarterem Alter gewesen sein, wie meine Schülter, diese elf- und zwölfjährigen Jungen, die mich in meinen Träumen der letzten Nacht angelächelt hatten.

Ich betastete die welligen Ohren, die runde Nase und die vollen Lippen des Tutors Silen auf dem Krug, seine Augen, die ich auf einmal nicht mehr als vortretend bezeichnet hätte, sondern eher als fragend, flehend; selbst die nackten Pferdemenschen auf dem Hals hatten jetzt mehr Anmut. Sie stolzierten nicht mehr eitel herum, sondern schienen mit verschlungenen Händen zu tanzen, heiter, gelöst, von ausgelassener Fröhlichkeit erfüllt. Es mußte meine Furcht vor dem mitternächtlichen Eindringling gewesen sein, die mich das Gefäß mit so viel Abscheu hatte betrachten lassen.

Ich steckte es wieder in meine Tasche und ging zu dem Schlauchboot zurück. Angenommen, ich besuchte diesen Papitos, der Beziehungen zum örtlichen Museum hatte, und erkundigte mich nach dem Wert des Kruges? Angenommen, er war Hunderte, Tausende wert, und Papitos könnte ihn für mich verkaufen oder mir eine Adresse in London nennen? Stoll mußte das ständig getan und Erfolg dabei gehabt haben. Das hatte der Barkeeper wenigstens angedeutet... Während ich vom Strand fortpaddelte, dachte ich über den Unterschied zwischen einem so vermögenden Mann wie Stoll und mir nach. Da war er, ein gefühlloser, roher Mensch mit einer so dicken Haut, daß man sie nicht einmal mit einem Speer hätte durchstechen können, ein Mann, dessen Regale zu Hause in den Vereinigten Staaten vermutlich mit Beute geradezu beladen waren. Ich dagegen, der ich ein unzulängliches Gehalt bekam, um kleine Jungen zu unterrichten, und wofür das alles? Die Moralisten behaupteten, Geld mache nicht glücklich, doch sie irrten sich. Wenn ich nur ein Viertel von Stolls Reichtum besäße, könnte ich mich vom Schuldienst zurückziehen, im Ausland leben, den Sommer vielleicht auf einer griechischen Insel verbringen und den Winter in irgendeinem Studio in Athen oder Rom. Ein völlig neues Leben würde sich vor mir auftun, und überdies genau im richtigen Augenblick, bevor ich zu alt wurde, um es zu genießen.

Ich paddelte zu der Stelle hin, wo das Boot meiner Meinung nach am Vortag geankert hatte. Dann ließ ich das Schlauchboot treiben und starrte ins Wasser. Es war von blaßgrüner Farbe, durchsichtig, allerdings bestimmt einige Faden tief, denn der mit hellem Sand bedeckte Meeresgrund hatte etwas Entrücktes und wirkte wie eine andere, weit von der meinen entfernten Welt. Ein silberhell schimmernder Fischschwarm wogte auf eine Locke rötlichen Haares zu, die Aphrodite hätte zieren können, jedoch nur Tang war, der sich sanft mit der Strömung im Wasser wiegte. Jeder gewöhnliche runde Kiesel glänzte wie ein Edelstein. Die Brise, die den Golf hinter dem verankerten Boot kräuselte, konnte stets nur die Wasseroberfläche, nie diese Tiefen erreichen, und während das Schlauchboot langsam im Kreis herumtrieb, überlegte ich, ob es vielleicht das Tauchen als solches gewesen war, was die taube Mrs. Stoll dazu veranlaßt hatte, die Habgier ihres Mannes zu befriedigen, ob die Suche nach Schätzen für sie nur ein Vorwand gewesen war, um in den Tiefen da unten einem unerträglichen Leben zu entkommen.

Genau in dieser Sekunde sah ich in den Hügeln über der Bucht etwas in der Sonne blitzen. Es war ein Gegenstand aus Glas, und er bewegte sich. Irgend jemand beobachtete mich durch einen Feldstecher. Ich stützte mich auf meine Paddel und starrte hinauf. Zwei Gestalten versuchten sich hastig über den Hügelkamm fortzustehlen, aber ich erkannte sie gleich. Es waren Mrs. Stoll und der Grieche, der das Boot für sie bedient hatte. Ich schaute mich um. Mein Steuermann blickte noch immer unverwandt auf das Meer hinaus. Er hatte nichts gesehen.

Jetzt waren die frischen Fußabdrücke erklärt. Mrs. Stoll hatte zusammen mit dem Bootsmann die Hütte ein letztes Mal besucht, um die Scherben wegzuräumen, und jetzt würden sie sicher ihre durch den Abstecher zu den Salinen um einige Kilometer verlängerte Fahrt zum Flugplatz fortsetzen, um die Nachmittagsmaschine nach Athen zu erreichen. Und Stoll selbst? Wahrscheinlich hielt er inzwischen auf dem Rücksitz des wartenden Wagens eine Siesta.

Daß ich diese Frau noch einmal sehen mußte, verdarb mir den ganzen Ausflug. Ich bedauerte, daß ich gekommen war. Und mein Steuermann hatte die Wahrheit gesagt; das Schlauchboot trieb jetzt über Felsen. Hier erstreckte sich offenbar ein Riff von der Küste ins Meer hinein. Der Sand war nun dunkler, grau, von anderer Beschaffenheit. Die Augen mit den Händen abschirmend, starrte ich angestrengt ins Wasser, und plötzlich sah ich den großen, überkrusteten Anker, auf dem sich die Muscheln von Jahrhunderten festgesetzt hatten, und als das Schlauchboot weitertrieb, entdeckte ich auch das geborstene, verstümmelte Skelett des Schiffes.

Stoll hatte recht gehabt, es war ausgeplündert. Hier war bestimmt nichts verblieben, was irgendeinen Wert gehabt hätte. Keine Schalen, Krüge oder schimmernde Münzen. Eine momentane Brise riffelte das Wasser, und als es wieder ruhig und klar wurde, sah ich neben dem Gerippe des Bugs den zweiten Anker und einen menschlichen Körper, den das verkrustete Eisen gefangenhielt. Die Bewegung des Wassers verlieh ihm trügerisches Leben, so daß es schien, als versuche er noch immer verzweifelt, sich zu befreien, obwohl ihm das nie gelingen konnte. Tage und Nächte würden vergehen, Monate und Jahre, und bald würde sich das Fleisch zersetzen, bis nur noch ein auf den Anker aufgespießtes Skelett übrigblieb.

Es war Stoll, dessen Kopf, Rumpf und Glieder hier grotesk und unmenschlich in der Strömung hin und her schwangen.

Ich blickte noch einmal zu dem Hügelkamm hinauf, doch die beiden Gestalten waren schon lange verschwunden, und mit einemmal sah ich intuitiv mit erschreckender Klarheit vor mir, was geschehen war: Stoll, die Flasche zum Mund gehoben, stolzierte am Strand herum, und plötzlich schlugen sie ihn von hinten nieder und schleiften ihn zum Wasser, und seine Frau war es dann, die den Ertrinkenden zu seiner letzten Ruhestätte auf dem Meeresgrund hinunterschleppte und ihn auf den verkrusteten Anker aufspießte. Der einzige Zeuge seines Geschicks war ich, und ich würde schweigen, ganz gleich, was für Lügen sie erzählen mochte, um sein Verschwinden zu erklären. Ich war nicht verpflichtet, die Tragödie aufzudecken, und ich wollte auf keinen Fall darin verwickelt werden.

Dann hörte ich einen würgenden, halberstickten Laut neben mir – jetzt weiß ich, daß er von mir selbst kam, denn Grauen und Furcht überwältigten mich –, hastig begann ich von dem Wrack fortzupaddeln. Dabei streifte mein Arm den Krug in meiner Tasche, und in plötzlicher Panik zerrte ich ihn heraus und warf ihn über Bord. Doch ich wußte, daß ich ihn vergeblich von mir schleuderte. Er versank nicht gleich, sondern tänzelte noch eine Weile auf der Oberfläche, bis er sich mit dem durchsichtig hellgrünen Wasser füllte, dessen blasse Tönung mich an den mit Piniennadeln und Efeu versetzten Gerstensaft erinnerte. Dieser Saft war keineswegs harmlos, nein, er war teuflisch, stumpfte das Gewissen ab und betäubte den Geist; das höllische Gebräu des lachenden Gottes Dionysos, das seine Jünger in Trunksüchtige verwandelte, würde bald ein neues Opfer fordern. Das Gift kreiste schon in mir. Die Augen in dem aufgedunsenen Gesicht starrten zu mir herauf, und es waren nicht nur die des Erzieher-Satyrs Silen und des ertrunkenen Stoll, sondern auch meine eigenen, wie sie mir eines Tages aus einem Spiegel entgegensehen würden. Alles Wissen schien in ihrem unergründlichen Blick zu liegen, und alle Verzweiflung.

Monte Verità

Sie erzählten mir hinterher, sie hätten nichts gefunden; keine Spur, weder von Lebenden noch von Toten. Als es ihnen schließlich, rasend vor Wut und – wie ich glaube – Furcht, gelang, in die verbotenen Mauern einzudringen, vor denen sie seit Jahrhunderten ein Grauen empfunden und die sie immer gemieden hatten – da trafen sie auf nichts als ein unendliches Schweigen. Enttäuscht, bestürzt, erschrocken und wutentbrannt über die leeren Zellen und den kahlen Innenhof griffen die Bewohner des Tals zu den gleichen primitiven Mitteln, deren sich das Landvolk zu allen Zeiten bedient hat: zu Feuer und Zerstörung.

Das war – glaube ich – die einzige Antwort, die sie auf etwas ihnen Unbegreifliches geben konnten. Doch als ihr Zorn verraucht war, mußten sie erkennen, daß nichts von Belang zerstört war. Die schwelenden und rauchgeschwärzten Mauern, die in der Morgendämmerung, da die Sterne noch frostig blinkten, auf sie niederstarrten, triumphierten letzten Endes doch über sie.

Es wurden natürlich Suchmannschaften ausgeschickt. Die erfahrensten Bergsteiger unter ihnen, die der nackte Gipfel nicht zurückschreckte, durchsuchten den Gebirgszug von Norden nach Süden und von Osten nach Westen, fanden jedoch nichts.

Das ist das Ende der Geschichte; weiter ist nichts bekannt.

Zwei Männer aus dem Dorf halfen mir, Victors Leichnam zu Tal zu tragen. Er wurde am Fuße des Monte Verità begraben. Im Grunde meines Herzens beneidete ich ihn, daß er dort in Frieden ruhen durfte: Er hatte sich seinen Traum bewahrt.

Was mich betrifft, so konnte ich mich den Forderungen meines bisherigen Lebens nicht entziehen. Der Zweite Weltkrieg hob die Welt noch einmal aus den Angeln, und heute, da ich mich den Siebzig nähere, habe ich kaum noch Illusionen. Dennoch denke ich oft an den Monte Verità und grüble nach einer endgültigen Antwort.

Ich habe drei Theorien aufgestellt, aber vielleicht entspricht keine der Wahrheit.

Die erste und phantastischste ist die, daß am Ende doch Victor recht hat, an seinem Glauben festzuhalten, die Insassen des Monte Verità seien tatsächlich unsterblich und in der Stunde der Gefahr gleich den Propheten des alten Bundes in den Himmel aufgefahren.

Man möge bedenken, daß ich den Berg mit eigenen Augen im Glanze des Vollmonds und, zur Mittagszeit, im Sonnenschein habe daliegen sehen. Was ich da sah, hörte und fühlte, war tatsächlich nicht von dieser Welt. Ich denke an die mondbeschienene Felsbastion; höre den Gesang von den verbotenen Mauern; sehe die Felsspalte, die wie ein Kelch zwischen den Zwillingsgipfeln des Berges klaffte; höre das Gelächter, sehe die nackten, bronzebraunen Arme sich zur Sonne recken.

Wenn ich mir all dies ins Gedächtnis zurückrufe, glaube ich an die Unsterblichkeit ...

In meiner zweiten Theorie sehe ich die Nacht hereinbrechen, die Sterne heraufziehen und halte mir den Mut jener Seele vor Augen, die für sich und die anderen den weisesten Weg wählte; und während ich zu Victor zurückkehrte und die Leute aus dem Tal sich zum Angriff sammelten, stieg die kleine Schar der Gläubigen, die letzte Gemeinschaft der Wahrheitssucher, zu jener Felsspalte zwischen den Gipfeln empor und fand dort den Tod.

An meine dritte Theorie glaube ich, wenn ich in eher zynischer Stimmung bin, wenn ich mich sehr einsam fühle. Dann sage ich mir, daß die Insassen des Monte Verità sich schon längst auf den Abzug vorbereitet hatten und im entscheidenden Augenblick weder die Unsterblichkeit noch den Tod wählten, sondern das Leben in dieser Welt; daß sie heimlich und unbemerkt ins Tal kamen, sich unter die Leute mischten und jeder seiner Wege ging ...

Jetzt, da ich älter werde – ich sagte bereits, daß ich bald siebzig bin, und die Erinnerung schrumpft mit dem Wachsen der Jahre –, wird mir die Geschichte von Monte Verità immer rätselhafter, immer unwahrscheinlicher, und aus diesem Grunde spüre ich den Drang in mir, sie hier niederzuschreiben, ehe mein Gedächtnis mich vollends verläßt. Vielleicht liest sie einmal jemand, der die Berge genauso liebt wie ich einst, auf diese Weise ein besonderes Verständnis für alles aufbringt und es sich selbst deutet.

Victor und ich waren Jugendfreunde. Wir besuchten in Marlborough die gleiche Schule und gingen beide im gleichen Jahr nach Cambridge. Damals war ich sein bester Freund, und wenn wir uns, nachdem wir die Universität verlassen hatten, nicht mehr ganz so oft sahen wie bisher, so lag es nur daran, daß wir beruflich ganz verschiedene Wege gingen: Mein Beruf zwang mich, viel im Ausland zu leben, während er in Shropshire sein Gut verwaltete. Wenn wir uns wiedersahen, stellte sich sofort die alte Beziehung her, und wir hatten beide nicht das Gefühl, uns auseinandergelebt zu haben.

Unser beider Arbeit nahm uns voll in Anspruch. Wir hatten jedoch Geld und Muße genug, um es uns leisten zu können, einen von uns beiden heißgeliebten Sport auszuüben, nämlich Bergsteigen. Der moderne Hochtourist mit seinem fachmännischen Training und seiner sachgemäßen Ausrüstung würde unsere Unternehmungen als äußerst dilettantisch ansehen – ich spreche von den idyllischen Tagen vor dem Ersten Weltkrieg –, und wenn ich an sie zurückdenke, so muß ich gestehen, daß sie tatsächlich dilettantisch waren. Es war wirklich nichts Fachmännisches an den beiden jungen Männern, die sich mit Händen und Füßen die Berge von Cumberland und Wales hocharbeiteten und sich später, nachdem sie einige Erfahrungen gesammelt hatten, an gefährlichere Aufstiege in Südeuropa wagten.

Mit der Zeit legte sich unsere Tollkühnheit, wir richteten uns mehr nach dem Wetter und lernten die Berge mit größerer Ehrfurcht zu betrachten – nicht als Feinde, die überwunden, sondern als Verbündete, die gewonnen werden mußten. Victor und ich kletterten nicht etwa aus Liebe zur Gefahr oder um uns mit möglichst vielen Besteigungen brüsten zu können; das Klettern war uns innerstes Bedürfnis. Wir liebten, was wir bezwangen.

Die schönsten Stunden meines Lebens waren diejenigen, die ich in meiner Jugend auf den Berggipfeln zugebracht habe. Dies Verlangen, alle Kräfte vollkommen zu verausgaben, sich aller Gedanken zu entledigen, nichts zu sein, ein kleiner Punkt unter dem unendlichen Himmel – Victor und ich nannten es das Bergfieber.

Victor konnte sich immer als erster aus dieser Verzauberung lösen, viel schneller als ich. Er pflegte sich in solchen Augenblicken nüchtern und sorgfältig umzublicken und die beste Abstiegsmöglichkeit auszukundschaften, während ich ein Wunder erlebte, noch in einem Traum verloren war, den ich nicht begreifen konnte. Unsere Ausdauer hatte sich bewährt, der Gipfel gehörte uns, und doch blieb etwas Unbestimmbares, das noch zu bezwingen war. Sie versagte sich mir jedoch immer, diese Erfahrung, nach der ich am meisten verlangte, und irgend etwas schien mir zu sagen, daß ich selbst die Schuld daran trüge. Dennoch waren es herrliche Tage, die schönsten meines Lebens ...

Eines Sommers – ich war gerade von einer Geschäftsreise, die mich nach Kanada geführt hatte, nach London zurückgekehrt – erhielt ich von Victor einen vor Glück überströmenden Brief. Er habe sich verlobt, ja, würde binnen kurzem heiraten. Sie sei die entzückendste junge Frau, die er jemals gesehen habe, und ob ich sein Trauzeuge sein wolle? Ich schrieb ihm zurück, wie man es bei solchen Gelegenheiten tut, drückte ihm meine Freude aus und wünschte ihm von Herzen Glück. Ich selbst war ein eingefleischter Junggeselle und sagte mir, daß ich wieder einen Freund, und noch dazu meinen besten, verlieren, daß er in der Welt satter Häuslichkeit untertauchen würde.

Victors zukünftige Frau war Waliserin und wohnte gleich jenseits der Grenze von Victors Gut in Shropshire. »Und stelle dir vor, sie ist bis jetzt noch nicht einmal auf dem Snowdown gewesen«, schrieb Victor in seinem zweiten Brief. »Ich werde sie in die Kunst des Bergsteigens einführen.« Für mich allerdings gab es nichts Furchtbareres als die Vorstellung, eine unerfahrene Frau hinter mir her auf einen Berg ziehen zu müssen.

In einem dritten Brief kündigte Victor mir mitten im Trubel der Hochzeitsvorbereitungen seinen und seiner Braut Besuch in London an. Ich lud sie zum Lunch ein. Ich weiß nicht, wie ich sie mir vorgestellt hatte, ich glaube, klein und zierlich, mit dunklem Haar und hübschen Augen. Jedenfalls war ich nicht auf die ausgesprochene Schönheit vorbereitet, die auf mich zutrat, mir die Hand reichte und sagte: »Ich bin Anna.«

Damals, vor dem Ersten Weltkrieg, pflegten sich die jungen Frauen noch nicht zu schminken. Anna benutzte keinen Lippenstift, und ihr goldenes Haar war über den Ohren zu Schnecken gerollt. Ich weiß noch, wie ich sie, ihre unbeschreibliche Schönheit anstarrte, wie Victor befriedigt auflachte und sagte: »Was habe ich dir gesagt?« Wir setzten uns zum Lunch nieder, waren alle drei bald ganz ungezwungen und plauderten gemütlich miteinander. Eine gewisse Zurückhaltung machte einen Teil ihres Charmes aus, doch ich hatte das Gefühl, als ob sie mich nicht nur als Victors besten Freund hinnahm, sondern sogar ein wenig gern hatte.

Ich sagte mir, Victor habe wirklich Glück, und jedes Bedenken, das ich gegen eine Heirat gehabt hatte, schwand, als ich sie sah. Wie immer, wenn Victor und ich zusammen waren, kamen wir, noch ehe das Essen halb vorüber war, auf Berge und Bergsteigen zu sprechen.

»Sie wollen also einen Mann heiraten, dessen Steckenpferd die Bergsteigerei ist«, wandte ich mich an sie, »und sind selbst noch nicht einmal auf dem bekanntesten Berg Ihrer Heimat, auf dem Snowdown, gewesen?«

»Nein«, antwortete sie, »noch nie.«

Ein Zögern in ihrer Stimme ließ mich aufhorchen. Eine kleine Falte hatte sich zwischen ihre außerordentlich schönen Augen gelegt.

»Warum?« fragte ich. »Es ist ja fast eine Sünde, aus Wales zu stammen und den höchsten Waliser Berg nicht zu kennen.«

Hier schaltete sich Victor ins Gespräch ein. »Anna fürchtet sich«, sagte er. »Jedesmal, wenn ich ihr eine Besteigung vorschlage, kommt sie mit einer anderen Ausrede.«

Sie wandte sich hastig an ihn. »Nein, Victor«, sagte sie, »das ist es nicht. Du verstehst mich eben nicht. Ich fürchte mich nicht vor dem Bergsteigen.«

»Was ist es denn?« sagte er und ergriff ihre Hand, die auf dem Tisch lag. Ich spürte, wie sehr er sie liebte und wie glücklich sie wahrscheinlich werden würden. Sie blickte zu mir herüber. Ich hatte das Gefühl, als ob sie mit ihren Blicken mein ganzes Sein zu durchdringen suchte, und plötzlich wußte ich instinktiv, was sie sagen wollte.

»Die Berge fordern viel«, sagte sie. »Man muß ihnen alles geben, und da ist es für einen Menschen wie mich besser, sich von ihnen fernzuhalten.«

Ich verstand, was sie meinte, jedenfalls glaubte ich es damals; aber da Victor sie liebte und sie Victor, konnte ich mir nichts Schöneres vorstellen, als daß sie beide das gleiche Steckenpferd hätten, wenn ihre anfängliche Scheu erst einmal überwunden wäre.

»Aber das ist ja großartig«, sagte ich daher. »Sie scheinen gerade aus dem Holz zu sein, aus dem man die guten Bergsteiger schnitzt. Natürlich müssen Sie alles geben, aber mit vereinter Kraft werden Sie es schaffen. Victor wird Ihnen nichts zumuten, was über Ihre Kräfte geht. Er ist viel vorsichtiger als ich.«

Anna lächelte und entzog Victor ihre Hand.

»Ihr seid beide sehr hartnäckig«, sagte sie, »und ihr versteht mich beide nicht. Ich bin in den Bergen geboren. Ich weiß, was ich meine.«

Doch in diesem Augenblick trat ein gemeinsamer Freund von uns an den Tisch, der Victors Braut kennenlernen wollte, und wir sprachen nicht mehr über die Berge.

Sie wurden ungefähr sechs Wochen später getraut, und ich habe niemals eine entzückendere Braut gesehen als Anna. Victor war vor Aufregung blaß, das weiß ich noch ganz genau.

Ich sah Anna in diesen sechs Wochen vor ihrer Hochzeit oft und liebte sie bald ebensosehr wie Victor selbst; er hat es jedoch niemals auch nur geahnt. Nicht ihr natürlicher Charme und nicht ihre Schönheit waren es, die mich zu ihr hinzogen, sondern ein eigenartiges Zusammenspiel von beiden, eine Art inneren Strahlens. Ich fürchtete für die Zukunft der beiden nur, daß Victor ein wenig zu stürmisch, zu unbekümmert und fröhlich sein würde – denn er war ein sehr offener, unkomplizierter Mensch – und daß Anna sich deswegen in sich selbst zurückziehen könnte. Sie bildeten, als sie nach der Hochzeit – die bei einer älteren Tante von Anna gefeiert wurde, da ihre Eltern beide tot waren – fortfuhren, wirklich ein schönes Paar, und ich dachte bereits gefühlsselig daran, wie schön es sein werde, sie in Shropshire zu besuchen und die Patenschaft ihres ersten Kindes zu übernehmen.

Kurz nach der Hochzeit mußte ich eine Geschäftsreise antreten und hörte erst im folgenden Dezember wieder von Victor, der mich einlud, Weihnachten bei ihnen zu verbringen. Ich nahm hocherfreut an.

Sie waren damals etwa acht Monate verheiratet. Victor sah gut aus und machte einen sehr glücklichen Eindruck; Anna erschien mir schöner denn je. Es fiel mir nicht leicht, die Augen von ihr zu wenden. Ich wurde mit großer Herzlichkeit empfangen und sah einer friedlichen Woche auf Victors schönem altem Familiensitz entgegen, den ich von früheren Besuchen her schon gut kannte. Die Ehe war zweifellos glücklich, das war auf den ersten Blick zu sehen, und wenn auch noch kein Erbe unterwegs zu sein schien, so hatte es damit ja noch lange Zeit.

Wir machten ausgedehnte Spaziergänge durch den großen Besitz, gingen ein wenig auf die Jagd, lasen abends zusammen und waren ein äußerst glückliches und zufriedenes Trio.

Ich bemerkte, daß Victor sich Annas stillerem Wesen angepaßt hatte, obgleich »still« vielleicht nicht das richtige Wort für ihre besondere Art der Ruhe ist. Diese Stille nun – denn ein anderes Wort gibt es nicht dafür – kam aus der Tiefe ihres Inneren und übertrug ihren Zauber auf das ganze Haus. Es war immer sehr angenehm gewesen, in diesem Hause mit den vornehmen, ineinandergehenden Räumen und den hohen, von Mittelpfosten durchbrochenen Fenstern zu wohnen; aber jetzt war die friedliche Atmosphäre irgendwie verstärkt, vertieft, so, als ob jeder Raum von einer lastenden, mir auffallenden Stille durchdrungen sei, als ob er etwas viel Stärkeres atme als nur Frieden wie zuvor. Ich erinnere mich an die ganz unbeschreibliche Ruhe der Abende, wenn die Fensterläden geschlossen waren und wir in der großen Halle vor dem Kamin saßen. Meine Geschäftsreise mußte mich mehr angestrengt haben, als ich dachte, denn ich verspürte hier, in Annas und Victors Haus, keinen anderen Wunsch, als mich zu entspannen und mich ganz dieser gesegneten, wohltuenden Stille hinzugeben.

Die andere Veränderung, die mit dem Hause vor sich gegangen war und der ich mir erst nach einigen Tagen bewußt wurde, war, daß es jetzt viel kahler wirkte als zuvor. Die unzähligen kleinen Nichtigkeiten sowohl wie die vielen Möbel, die sich von seinen Vorfahren auf Victor vererbt hatten, waren verschwunden. Die weitläufigen Räume waren jetzt äußerst sparsam eingerichtet, und in der großen Halle, in der wir zumeist saßen, stand nichts als ein langer Speisetisch und die Sessel vor dem Kamin. Es schien durchaus, als müsse es so sein, und dennoch fand ich, als ich darüber nachdachte, daß es doch für eine Frau sehr merkwürdig sei, solche Veränderungen vorzunehmen. Im allgemeinen hat eine junge Frau Freude daran, neue Vorhänge und Teppiche zu kaufen, um einen Hauch von Weiblichkeit in das Haus eines Junggesellen zu bringen. Ich erlaubte mir, mit Victor darüber zu sprechen.

»Ach ja«, sagte er und blickte sich zerstreut um, »wir haben eine Menge von diesem Zeug fortgeschafft. Es war Annas Idee. Sie ist nämlich gegen unnützen Besitz, weißt du. Nein, versteigert oder verkauft haben wir nichts. Wir haben alles verschenkt.«

Das Fremdenzimmer, in dem ich schon früher gewohnt hatte und das ich auch jetzt wieder bewohnte, war genauso schön, wie es immer gewesen war. Ich wrude auch genauso aufmerksam umsorgt wie früher – bekam Wärmflaschen und morgens den Tee ans Bett gebracht; auf dem Nachttisch stand eine Büchse mit Biskuits, und das Zigarettenkästchen war immer gefüllt – alles bezeugte die aufmerksame Gastgeberin.

Als ich jedoch einmal den langen Korridor entlangging, der zur Treppe führte, bemerkte ich, daß die Tür zu Annas Zimmer, die gewöhnlich geschlossen war, offenstand; und da ich wußte, daß es früher, als Victors Mutter noch darin gewohnt hatte, mit einem schönen alten Himmelbett und soliden, schweren Möbeln eingerichtet gewesen war, die ganz dem Stil des Hauses angepaßt waren, warf ich, als ich an der offenen Tür vorüberging, neugierig einen Blick hinein. Das Zimmer war sozusagen leer. Vor den Fenstern hingen keine Vorhänge, auf dem Boden lag kein Teppich, obgleich es nur ein einfacher Holzfußboden war. Ein Tisch, ein Stuhl und ein einfaches Bett ohne Plumeau, nur mit einer Wolldecke bedeckt, bildeten die ganze Einrichtung. Die Fenster waren weit geöffnet, draußen senkte sich die Abenddämmerung hernieder. Ich wandte mich ab und stieg die Treppe hinunter, auf der Victor mir entgegenkam. Er mußte gesehen haben, daß ich einen Blick in das Zimmer geworfen hatte, und ich wollte nicht, daß er das Gefühl hätte, ich schnüffle in seinem Haus herum.

»Entschuldige bitte, daß ich hineingeschaut habe«, sagte ich daher, »aber ich habe zufällig gesehen, daß das Zimmer ganz anders eingerichtet ist als zu Zeiten deiner Mutter.«

»Ja«, sagte er kurz, »Anna haßt jeden Tand. Bist du zum Dinner bereit? Ich soll dich holen.«

So gingen wir nach unten, ohne weiter darüber zu sprechen. Doch irgendwie konnte ich das kahle, nackte Schlafzimmer nicht vergessen, verglich es mit der unaufdringlichen Eleganz meines eigenen und kam mir seltsam minderwertig vor bei dem Gedanken, Anna möchte mich für einen Menschen halten, der nicht auf Behaglichkeit und Luxus verzichten konnte, ohne die sie aus irgendeinem unerfindlichen Grunde sehr gut auskam.

Als wir an diesem Abend vor dem Kamin saßen, ließ ich sie nicht aus den Augen. Victor war wegen irgendwelcher Dinge, die mit der Verwaltung des Gutes zusammenhingen, aus der Halle gerufen worden, und ich war eine Weile mit ihr allein. Wie gewöhnlich spürte ich zugleich mit der Ruhe den stillen, besänftigenden Frieden, den ihr bloßes Dasein ausstrahlte, auf mich einwirken. Ich war ganz darin eingesponnen, ging ganz darin auf, und es war etwas, was ich in meinem bisherigen eintönigen Leben nicht gekannt hatte; diese Stille kam aus ihr und dennoch aus einer anderen Welt. Ich wollte es ihr sagen, konnte jedoch nicht die rechten Worte finden. Schließlich sagte ich: »Du hast etwas mit diesem Hause gemacht, das ich nicht begreife.«

»Nein?« sagte sie. »Du müßtest es eigentlich verstehen. Wir sind doch schließlich beide auf der Suche nach dem gleichen.«

Aus einem mir unerklärlichen Grunde erschrak ich. Die Stille war noch genauso da wie zuvor, und doch wirkte sie noch mächtiger auf mich, fast überwältigend.

»Ich wüßte nicht«, sagte ich, »daß ich nach etwas auf der Suche wäre.«

Meine Worte hingen töricht im Raum und verklangen. Ich hatte ins Feuer geschaut, doch jetzt stand ich wie unter einem Zwang und mußte ihr in die Augen blicken.

»Wirklich nicht?« fragte sie.

Ich erinnere mich, daß ein Gefühl tiefster Beschämung durch mich hindurchging. Ich sah in mir zum erstenmal einen gänzlich nichtsnutzigen, völlig unbedeutenden Menschen, der sinnlos in der Welt hin und her reiste, mit anderen, ebenso nichtsnutzigen Menschen Geschäfte machte, und all das nur, um zu essen und zu trinken, sich zu kleiden und möglichst luxuriös zu wohnen, bis ihn der Tod hinwegraffte.

Ich dachte an mein eigenes kleines Haus in Westminster, das

ich nach reiflicher Überlegung ausgesucht und mit größter Sorgfalt eingerichtet hatte. Ich sah meine Bücher und Bilder, meine Porzellansammlung, die beiden guten Dienstboten, die mich umsorgten, das Haus immer tadellos instand hielten und auf meine Rückkehr warteten. Bis zu diesem Augenblick hatte mir mein Haus und alles, was es enthielt, immer große Freude gemacht. Jetzt bezweifelte ich, ob es überhaupt einen Wert hatte.

»Was soll ich tun?«, hörte ich mich Anna fragen. »Meinst du, ich solle alles verkaufen, was ich besitze, und meinen Beruf aufgeben? Und was dann?«

Wenn ich jetzt an die kurze Unterhaltung zurückdenke, die wir damals geführt haben, so muß ich sagen, daß nichts, was sie sagte, diese plötzliche Frage von meiner Seite rechtfertigte. Sie behauptete, ich sei auf der Suche nach irgend etwas, und statt ihr darauf klar mit ja oder nein zu antworten, fragte ich sie, ob ich all meinen Besitz aufgeben sollte. Die Bedeutung dessen, was da in mir vorging, war mir in jenem Augenblick nicht klar. Ich wußte nur, daß ich tief beunruhigt war, während ich mich wenige Augenblicke zuvor in Frieden gewiegt hatte.

»Deine Antwort braucht nicht die gleiche zu sein wie die meine«, sagte sie, »und im übrigen weiß ich nicht einmal, ob meine überhaupt die richtige ist; bis jetzt jedenfalls noch nicht. Aber eines Tages werde ich es wissen.«

Zweifellos hat sie, die schöne, ausgeglichene und kluge Frau, schon jetzt ihre Antwort gefunden, dachte ich, als ich sie anblickte. Was könnte sie denn noch mehr erreichen – als vielleicht Kinder, die ihr bisher versagt waren, so daß sie glauben mochte, ihr Leben sei unerfüllt?

Victor kam zurück in die Halle, und mit ihm wurde – so schien es mir – die Atmosphäre wieder natürlich und warm; es lag etwas Vertrautes und Anheimelndes in seinem alten Smoking.

»Es wird heute nacht Frost geben«, sagte er, »ich bin draußen gewesen, um mich zu überzeugen. Das Thermometer ist auf zwei Grad unter Null gefallen. Trotzdem ist es eine herrliche Nacht, Vollmond.« Er zog seinen Sessel näher an den Kamin heran und lächelte Anna liebevoll zu. »Es ist fast so kalt wie auf dem Snowdown«, sagte er. »Du lieber Himmel, das werde ich so schnell nicht vergessen.« Dann wandte er sich lächelnd an mich und sagte: »Habe ich dir überhaupt schon erzählt, daß sich Anna nun doch herabgelassen hat, mit mir auf die Berge zu steigen?«

»Nein«, sagte ich erstaunt, »ich dachte, sie wäre ganz dagegen!«

Ich blickte zu Anna hinüber und bemerkte, daß ihre Augen einen merkwürdigen Glanz angenommen hatten und völlig ausdruckslos waren. Ich spürte instinktiv, daß es ihr lieber gewesen wäre, Victor hätte das Thema nicht angeschnitten. Doch Victor, der kein Gefühl dafür hatte, plauderte unbekümmert weiter.

»Was willst du, stille Wasser sind tief«, sagte er. »Anna versteht vom Bergsteigen genausoviel wie du oder ich. Ja, sie war mir die ganze Zeit einige Schritte voraus, und dann habe ich sie sogar verloren.«

Er berichtete halb lachend, halb ernsthaft bis in alle Einzelheiten von diesem Aufstieg, der äußerst gefährlich gewesen zu sein schien, da sie viel zu spät im Jahr aufgebrochen waren.

Das Wetter, das ihrem Aufstieg morgens günstig gewesen war, hatte am Spätnachmittag umgeschlagen; es hatte zuerst gedonnert und geblitzt, dann war ein Schneegestöber niedergegangen, und die Dunkelheit hatte sie auf dem Abstieg überrascht, so daß sie gezwungen gewesen waren, die Nacht im Freien zuzubringen.

»Was ich einfach nicht begreifen kann«, sagte Victor, »ist, wie ich sie habe verlieren können. Eben war sie noch an meiner Seite, und im nächsten Augenblick war sie verschwunden. Ich sage dir, diese drei Stunden bei starkem Wind und in tiefster Finsternis waren furchtbar für mich.«

Anna sagte zu seiner ganzen Erzählung kein Wort. Es war, als ob sie sich ganz in sich zurückzöge. Sie saß regungslos in ihrem Sessel. Ich fühlte mich unbehaglich, ja beunruhigt und wollte das Gespräch schnell zu Ende bringen.

»Jedenfalls«, sagte ich daher hastig, »seid ihr heil heruntergekommen, und es ist euch nichts zugestoßen.«

»Ja«, sagte er kleinlaut, »gegen fünf Uhr morgens. Ich war vollkommen durchnäßt und entmutigt. Anna trat völlig trocken aus dem Nebel heraus auf mich zu und war ganz erstaunt, daß ich zornig auf sie war. Sie sagte, sie hätte im Schutze eines vorspringenden Felsens gesessen. Es ist wirklich ein Wunder, daß sie sich nicht den Hals gebrochen hat. Ich habe ihr gesagt, wenn wir wieder einmal eine Besteigung machen würden, könne sie die Führung übernehmen.«

»Vielleicht«, sagte ich mit einem Blick auf Anna, »besteigt ihr aber auch kein zweites Mal einen Berg, und dieses eine Mal hat Anna vollauf genügt!«

»Ach, davon ist keine Rede«, sagte Victor fröhlich, »wir sind fest entschlossen, im nächsten Sommer zu fahren. Wir haben uns zwar noch nicht ganz festgelegt, wohin, aber entweder in die Alpen, die Dolomiten oder die Pyrenäen. Komm doch mit uns, dann machen wir eine regelrechte Expedition.«

Ich schüttelte bedauernd den Kopf.

»Ich wollte, ich könnte mitkommen«, sagte ich, »aber das ist ausgeschlossen. Ich muß Anfang Mai in New York sein und werde kaum vor September zurückkommen.«

»Ach, das ist noch lange hin«, sagte Victor, »bis Mai kann doch viel geschehen. Wir sprechen noch einmal darüber, wenn es soweit ist.«

Anna schwieg immer noch, und ich wunderte mich, daß Victor anscheinend nichts Ungewöhnliches an dieser Zurückhaltung fand. Unvermittelt wünschte sie uns eine gute Nacht und ging nach oben. Ich hatte das unbedingte Gefühl, daß ihr dies Geplauder über das Bergsteigen unerwünscht gewesen war, und ich mußte einfach mit Victor darüber sprechen.

»Victor«, sagte ich, »überlege es dir mit diesen Ferien in den Bergen genau. Ich bin überzeugt, daß Anna nicht dafür ist.«

»Nicht dafür ist?« Victor war ehrlich erstaunt. »Wie kommst du denn darauf? Es ist doch ihr ganz persönlicher Wunsch.« Ich starrte ihn an.

»Bist du dir dessen auch ganz sicher?« fragte ich.

»Natürlich bin ich das. Ich sage dir, mein Lieber, sie ist ganz versessen auf die Berge. Sie haben es ihr angetan. Ich nehme an, das ist ihr Waliser Blut. Ich habe ja eben ganz unbekümmert über diese Nacht auf dem Snowdown gesprochen, aber unter uns gesagt, ich hätte ihr einen solchen Mut und solche Ausdauer einfach nicht zugetraut. Ich gebe ganz offen zu, daß ich nach diesem Schneesturm und der Angst, die ich um sie ausgestanden habe, am Morgen vollkommen erschlagen war; aber sie trat wie ein

Geist aus einer anderen Welt aus dem Nebel heraus. So habe ich sie noch niemals gesehen. Und der Abstieg von diesem verdammten Berg fiel ihr so leicht, als ob sie die Nacht auf dem Olymp zugebracht hätte, während ich wie ein Kind hinter ihr herhinkte. Sie ist wirklich ein eigenartiger Mensch, das findest du doch auch, nicht wahr?«

»Ja«, sagte ich langsam, »du hast recht. Anna ist eine ganz ungewöhnliche Frau.«

Bald danach gingen wir nach oben zu Bett, und während ich mich auszog, den Pyjama anzog, der zum Anwärmen vor dem Kamin hing, während ich feststellte, daß auf dem Nachttisch eine Thermosflasche mit heißer Milch stand, falls ich in der Nacht wach liegen sollte, und während ich in meinen weichen Pantoffeln über den dicken Teppich des Zimmers ging, dachte ich wieder an den sonderbar kahlen Raum, in dem Anna schlief, und an das einfache, niedrige Bett. Mit einer sinnlosen, nichtigen Gebärde warf ich das schwere Seidenplumeau zur Seite, das über meinen Decken lag, und öffnete, ehe ich zu Bett ging, weit die Fenster.

Ich war trotzdem unruhig und konnte keinen Schlaf finden. Das Feuer fiel in sich zusammen, und die kalte Nachtluft drang ins Zimmer. Ich hörte meinen alten, ausgedienten Reisewecker Stunde um Stunde ticken. Um vier Uhr konnte ich es nicht länger ertragen und erinnerte mich dankbar der Thermosflasche mit der Milch. Doch bevor ich trank, beschloß ich, das Fenster zu schließen.

Ich stieg aus dem Bett und ging zitternd vor Kälte durchs Zimmer ans Fenster. Victor hatte recht. Weißer Frost bedeckte den Boden. Der Vollmond schien. Ich blieb einen Augenblick am offenen Fenster stehen und sah eine Gestalt aus dem Schatten der Bäume heraustreten und auf dem Rasen unter meinem Fenster stehenbleiben. Diese Gestalt kam nicht verstohlen wie ein Eindringling und nicht schleichend wie ein Dieb. Wer sie auch sein mochte, sie stand, das Gesicht dem Mond zugewandt, regungslos, wie in Meditation versunken da. Plötzlich wußte ich, daß es Anna war. Sie trug einen Morgenrock mit einer Schnur um die Hüften, das Haar fiel ihr lose über die Schultern. Sie stand schweigend auf dem gefrorenen Rasen, und mir fuhr ein Schrecken durch alle Glieder, denn ich sah, daß ihre Füße ganz nackt waren. Ich stand, die Hand am Vorhang, beobachtend da, und plötzlich wurde mir bewußt, daß ich Zeuge von etwas ganz Persönlichem, ganz Geheimem war, das mich nichts anging. Daher schloß ich das Fenster und legte mich wieder hin. Ein Instinkt sagte mir, daß ich weder mit Victor noch mit Anna selbst über das sprechen durfte, was ich da gesehen hatte; und dieser Gedanke erfüllte mich mit Unruhe, fast mit Beklemmung.

Am nächsten Morgen schien die Sonne, und wir waren mit den Hunden draußen auf den Feldern. Anna und Victor waren unverändert wie immer, so daß ich mir sagte, meine Nerven müßten in der Nacht überreizt gewesen sein. Wenn Anna in den frühen Morgenstunden barfuß spazierenging, so war das schließlich ihre Sache, und es war unrecht von mir gewesen, sie dabei heimlich zu beobachten. Die letzten Tage meines Besuches verliefen ohne Zwischenfall, wir waren alle drei glücklich und zufrieden, und ich nahm schweren Herzens von ihnen Abschied.

Einige Monate später, kurz vor meiner Abreise nach Amerika, sah ich sie noch einmal einen kurzen Augenblick. Ich ging in eine Buchhandlung in St. James, in der auch Landkarten verkauft wurden, um ein halbes Dutzend Bücher zu kaufen, die ich auf der langen Überfahrt über den Atlantik lesen wollte – eine Reise, die man damals, da die Tragödie der *Titanic* noch frisch in der Erinnerung haftete, mit einer gewissen Unruhe antrat –, und dort traf ich Victor und Anna. Sie studierten eifrig Landkarten.

Es kam jedoch nicht zu einem richtigen Beisammensein. Ich hatte für die Tage, die mir noch blieben, mancherlei Verabredungen getroffen, sie ebenso, und so sprachen wir nur flüchtig miteinander und nahmen Abschied.

»Wir sind gerade dabei«, sagte Victor, »unsere Sommerreise vorzubereiten. Die Reiseroute liegt schon fest. Überlege es dir doch noch einmal und komme mit uns.«

»Unmöglich«, sagte ich, »wenn alles gutgeht, bin ich im September wieder hier. Nach meiner Rückkehr werde ich mich mit euch in Verbindung setzen. Nun, und wohin wollt ihr fahren?«

»Anna hat es ausgesucht«, sagte Victor. »Sie hat es sich wochenlang überlegt und sich dann für eine ganz abgelegene Gegend entschieden.«

Er zeigte auf eine große Landkarte, die vor ihnen lag. Ich folgte seinem Finger mit den Augen bis zu einem Punkt, den Anna bereits mit einem winzigen Kreuz gekennzeichnet hatte.

»Monte Verità«, las ich.

Ich blickte auf und sah, daß Annas Augen auf mich gerichtet waren.

»Soweit ich weiß, ist das ein vollkommen unbekanntes Gebiet«, sagte ich. »Ihr dürft auf keinen Fall fahren, ehe ihr nicht genaue Erkundigungen darüber eingezogen habt. Außerdem müßt ihr euch dort einen Führer nehmen, der das Gebiet kennt, und so weiter. Wie seid ihr denn gerade auf diesen Gebirgszug gekommen?«

Anna lächelte, und während ich neben ihr stand, hatte ich das Gefühl, daß sie mir weit überlegen sei, und ich schämte mich.

»Der Berg der Wahrheit«, sagte sie. »Komm mit uns, bitte.«

Ich schüttelte den Kopf – und fuhr nach Amerika.

In den folgenden Monaten war ich in Gedanken oft bei ihnen und beneidete sie. Sie stiegen auf die Berge, und ich war eingeschlossen, nicht von den Bergen, die ich liebte, sondern von harter Arbeit. Oft sehnte ich mich danach, die Kraft aufzubringen, alles hinzuwerfen, der zivilisierten Welt und ihren zweifelhaften Freuden den Rücken zu kehren und mit meinen beiden Freunden auf Wahrheitssuche zu gehen. Ich war jedoch den konventionellen Vorstellungen zu sehr verhaftet, als daß ich mich hätte losreißen können, und war im Grunde genommen doch der Überzeugung, daß es ein Irrsinn sei, eine so erfolgreiche Laufbahn einfach abzubrechen. Die Bahn meines Lebens lag fest, und es war zu spät, ihr noch eine andere Richtung zu geben.

Ich kehrte im September nach England zurück und war, als ich den Stapel Briefe durchging, der mich erwartete, erstaunt, keinen von Victor zu finden. Er hatte versprochen, zu schreiben und mir alles, was sie gesehen und unternommen hatten, zu berichten. Sie hatten kein Telefon, und ich konnte sie also nicht direkt erreichen, nahm mir jedoch vor, Victor zu schreiben, sobald ich die geschäftliche Korrespondenz erledigt hätte.

Als ich einige Tage später aus meinem Club kam, traf ich einen gemeinsamen Bekannten von Victor und mir, der mich mitten auf der Treppe fragte, wie es mir auf meiner Reise ergangen sei, und mir dann, als ich schon weiter hinabstieg, über die Schulter nachrief: »Es ist doch wirklich eine Tragödie mit dem armen Victor, nicht wahr? Werden Sie ihn besuchen?«

»Was meinen Sie?« fragte ich. »Was für eine Tragödie? Ist er verunglückt?«

»Er ist schwer krank und liegt in einer Privatklinik, hier in London«, war die Antwort. »Nervenzusammenbruch. Wissen Sie denn nicht, daß seine Frau ihn verlassen hat?«

»Um Gottes willen, nein«, rief ich aus.

»Ja, natürlich. Deswegen ist er so krank. Das hat ihn vollkommen niedergeschmettert. Sie wissen ja, wie sehr er sie geliebt hat.«

Ich stand ganz entgeistert da und starrte den Freund verständnislos an.

»Wollen Sie damit sagen«, fragte ich, »daß sie mit einem anderen auf und davon gegangen ist?«

»Das weiß ich nicht, nehme es aber an. Niemand kann etwas aus Victor herausbekommen. Jedenfalls liegt er schon seit einigen Wochen mit einem Nervenzusammenbruch da.«

Ich fragte nach der Adresse der Klinik, nahm die erste beste Taxe und fuhr zu ihm.

Als ich nach ihm fragte, sagte man mir zuerst, Victor empfange keine Besucher. Da nahm ich meine Visitenkarte und schrieb einige Zeilen auf die Rückseite. Mich würde er doch wohl nicht zurückweisen! Eine Schwester kam, und ich wurde in ein Zimmer im ersten Stock begleitet.

Die Schwester öffnete die Tür, und ich blickte entsetzt in dies verstörte Gesicht, das da vom Stuhl neben der Gasheizung zu mir aufsah, so schwach, so verändert war es.

»Mein lieber alter Junge«, sage ich und trat auf ihn zu, »ich habe erst vor ein paar Minuten erfahren, daß du hier bist.«

Die Schwester schloß die Türe und ließ uns allein.

Zu meinem Entsetzen füllten sich Victors Augen mit Tränen.

»Sei ruhig«, sagte ich, »und kümmere dich nicht um mich. Du weißt, ich habe für alles Verständnis.«

Es schien ihm unmöglich zu sprechen. Er saß in sich zusammengesunken in seinem Schlafrock da, und die Tränen rannen ihm über die Wangen. Niemals habe ich mich hilfloser gefühlt. Er wies auf einen Stuhl, ich zog ihn heran, setzte mich neben ihn und wartete. Wenn er mir nicht von sich aus erzählen wollte, was geschehen war, ich würde ihn nicht dazu drängen. Mein einziger Wunsch war, ihn zu trösten, ihm einen kleinen Rückhalt zu geben.

Schließlich fing er an zu sprechen, doch ich erkannte seine Stimme kaum wieder.

»Anna ist fort«, sagte er. »Hast du das gewußt, sie ist fort.«

Ich nickte und legte ihm meine Hand aufs Knie, als ob er kein Mann sei, der – wie ich selbst – die Dreißig schon hinter sich hatte, sondern ein kleiner Bub.

»Ich weiß es«, sagte ich liebevoll, »aber es wird alles wieder gut werden. Sie wird bestimmt zu dir zurückkommen.«

Er schüttelte den Kopf. Niemals zuvor hatte ich eine solche Verzweiflung erlebt, hatte ich jemanden mit so vollkommener Überzeugung den Kopf schütteln sehen.

»Ach nein«, sagte er, »sie kommt nie wieder zurück. Ich kenne sie zu gut. Sie hat gefunden, was sie immer gesucht hat.«

Es war ein Jammer, mit anzusehen, wie er sich ins Unvermeidliche ergeben hatte; er, Victor, der sonst immer so stark, so ausgeglichen war!

»Wer ist es?« fragte ich. »Wo hat sie ihn kennengelernt?«

Victor starrte mich bestürzt an.

»Was meinst du?« fragte er. »Sie hat niemanden kennengelernt. Ach, das ist es ja nicht! Wenn es nur das wäre, dann wäre es leicht...«

Er schwieg, spreizte hilflos die Hände, eine Geste, die seine ganze Hoffnungslosigkeit ausdrückte. Und dann sank er wieder in sich zusammen, doch nicht aus Schwäche, sondern mit einer Art heftiger, unterdrückter Empörung, der ohnmächtigen, sinnlosen Empörung eines Menschen, der gegen etwas ankämpft, das stärker ist als er. »Der Berg ist es, der sie festhält«, sagte er, »dieser gottverdammte Berg, Monte Verità. Dort oben lebt eine Sekte, ein klausurierter Orden; sie ziehen sich vom Leben dorthin zurück... auf den Berg. Es ist mir nicht im Traum eingefallen, daß es so etwas überhaupt geben könnte. Ich hatte keine Ahnung davon. Und dort ist sie. Auf dem verdammten Berg. Auf dem Monte Verità...«

Ich blieb den ganzen Nachmittag über bei ihm in der Klinik, und nach und nach erzählte er mir den ganzen Hergang der Geschichte.

Die Reise selbst, so sagte Victor, sei angenehm und ohne Zwischenfall verlaufen. Sie erreichten schließlich eine kleine Stadt, von der aus sie das Gebiet des Monte Verità zu erkunden gedachten, und dort trafen sie auf die ersten Schwierigkeiten. Victor kannte die Gegend nicht, die Einwohner schienen mürrisch und unfreundlich zu sein, so ganz verschieden von den Leuten – so meinte er –, die wir auf unseren früheren Gebirgswanderungen kennengelernt hatten. Sie sprachen einen schwer verständlichen Dialekt und machten einen geistig etwas zurückgebliebenen Eindruck.

»Jedenfalls kamen sie mir so vor«, sagte Victor. »Sie waren sehr rauh und irgendwie unterentwickelt, wie Menschen, die aus einem früheren Jahrhundert in unsere Zeit versetzt sind. Weißt du noch, wie die Menschen sich nicht genug tun konnten, uns zu helfen, als wir zusammen in den Bergen umherstiegen? Wir haben noch immer einen Führer gefunden, nicht wahr? Doch hier war es ganz anders. Als wir, Anna und ich, uns nach der besten Aufstiegsmöglichkeit auf den Monte Verità erkundigten, gaben sie uns einfach keine Auskunft. Sie starrten uns stumpfsinnig an und zuckten mit den Schultern. Sie hätten keine Führer, sagte einer von ihnen; der Berg sei – wild, unerforscht.«

Victor schwieg eine Weile und sah mich mit dem gleichen, verzweifelten Gesichtsausdruck an.

»Siehst du«, fuhr er dann fort, »ich habe einen Fehler gemacht. Ich hätte mir sagen müssen, daß unsere Unternehmung eben ein Fehlschlag sei – jedenfalls in dieser Gegend. Ich hätte Anna vorschlagen sollen, zurückzufahren und ein anderes Ziel in Angriff zu nehmen, eines, das mehr im Bereich der Zivilisation liegt, in einer Gegend, die ich besser kenne und wo die Menschen hilfsbereiter sind. Aber du weißt ja, wie es ist. Die Berge fordern die Hartnäckigkeit geradezu heraus, und jeder Widerstand reizt dich.

Und dann dieser Monte Verità selbst . . .« Er unterbrach sich und starrte vor sich hin. Es war, als ob er den Berg im Geiste vor sich sähe. »Du kennst mich ja«, sagte er, »und weißt, daß gefühlvolle Schilderungen niemals meine Stärke gewesen sind. Selbst bei unseren schönsten Besteigungen bin ich immer ein Praktiker geblieben, während du der Poet warst. Ja, und der Monte Verità – ich habe niemals etwas so vollkommen Schönes gesehen. Wir haben viel höhere Gipfel erstiegen, und auch viel gefährlichere; aber dieser war einfach . . . erhaben.«

Er schwieg wieder und fuhr nach einigen Minuten fort: »Ich fragte Anna: ›Was wollen wir jetzt machen?‹, und sie antwortete ohne Zögern: ›Wir müssen weiter.‹ Ich sagte nichts darauf, denn ich wußte von vornherein, was sie mir geantwortet hätte. Wir waren beide dem Zauber des Berges verfallen.

Sie verließen also das Tal und begannen den Aufstieg.

»Es war ein herrlicher Tag«, sagte Victor, »kein Lüftchen wehte, und der Himmel war wolkenlos. Ich neckte Anna mit unserer Snowdown-Besteigung, und sie mußte mir versprechen, mich diesmal nicht allein zurückzulassen. Sie trug eine offene Hemdbluse, einen kurzen Faltenrock und das Haar offen. Sie sah ... sehr schön aus.«

Da er langsam und leise erzählte, war ich davon überzeugt, es müsse ein Unglück geschehen sein und sein tragisch verwirrter Geist wolle es einfach nicht wahrhaben, daß Anna tot sei. So mußte es sein. Anna war abgestürzt. Er hatte sie fallen sehen, machtlos, ihr zu helfen. Dann war er – gebrochen an Leib und Seele – zurückgekehrt und redete sich nun ein, sie lebe auf dem Monte Verità.

»Eine Stunde vor Sonnenuntergang kamen wir in ein Dorf«, fuhr Victor fort. »Wir waren schon den ganzen Tag auf den Beinen, und ich schätzte, daß es bis zum Gipfel mindestens noch ein Weg von drei Stunden sein müsse. Das Dorf bestand aus ungefähr einem Dutzend Hütten, die sich dicht aneinander drängten. Und da – als wir auf die erste Hütte zugingen – geschah etwas Merkwürdiges.«

Er schwieg und starrte vor sich hin.

»Anna ging mit ihren weitausholenden Schritten, die du ja kennst, vor mir her. Ich sah einige Männer mit Kindern und Ziegen den Pfad von einer kleinen Weidefläche zu unserer Rechten herunterkommen. Anna hob grüßend die Hand, und als die Männer sie sahen, ergriffen sie die Kinder und rannten entsetzt in die nächste Hütte, als ob alle Höllengeister hinter ihnen her wären. Ich hörte, wie sie die Türen verriegelten und die Fensterläden schlossen. Es war zu merkwürdig! Auch die Ziegen liefen erschrocken auseinander, den Bergpfad hinunter.«

Victor sagte, er habe Anna einige Scherzworte über den reizenden Empfang zugerufen und sie habe einen ganz verstörten Eindruck gemacht; sie konnte nicht begreifen, womit sie die Leute so erschreckt hatte. Victor ging auf die erste Hütte zu und klopfte.

Es geschah nichts, doch konnte er drinnen Flüstern und ein Kind weinen hören. Er verlor die Geduld und begann zu rufen. Kurz darauf wurde ein Fensterladen einen Spalt weit geöffnet, das Gesicht eines Mannes tauchte darin auf und starrte ihn an. Victor nickte und lächelte ihm aufmunternd zu. Langsam öffnete der Mann den ganzen Fensterladen, und Victor sprach ihn an. Zuerst schüttelte der Mann den Kopf, doch dann schien er sich eines Besseren zu besinnen; er verschwand und öffnete gleich darauf die Tür. Er stand auf der Schwelle, blickte sich unsicher um und sah – ohne Victor eines Blickes zu würdigen – Anna an. Er schüttelte heftig den Kopf, sprach sehr schnell und wies immer wieder auf den Gipfel des Monte Verità. Victor und Anna verstanden kein Wort. Dann trat, auf zwei Stöcke gestützt, ein älterer Mann aus dem Dunkel des Raumes heraus, bedeutete den erschrockenen Kindern, zur Seite zu treten, und ging an ihnen vorüber auf die Tür zu. Er sprach eine halbwegs dialektfreie und verständliche Sprache.

»Wer ist die Frau?« fragte er. »Was will sie von uns?«

Victor erklärte, Anna sei seine Frau; sie kämen aus dem Tal, um den Berg zu besteigen; sie seien Touristen auf einer Ferienreise und suchten eine Unterkunft für die Nacht. Er sagte, der alte Mann habe seinen Blick von ihm gewandt und immer nur Anna angestarrt.

»Sie ist Ihre Frau?« fragte er. »Sie ist nicht vom Monte Verità?«

»Ja, sie ist meine Frau«, wiederholte Victor. »Wir kommen aus England und machen nur eine Ferienreise in diesem Land. Wir sind niemals zuvor hiergewesen.«

Der alte Mann wandte sich an den jüngeren, und sie verhandelten einen Augenblick miteinander. Dann ging der jüngere zurück ins Innere der Hütte, und sie hörten, wie drinnen weitergesprochen wurde. Eine Frau erschien, die sich noch mehr fürchtete als der jüngere Mann. Sie habe, so sagte Victor, an allen Gliedern gezittert, als sie Anna von der Schwelle aus ansah. Anna war es, die sie derart aus der Fassung brachte.

»Sie ist meine Frau«, sagte Victor wieder, »wir kommen aus dem Tal.«

Zuletzt gab der alte Mann durch eine Geste zu verstehen, er willige ein, er habe verstanden.

»Ich glaube Ihnen«, sagte er. »Sie sollen uns willkommen sein, treten Sie ein. Wenn Sie aus dem Tal kommen, dann ist alles gut. Wir müssen nur auf der Hut sein.«

Victor winkte Anna heran, sie kam langsam den Pfad herauf und stand dann neben Victor auf der Schwelle der Hütte. Auch jetzt noch blickte die Frau sie scheu an und trat mit den Kindern zur Seite.

Der alte Mann forderte seine Besucher auf einzutreten. Im kahlen, aber sauberen Wohnraum brannte ein Feuer.

Wir haben uns Essen und Matratzen mitgebracht«, sagte Victor und nahm den Rucksack herunter. »Wir möchten Ihnen keine Unannehmlichkeiten bereiten, aber wenn wir hier essen und auf dem Boden schlafen dürften, wären wir Ihnen sehr dankbar.«

Der alte Mann nickte. »Es ist gut«, sagt er, »ich glaube Ihnen.«

Dann zog er sich mit seiner Familie zurück.

Victor sagte, er und Anna seien beide über den seltsamen Empfang sehr verwundert gewesen und hätten einfach nicht begreifen können, wieso die Tatsache, daß sie aus dem Tal kämen und verheiratet seien, ihnen nach dem anfänglich gezeigten seltsamen Erschrecken so plötzlich Tor und Tür geöffnet hatte. Sie aßen, schnürten ihr Gepäck auf, und dann kam der alte Mann wieder herein und brachte Käse und Milch. Die Frauen ließen sich nicht blicken, der jüngere Mann jedoch begleitete den älteren aus Neugier.

Victor dankte dem Alten für die Gastfreundschaft, sagte, sie würden sich jetzt zum Schlafen niederlegen und am Morgen kurz nach Sonnenaufgang den Gipfel des Berges besteigen.

»Ist der Anstieg schwierig?« fragte er.

»Nein, schwierig ist er nicht«, war des Alten Antwort. »Ich würde Ihnen gerne jemanden als Führer mitschicken, aber es wird niemand mitgehen wollen.«

Er sei mißtrauisch gewesen, sagte Victor, und habe wieder Anna angeblickt.

»Ihre Frau wird hier im Hause gut aufgehoben sein«, sagte er. »Wir werden schon auf sie aufpassen.«

»Aber meine Frau und ich wollen den Gipfel gemeinsam besteigen«, sagte Victor. »Sie wird nicht zurückbleiben.«

Besorgnis malte sich im Gesicht des Alten.

»Es ist besser, Ihre Frau besteigt den Monte Verità nicht«, sagte er, »es ist gefährlich.«

»Warum sollte es für mich gefährlich sein, den Monte Verità zu besteigen?« fragte Anna.

Der alte Mann blickte sie an, seine Besorgnis schien immer größer zu werden.

»Für Mädchen«, sagte er, »für Frauen ist es gefährlich.«

»Aber wieso denn?« fragte Anna. »Warum? Sie sagten meinem Mann doch, der Anstieg sei nicht schwierig.«

»Nicht der Anstieg ist gefährlich«, antwortete er, »mein Sohn wird Ihnen den Weg zeigen. Es ist wegen der ...«, und hier habe er, so sagte Victor, ein Wort gebraucht, das weder er noch Anna verstanden hätten, das jedoch wie *sacerdotesse* oder *sacerdozio* geklungen habe.

»Das heißt Priesterin oder Priesterschaft«, sagte Victor zu Anna. »Aber das kann es ja nicht sein. Was zum Teufel mag er damit meinen?«

Die Augen des alten Mannes glitten besorgt und betrübt zwischen Anna und Victor hin und her.

»Sie können getrost den Monte Verità besteigen und kommen auch heil wieder herunter, aber Ihre Frau nicht«, wiederholte er noch einmal. »Die *sacerdotesse* sind sehr mächtig. Wir im Dorf haben immer große Angst um unsere jungen Mädchen und Frauen.«

Victor sagte, das Ganze habe nach einer Geschichte geklungen, wie sie Afrikareisende erzählen; nach einem wilden Stamm, der plötzlich aus einem Dschungel hervorbreche und die ganze weibliche Bevölkerung in Gefangenschaft verschleppe.

»Was weiß ich, wovon er spricht?«, sagte er zu Anna. »Es wird wohl irgendein Aberglaube sein, der deinem Waliser Blut zusagen wird.«

Er habe darüber gelacht, sagte Victor, sich nichts dabei gedacht und, da er todmüde gewesen sei, die Matratzen vor dem Herd ausgebreitet. Anna und er hätten dem Alten eine gute Nacht gewünscht und sich dann schlafen gelegt.

Er schlief fest und tief, wie es nach der Anstrengung des Tages ganz natürlich war, und erwachte erst kurz vor Tagesanbruch, da draußen im Dorf ein Hahn krähte.

Er legte sich auf die Seite, um zu sehen, ob Anna auch schon wach sei.

Die Decke war zurückgeschlagen, die Matratze leer und Anna fort . . .

Bis jetzt rührte sich im Hause noch nichts, nur der Hahn krähte. Victor erhob sich, zog Schuhe und Mantel an, ging zur Tür und trat hinaus.

Es war kurz vor Sonnenaufgang, der Augenblick, in dem bitterste Kälte und äußerstes Schweigen sich miteinander verbinden. Die letzten Sterne verblaßten am Himmel. Wolken verbargen das Tal, das in großer Tiefe unter ihm lag. Nur hier oben, unterhalb des Berggipfels, war die Luft klar.

Zuerst war Victor in keiner Weise beunruhigt. Er wußte ja, daß Anna sehr wohl allein ihren Weg finden konnte und daß sie einen ebenso sicheren Gang hatte wie er – vielleicht einen noch sichereren. Sie würde sich bestimmt nicht aus bloßem Übermut in Gefahr begeben, und außerdem hatte der alte Mann ja gesagt, der Aufstieg sei nicht schwierig. Es kränkte ihn nur, daß sie nicht auf ihn gewartet hatte, denn damit brach sie ihr Versprechen, ihn nicht wieder allein zu lassen. Außerdem wußte er nicht, wie weit sie ihm schon voraus war. Es blieb ihm also nichts anderes übrig, als ihr so schnell wie möglich zu folgen.

Er ging zurück in die Hütte, um die Verpflegung für den Tag zu holen – sie hatte sie vergessen. Ihr Gepäck konnten sie bis zum Abstieg hier zurücklassen, ja, wahrscheinlich mußten sie die Gastfreundschaft des Alten noch eine weitere Nacht in Anspruch nehmen.

Er mußte durch seine Bewegungen seinen Gastgeber geweckt haben, denn plötzlich erschien der alte Mann aus dem hinteren Raum und stand vor ihm. Sein Blick fiel auf Annas leere Matratze, und dann sah er Victor in die Augen. Es war fast wie ein Vorwurf.

»Meine Frau ist nur vorausgegangen«, sagte Victor. »Ich werde ihr jetzt folgen.«

Der alte Mann sah sehr ernst drein, trat unter die offene Tür, blieb dort stehen und schaute zum Berg hinauf.

»Es war nicht recht, sie gehen zu lassen«, sagte er. »Sie hätten es nicht erlauben dürfen.« Er machte einen sehr bekümmerten

Eindruck, schüttelte immer wieder den Kopf und murmelte irgend etwas vor sich hin.

»Es ist doch nicht so schlimm«, sagte Victor, »ich werde sie bald einholen, und kurz nach Mittag sind wir wahrscheinlich schon wieder hier.«

Er legte dem Alten die Hand auf den Arm, um ihn zu beschwichtigen.

»Ich fürchte sehr, daß es schon zu spät ist«, sagte der Alte. »Sie wird zu ihnen gehen, und wenn sie einmal bei ihnen ist, kommt sie nicht wieder zurück.«

Wieder brauchte er das Wort *sacerdotesse,* sprach er von der Macht der *sacerdotesse,* und sein ganzes Gebaren blieb nicht ohne Einfluß auf Victor, seine Befürchtungen übertrugen sich jetzt auf ihn, so daß auch Victor sich beunruhigt fühlte, ja, ängstlich wurde.

»Meinen Sie, es leben Leute auf dem Gipfel des Monte Verità?«, fragte er. »Leute, die sie überfallen und ihr etwas antun können?«

Der alte Mann begann sehr schnell zu sprechen, und es war schwer, den Sinn dieses Wortschwalls zu verstehen, der da aus ihm herausbrach. Nein, sagte er, die *sacerdotesse* würden ihr nichts antun; sie täten niemandem etwas zuleide. Sie würden seine Frau nur zu sich nehmen und zu einer der ihren machen. Anna würde zu ihnen gehen; sie könne sich nicht dagegen wehren, die Macht, die sie triebe, sei zu stark. Vor zwanzig, dreißig Jahren, so sagte der Alte, sei seine Tochter zu ihnen gegangen; er habe sie niemals wiedergesehen. Auch andere junge Frauen aus dem Dorf und aus dem Tal unten wären dem Rufe der *sacerdotesse* gefolgt. Und wenn sie einmal ihren Ruf vernommen hätten, könne niemand sie zurückhalten. Niemand sehe sie wieder. Niemals, niemals. So sei es schon vor Jahren gewesen; zur Zeit seines Vaters und seines Großvaters, ja, schon vor dessen Zeit.

Niemand wisse, wann die *sacerdotesse* zuerst auf den Monte Verità gekommen seien. Kein lebender Mann habe sie jemals zu Gesicht bekommen. Sie lebten ganz abgeschlossen hinter ihren Mauern und seien – darauf wies der Alte immer wieder hin – mit einer geheimnisvollen Macht ausgestattet. »Einige behaupten, sie hätten sie von Gott; andere, vom Teufel«, sagte er, »aber wir wissen es nicht, wir können nichts darüber sagen. Es heißt, die *sacerdotesse* vom Monte Verità werden niemals alt, bleiben immer jung und schön und ziehen ihre Kräfte aus dem Mond. Denn der Mond ist es, den sie verehren; den Mond und die Sonne.«

Victor begriff nur wenig von diesem Redeschwall. All das konnte ja nichts anderes sein als Legende, als Aberglaube.

Der alte Mann schüttelte den Kopf und blickte den Bergpfad hinauf. »Ich habe es gestern abend in ihren Augen gesehen«, sagte er, »und hatte Angst davor. Sie hatte diesen Ausdruck in den Augen, den alle haben, die gerufen werden. Sie ist nicht die erste, bei der ich es sehe. Ich habe es bei meiner Tochter erlebt und bei anderen auch.«

Inzwischen waren auch die übrigen Familienmitglieder erwacht und einer nach dem anderen hereingetreten. Sie schienen instinktiv zu wissen, was geschehen war. Der jüngere Mann und die Frau, ja selbst die Kinder sahen Victor ängstlich und mit seltsam mitleidigen Blicken an. Er hatte weniger das Gefühl, daß sie bestürzt, als daß sie zornig und erbittert seien. Er mußte unwillkürlich an Katzen, Besenstiele und Hexerei im sechzehnten Jahrhundert denken.

Der Nebel unten im Tal lichtete sich allmählich, die Wolken zogen fort. Ein sanfter Schimmer am östlichen Himmel jenseits der Bergkette kündete den Sonnenaufgang an.

Der alte Mann sprach auf den jüngeren ein und wies mit seinem Stock auf den Berg.

»Mein Sohn wird Ihnen den Weg zeigen«, sagte er dann. »Er wird Sie allerdings nur den ersten Teil des Weges begleiten. Das letzte Stück will er nicht mitgehen.«

Da machte Victor sich auf, aller Augen folgten ihm; und er spürte, daß ihm nicht nur die Bewohner dieser ersten Hütte nachschauten, sondern daß ihm auch aus allen anderen Behausungen des kleinen Dorfes durch Ritzen in den Fensterläden und durch halbgeöffnete Türen nachgespäht wurde. Das ganze Dorf war jetzt wach und blickte ihm furchtsam und doch gebannt nach.

Sein Führer machte keine Anstalten, sich mit ihm zu unterhalten. Er ging ihm einige Schritte voraus, ließ die Schultern hängen und hatte die Augen auf den Boden gerichtet. Victor spürte, daß er ihn nur auf Befehl des alten Mannes, seines Vaters, begleitete.

Der Weg war rauh, steinig, vielfach zerklüftet und wurde, so meinte Victor, offenbar von einem alten Wasserlauf gebildet, der, wenn größere Regenfälle niedergingen, ungangbar sein mußte. Jetzt, mitten im Sommer, war es jedoch nicht schwer, darin vorwärts zu kommen. Nachdem sie ungefähr eine Stunde ununterbrochen gestiegen waren, hörte der Pflanzenwuchs auf. Sie ließen Dornenbüsche und Gestrüpp hinter sich. Der Gipfel des Berges ragte unmittelbar über ihnen in den Himmel hinein, zweigeteilt wie eine gespaltene Hand. Von der Tiefe des Tals, ja sogar vom Dorf aus war diese Spaltung nicht sichtbar, sahen die beiden Gipfel wie einer aus.

Die Sonne war mit ihnen gestiegen, strahlte jetzt auf die südöstliche Stirnwand des Berges und ließ sie korallenrot erglühen. Große, weiche Wolkenbänke schoben sich übereinander und verbargen die darunterliegende Welt. Plötzlich blieb Victors Führer stehen und wies nach vorn: dort führte der Weg auf einem äußerst schmalen Felsrand weiter, führte im Bogen nach Süden und entschwand dem Blick.

»Monte Verità«, sagte er und wiederholte noch einmal: »Monte Verità.«

Dann drehte er sich geschwind um und begann, sich den Pfad, den sie gekommen waren, hinunterzuarbeiten.

Victor rief ihm nach, doch er gab keine Antwort, drehte nicht einmal den Kopf nach ihm um. Kurz darauf war er Victors Blick entschwunden. Es blieb Victor nichts anderes übrig, als allein weiterzugehen und im festen Vertrauen darauf, Anna auf der anderen Seite zu finden, dem schmalen Felspfad um den vorspringenden Felsen herum zu folgen.

Er brauchte eine halbe Stunde, um den Felsvorprung zu umgehen, und mit jedem Schritt, den er vorwärts machte, wuchs seine Angst; denn hier, an der Südseite, ging es nicht mehr einen sanften Abhang hinauf wie bisher – die Felswand strebte fast senkrecht in die Höhe. Bald mußte jeder weitere Aufstieg unmöglich sein.

»Doch dann«, sagte Victor, »trat ich aus einer Art Schlucht, die einen Grat durchschnitt, heraus und stand kaum hundert Meter vom Gipfel entfernt. Zwischen den Gipfeln erblickte ich das aus Fels gebaute, vollkommen kahle und nackte Kloster. Eine steile Wand umschloß es; unterhalb dieser Wand ging es drei- bis vierhundert Meter in die Tiefe zum nächsten Grat, und über ihm war nichts als der Himmel und die Zwillingsgipfel des Monte Verità.«

Victor schien sich jetzt, da er mir sein Herz so weit ausgeschüttet hatte, ein wenig beruhigt zu haben. Eine ungeheure Last war von ihm genommen, seine Hände zitterten nicht mehr. Jetzt erkannte ich meinen alten Victor eher wieder, und seine Stimme war ruhiger geworden.

»Es muß uralt sein«, fuhr Victor nach einer Pause fort. »Der Himmel mag wissen, wie lange man daran gebaut hat, es ist ganz aus dem Felsen herausgehauen. Ich habe niemals etwas Trutzigeres und Wilderes gesehen, niemals etwas von einer so eigenartigen Schönheit. Es schien dort zu hangen, zwischen Himmel und Berg zu schweben. Fenster, wie wir sie kennen, sah ich keine, nur enge Schlitze, um Licht und Luft einzulassen. Ein Turm schaut nach Westen, und zu seinen Füßen geht es steil in die Tiefe. Die hohe Mauer, die das Ganze umschließt, macht es uneinnehmbar wie eine Festung. Ich konnte weder einen Eingang noch ein Zeichen von Leben entdecken; es zeigte sich überhaupt niemand. Da stand ich nun und starrte das Gebäude an, und die engen Fensterschlitze starrten mich an. Es blieb mir nichts anderes übrig, als zu warten, bis Anna sich zeigen würde. Denn plötzlich – ich hoffe, du verstehst mich – war ich überzeugt, daß der alte Mann recht hatte: Ich wußte, was geschehen war. Die Insassen hatten Anna von den Fensterschlitzen aus kommen sehen und sie gerufen. Und jetzt war sie hinter dieser Mauer bei ihnen. Sie mußte ja sehen, daß ich draußen stand, und mußte bald zu mir herauskommen. Ich wartete also, den ganzen Tag . . .«

Er machte nicht viel Worte, sondern erzählte nur, was sich tatsächlich zugetragen hatte. So wie er hätte jeder Mann auf seine Frau warten können, die in den Ferien eines Morgens plötzlich fortgegangen ist, um Freunde zu besuchen. Er setzte sich, aß später sein Mittagsbrot und beobachtete, wie die Wolkenbänke, die die Welt zu seinen Füßen verbargen, sich bewegten, auseinanderflossen und sich wieder zusammenballten. Und die Sonne sengte mit sommerlicher Glut auf die ungeschützten Hänge des Monte Verità hernieder, auf den Turm, die engen Fensterschlitze und die große Umfassungsmauer, auf der keine Bewegung zu sehen war, von der kein Laut herüberdrang.

»Ich blieb den ganzen Tag dort sitzen«, sagte Victor, »aber sie kam nicht. Die Sonnenstrahlen brannten und blendeten mich, so daß ich mich in die Schlucht zurückziehen mußte, um mich vor ihnen zu schützen. Dort legte ich mich im Schatten eines vorspringenden Felsens nieder. Von dort aus konnte ich den Turm und die Fensterschlitze immer noch beobachten. Du und ich, wir haben früher das Schweigen der Berge kennengelernt, aber so etwas wie die unendliche Stille unterhalb der Zwillingsgipfel des Monte Verità haben wir noch nicht erlebt.

Die Stunden krochen langsam dahin, und ich wartete. Nach und nach wurde es kälter, und dann, als meine Unruhe immer größer wurde, raste die Zeit nur so. Die Sonne wanderte rasch nach Westen, die Felsen erglühten jeden Augenblick in anderer Beleuchtung, das Licht blendete nicht mehr. Da ergriff mich eine panische Angst. Ich lief zur Mauer hinüber und rief, tastete mich mit den Händen an ihr entlang, konnte jedoch keinen Eingang finden: nichts! Ich rief, aber nur das Echo meiner eigenen Stimme gab mir immer wieder Antwort. Ich blickte hinauf, sah aber nichts weiter als die blinden Fensterschlitze. Da begann ich, an der Geschichte des alten Mannes und allem, was er gesagt hatte, zu zweifeln. Dies Kloster war unbewohnt. Kein Mensch hatte seit tausend Jahren hier gelebt. Wohl war es vor langer Zeit einmal gebaut worden, aber jetzt stand es leer. Vor allen Dingen aber: Anna war niemals hierhergekommen. Sie mußte dort, wo der richtige Weg endete und mein Führer mich allein gelassen hatte, vom schmalen Felspfald, der um die südliche Schulter des Berges herumführt, in die Tiefe gestürzt sein. Und so war es auch den anderen Frauen ergangen, die hier heraufgekommen waren: der Tochter des alten Mannes, den Mädchen aus den Tälern. Sie waren alle abgestürzt, keine von ihnen war jemals bis an diese Felsbastion zwischen den Zwillingsgipfeln vorgedrungen.«

Die Ungewißheit, in der ich mich jetzt wieder befand, wäre leichter zu ertragen gewesen, wenn der anfänglich verzweifelte Ton, das Zeichen völligen Zusammenbruchs in Victors Stimme zurückgekehrt wäre. Aber er saß dort im sauberen, unpersönlichen Krankenzimmer in der Londoner Klinik vor mir; auf dem Tisch neben ihm standen die üblichen Medizinfläschchen und Röhrchen mit den Tabletten; der Verkehrslärm aus der Wigmore Street drang zu uns herauf, und Victor verfiel in eine ganz monotone Sprechweise; es klang wie das gleichmäßige Ticken einer

Uhr. Es wäre viel natürlicher gewesen, er hätte sich plötzlich abgewandt und geweint.

»Dennoch wagte ich nicht fortzugehen«, sagte er, »für den Fall, daß sie doch käme. Ich konnte einfach nicht anders, ich mußte dort unterhalb der Mauer warten. Die Nebelschwaden stiegen, ballten sich, und um mich herum wurde es grau. All die warnenden Schatten der hereinbrechenden Nacht breiteten sich aus. Einen Augenblick leuchteten Felsen, Mauer und Fensterschlitze golden auf; dann war mit einem Mal die Sonne untergegangen. Ohne Dämmerung war es plötzlich kalt und dunkel.«

Er wartete die ganze Nacht unterhalb der Mauer, bis zum Tagesanbruch. Er schlief nicht, sondern ging hin und her, um sich warm zu halten. Als endlich der Morgen dämmerte, war er halb steifgefroren und ganz schwach vor Hunger; denn er hatte ja nur so viel Proviant mitgenommen, daß es für sie beide zum Mittagessen gereicht hätte.

Sein gesunder Menschenverstand sagte ihm, daß es reiner Wahnsinn sei, noch einen weiteren Tag zu warten. Er mußte ins Dorf zurückkehren, essen und trinken und wenn möglich Leute zu einer Suchmannschaft mieten. Bei Sonnenaufgang verließ er zögernd die Felsbastion. Immer noch herrschte eine vollkommene Stille, und er war jetzt überzeugt, daß hinter den Mauern kein Leben sei.

Er machte sich auf, stieg um die Schulter des Berges herum, kam wieder auf den Weg und lief durch den Morgennebel zurück ins Dorf.

Die Leute waren alle versammelt; es war, als ob sie ihn erwartet hätten. Der alte Mann stand vor der Tür seiner Hütte, um ihn herum die Nachbarn, zumeist Männer und Kinder.

Victors erste Frage war: »Ist meine Frau zurückgekehrt?« Während er den Berg hinabstieg, war die Hoffnung wieder in ihm aufgeflammt – daß sie gar nicht den Pfad hinaufgeklettert sei, sondern einen anderen Weg eingeschlagen habe und inzwischen auf anderen Pfaden wieder ins Dorf zurückgekehrt sei. Doch als er ihre Gesichter sah, schwand seine Hoffnung dahin.

»Sie wird nicht zurückkommen«, sagte der alte Mann, »wir haben Ihnen doch schon gesagt, sie werde nicht wiederkommen. Sie ist zu ihnen gegangen, ist auf dem Monte Verità.«

Victor war klug genug, erst einmal zu essen und zu trinken, ehe er auf ihre Reden einging. Sie standen um ihn herum und betrachteten ihn mitleidig. Am qualvollsten, so sagte Victor, sei es ihm gewesen, Annas Gepäck, ihre Matratze, ihre Trinkflasche und ihr Messer wiederzusehen; der Anblick ihrer kleinen persönlichen Besitztümer, die sie nicht mitgenommen hatte.

Auch nachdem er gegessen hatte, blieben sie noch bei ihm; sie warteten darauf, daß er sprach. Er erzählte dem alten Mann alles: wie er den ganzen Tag und die Nacht gewartet hätte; daß er keinen Laut gehört und kein Lebenszeichen hinter den Fensterschlitzen und an den Hängen des Monte Verità gesehen habe. Hin und wieder übersetzte der alte Mann seinen Nachbarn Victors Worte.

Als er fertig war, sagte der Alte: »Es ist so, wie ich gesagt habe. Ihre Frau ist dort, bei ihnen.«

Victor war mit seinen Nerven am Ende und rief laut: »Wie sollte sie dort sein? In dem Gemäuer lebt kein Mesch. Es ist tot, leer, seit Jahrhunderten schon.«

Der alte Mann beugte sich vor und legte Victor die Hand auf die Schulter. »Es ist nicht tot. Das haben schon viele vor Ihnen behauptet. Sie gingen hin und warteten, genauso, wie Sie gewartet haben. Vor fünfundzwanzig Jahren habe ich das gleiche getan. Dieser Mann hier, mein Nachbar, wartete drei volle Monate, Tag für Tag und Nacht für Nacht. Das war vor vielen Jahren, als seine Frau gerufen wurde. Sie ist niemals zurückgekommen. Niemand, der einmal zum Monte Verità gerufen worden ist, kehrt zurück.«

Dann war sie abgestürzt, war tot. Also doch! Victor sagte es ihnen, ließ sich nicht von seiner Meinung abbringen und bat sie, auf der Stelle mit ihm zu kommen und das Bergmassiv nach ihrem Körper abzusuchen.

Freundlich und mitleidig schüttelte der alte Mann den Kopf. »Das haben wir früher auch getan«, sagte er. »Viele von uns sind ausgezeichnete Bergsteiger und kennen den Berg bis in die entlegensten Schluchten und Klüfte. Sie sind sogar den Südhang hinuntergestiegen, bis zum Rand des großen Gletschers, wo kein Mensch mehr leben kann. Sie haben nichts gefunden. Unsere Frauen sind nicht abgestürzt, sie waren nicht dort. Sie sind auf dem Monte Verità bei den *sacerdotesse*.«

Es war hoffnungslos. Es hatte keinen Sinn, sich mit ihnen herumzustreiten; Victor wußte, was er zu tun hatte: Er mußte hinunter ins Tal, und wenn er dort auch keine Hilfe fände – noch weiter zurück in einen Teil des Landes, den er kannte und wo er Leute bekommen konnte, die bereit waren, mit ihm zurückzukehren.

»Meine Frau muß irgendwo hier auf dem Berg liegen«, sagte er, »ich muß sie finden. Und wenn Ihre Leute mir nicht helfen wollen, so werden andere es tun.«

Der alte Mann blickte sich um und rief einen Namen. Ein Kind trat aus dem Kreis der schweigenden Zuhörer heraus, ein kleines Mädchen von etwa neun Jahren. Der Alte legte ihm die Hand auf den Kopf und wandte sich an Victor. »Dies Kind hat die *sacerdotesse* gesehen und mit ihnen gesprochen. Früher haben schon andere Kinder sie gesehen. Sie zeigen sich nur Kindern und auch diesen nur sehr selten. Es wird Ihnen sagen, was es gesehen hat.«

Das Kind begann, die Augen unverwandt auf Victor gerichtet, seinen Vortrag in hohem, singendem Tonfall. Victor meinte, die Kleine müsse diese Geschichte den gleichen Zuhörern schon so oft erzählt haben, daß sie jetzt zu einer eintönigen Weise geworden war; denn es klang wie ein auswendig gelerntes Gedicht. Da es jedoch reinen Dialekt sprach, konnte er auch nicht ein Wort verstehen.

Nachdem sie fertig war, übersetzte der Alte das, was sie gesagt hatte, und aus lauter Gewohnheit deklamierte er genauso wie das Kind, nahm seine Stimme den gleichen singenden Tonfall an.

»Ich war mit meinen Freundinnen auf dem Monte Verità. Wir wurden vom Sturm überrascht. Meine Freundinnen liefen fort. Ich ging weiter, verirrte mich und kam vor die Mauer mit den Fenstern. Ich weinte, ich hatte Angst. Sie trat aus der Mauer heraus, die Große und Prächtige, hinter ihr eine andere, ebenso jung und schön. Sie trösteten mich, und als ich vom Turm her Gesang hörte, wollte ich mit ihnen hineingehen, aber sie sagten mir, das sei verboten. Wenn ich dreizehn sei, könne ich wiederkommen und bei ihnen leben. Sie trugen weiße Gewänder bis zu den Knien. Arme und Beine waren bloß und die Haare dicht am Kopf abgeschnitten. Sie waren viel schöner als die Menschen von dieser Welt. Sie führten mich vom Monte Verità fort, den Pfad hinunter, bis ich meinen Weg selbst finden konnte. Dann verließen sie mich. Das ist alles, was ich weiß.«

Der alte Mann ließ, nachdem er seinen Vortrag beendet hatte, Victors Gesicht nicht aus den Augen. Victor sagte, er sei ehrlich überrascht gewesen, wie überzeugt die anderen von der Wahrheit der Erzählung des Kindes gewesen seien. Er konnte es sich nicht anders erklären, als daß das Kind eingeschlafen sei, alles geträumt und diesen Traum dann für Wirklichkeit gehalten habe.

»Es tut mir leid«, sagte er daher zu seinem Dolmetscher, »aber ich kann der Erzählung des Kindes unmöglich Glauben schenken. Das Kind muß sich alles eingebildet haben.«

Nochmals rief der alte Mann das Kind und sprach mit ihm. Daraufhin verließ es die Hütte und verschwand.

»Sie haben ihr auf dem Monte Verità eine Kette aus Steinen gegeben«, sagte der alte Mann. »Ihre Eltern haben sie fortgeschlossen und bewahren sie jetzt als Talisman gegen Krankheit und Unglück auf. Jetzt bittet sie ihre Eltern, Ihnen die Kette zeigen zu dürfen.«

Kurz darauf kam das Mädchen zurück und reichte Victor eine Kette, die gerade groß genug war, um von einem schmalhüftigen Menschen als Gürtel getragen zu werden, während andere sie sich zum Schmuck um den Hals legen konnten. Die Steine, die wie Quarz aussahen, waren mit der Hand bearbeitet, an den Enden ausgehöhlt und paßten genau ineinander. Die Kette war sehr fein, ja außergewöhnlich kunstvoll und hatte nichts mit den rohen Arbeiten gemein, wie sie die Landbewohner an langen Winterabenden zum Zeitvertreib herstellen. Schweigend reichte Victor dem Kind die Kette zurück.

»Das Kind kann die Kette auf dem Berg gefunden haben«, sagte er.

»Solche Arbeiten verfertigen wir nicht«, entgegnete der Alte, »und die Leute unten im Tal auch nicht, nicht einmal die Menschen in den Städten, in denen ich gewesen bin. Das Kind hat diese Kette von denen bekommen, die auf dem Monte Verità wohnen, wie es erzählt hat.«

Da wußte Victor, daß jede Widerrede sinnlos sei. Sie waren zu eigensinnig, und gegen ihren Aberglauben vermochte alle Vernunft der Welt nichts auszurichten. Er bat, noch einen Tag und eine Nacht bleiben zu dürfen.

»Sie sind uns willkommen«, sagte der alte Mann, »und können bleiben, bis Sie die Wahrheit kennen.«

Die Nachbarn zerstreuten sich nach und nach und gingen an ihre Arbeit; das Leben nahm für sie wieder seinen normalen Gang. Es war, als ob nichts geschehen sei. Victor machte sich noch einmal auf den Weg, ging diesmal jedoch auf die nördliche Schulter des Bergs zu. Er war noch nicht weit gekommen, da mußte er erkennen, daß dieser Felsen unbesteigbar war; jedenfalls ohne erprobte Hilfe und ohne Ausrüstung. Wenn Anna diesen Weg eingeschlagen hatte, so war sie ohne Zweifel abgestürzt.

Er kehrte ins Dorf zurück, das – da es an den östlichen Hängen gelegen war – bereits im Schatten lag. Er ging in den Wohnraum und sah, daß man ihm etwas zu essen bereitgestellt und die Matratze vor dem Herz auf dem Boden ausgebreitet hatte.

Er war zu erschöpft, um zu essen, warf sich auf die Matratze und schlief sofort ein. Am nächsten Morgen stand er früh auf, stieg nochmals zum Monte Verità hinauf und blieb dort oben den ganzen Tag sitzen. Er wartete und ließ die Fensterschlitze nicht aus den Augen. Die Sonne sengte stundenlang erbarmungslos auf die Felsbastion hernieder und ging schließlich im Westen unter. Nichts rührte sich, niemand kam.

Er dachte an den anderen Mann, der vor einigen Jahren drei Monate hindurch, Tag für Tag und Nacht für Nacht, hier oben gewartet hatte, und überlegte, wie weit seine Ausdauer wohl gehen und ob er es wohl genausolange aushalten würde wie der andere.

Am dritten Tag zur Mittagszeit, als die Sonne mit aller Macht herniederstrahlte, konnte er die Hitze nicht mehr ertragen, zog sich in die Schlucht zurück und legte sich in der erfrischenden Kühle und im Schatten eines vorspringenden Felsens nieder. Zermürbt von der Anspannung des Wartens und der Verzweiflung, die sein Herz erfüllte, schlief er ein.

Plötzlich schrak er hoch. Die Uhrzeiger wiesen auf fünf Uhr, und in der Schlucht begann es bereits empfindlich kalt zu werden. Er kroch hinaus und blickte zur Felsbastion hinüber, die von der untergehenden Sonne golden überhaucht dalag. Dann sah er sie. Sie stand unterhalb der Mauer auf einer kleinen vorspringenden Felsplatte, und unter ihr ging die Felswand villeicht fünfhundert Meter steil in die Tiefe.

Sie wartete dort, blickte zu ihm herüber, er lief auf sie zu, rief schluchzend »Anna ... Anna ...« und glaubte, das Herz müsse ihm zerspringen.

Als er näher kam, sah er, daß er nicht zu ihr gelangen konnte. Der furchtbare Abgrund lag zwischen ihnen. Sie war kaum fünf Meter von ihm entfert, und er konnte sie nicht berühren.

»Ich blieb stehen, wo ich gerade stand, und starrte sie an«, sagte Victor. »Ich sprach kein Wort. Etwas erstickte meine Stimme. Ich fühlte, wie mir die Tränen über das Gesicht liefen. Ich schluchzte. Du mußt verstehen, ich war innerlich davon überzeugt, daß sie tot, daß sie abgestürzt sei. Und nun stand sie plötzlich lebend vor mir. Ich konnte kein vernünftiges Wort hervorbringen. Ich wollte sagen: ›Was ist geschehen? Wo bist du gewesen?‹, aber es war ja alles so sinnlos. Denn als ich sie anblickte, wurde es mir mit einem Mal zur furchtbaren Gewißheit, daß alles, was der alte Mann und das Kind gesagt hatten, der Wahrheit entsprach; es war keine Einbildung, es war kein Aberglaube. Obgleich ich außer Anna niemanden sah, wurde plötzlich das ganze Gebäude lebendig. Hinter den Fensterschlitzen über mir schauten Gott weiß wie viele Augen auf mich hernieder. Ich spürte ihre Nähe hinter diesen Mauern. Und es war alles so unheimlich, so grauenhaft und doch so wirklich.«

Jetzt war die Erregung in Victors Stimme zurückgekehrt, und auch seine Hände zitterten wieder. Er griff nach einem Glas Wasser und goß es gierig hinunter.

»Sie hatte nicht ihre eigenen Kleider an«, sagte er, »sondern eine Art Hemd, eine Tunika, die bis zu den Knien reichte, und um die Hüften trug sie einen Gürtel aus Steinen, ganz ähnlich der Kette, die das Kind mir gezeigt hatte. Sie war barfuß und hatte bloße Arme. Was mich jedoch am meisten erschreckte, war, daß sie ihr Haar ganz kurz geschnitten hatte, genauso kurz wie deines oder meines. Sie war mir dadurch seltsam fremd und machte einen viel jüngeren und in gewisser Weise unheimlich strengen Eindruck. Dann sprach sie zu mir. Sie sagte ganz einfach, als ob nichts geschehen sei: ›Ich möchte, daß du wieder nach Hause zurückkehrst, Victor. Du darfst dir meinetwegen keine Sorgen machen, Lieber.‹«

Victor sagte, er habe es zuerst einfach nicht fassen könne, daß sie dort stehen und dies zu ihm sagen konnte; er habe unwillkürlich an sogenannte Geisterbotschaften denken müssen, die von Medien auf spiritistischen Sitzungen an die fragenden Angehörigen weitergegeben wurden, und sich kaum zu einer Antwort durchringen können, da er fürchtete, sie könne hypnotisiert sein und unter Suggestion sprechen.

»Warum willst du, daß ich nach Hause gehe?« fragte er sanft, um ihren Geist nicht zu verletzen, den diese Menschen vielleicht in ihren Bann geschlagen hatten.

»Es bleibt dir nichts anderes übrig«, antwortete sie. Und dann – so sagte Victor – lächelte sie ganz natürlich, ja glücklich, wie zu Hause, wenn sie Pläne schmiedeten. »Ich bin ganz normal, Liebster«, sagte sie. »Ich bin nicht wahnsinnig oder hypnotisiert oder was du sonst denken magst. Die Leute im Dorf haben dir Furcht eingejagt, das ist begreiflich. Dies hier geht über das Begreifen der meisten Menschen hinaus. Ich muß immer gewußt haben, daß es existiert, irgendwo; und ich habe die ganzen Jahre hindurch immer darauf gewartet. Wenn Männer oder Frauen sich ins Kloster zurückziehen, so leiden ihre Angehörigen sehr darunter, das weiß ich wohl, aber mit der Zeit finden sie sich damit ab. Ich möchte, daß auch du darüber hinwegkommst, Victor. Bitte, verstehe mich doch.«

Sie stand ganz ruhig, ganz friedlich da und lächelte auf ihn herab.

»Soll das heißen«, sagte er, »daß du immer hier bleiben willst?«

»Ja«, antwortete sie. »Für mich gibt es kein anderes Leben mehr. Du mußt es mir glauben. Ich möchte, daß du nach Hause zurückkehrst und lebst, wie du immer gelebt hast, dich um das Haus kümmerst, das Gut bewirtschaftest und, wenn du eine andere Frau liebgewinnst, sie heiratest und glücklich bist. Ich danke dir für deine Liebe, für deine Güte und Treue. Ich werde sie niemals vergessen, Liebster. Wäre ich tot, so würdest du hoffen, ich hätte Frieden und lebte im Paradies; dies hier ist für mich das Paradies, und ich würde mich lieber von diesem Felsen in die Tiefe stürzen, als vom Monte Verità in die Welt zurückkehren.«

Victor sagte, er habe, während sie sprach, kein Auge von ihr gewandt, und es sei ein Glanz um sie gewesen wie nie zuvor, nicht einmal in ihren glücklichsten Tagen.

»Du und ich«, fuhr er fort, »wir haben beide in der Bibel von der

Verklärung gelesen. Das ist das einzige Wort, mit dem ich dir das Leuchten in ihrem Gesicht beschreiben kann. Das war keine Hysterie oder irgendeine Gefühlsaufwallung, sondern eben ... Verklärung. Irgend etwas, das nicht zu unserer Welt gehört, hatte seine Hand auf sie gelegt. Sie mit Bitten zu bestürmen, wäre sinnlos gewesen, Gewalt anzuwenden unmöglich. Anna hätte sich eher in die Tiefe gestürzt, als daß sie in die Welt zurückgekehrt wäre. Ich hätte nichts erreicht.«

Das Gefühl völliger Hilflosigkeit, das Bewußtsein, nichts, aber auch gar nichts tun zu können, war für Victor entsetzlich. Es war, als ob sie kurz vor der Abfahrt eines Schiffes, auf dem sie einem unbekannten Ziel entgegenfahren sollte, auf dem Quai zusammenständen, die letzten Minuten vergingen und gleich die Schiffssirene ertönen und ihn warnen würde, daß man die Fallreeps hochziehe, daß sie gehen und er sich von ihr trennen müsse.

Er fragte sie, ob sie auch alles habe, was sie brauche; ob sie genug zu essen bekomme und genügend Kleidung habe, und ob man ihr helfen könne, falls sie krank werde. Er bat sie, ihm doch zu sagen, ob er ihr nicht etwas schicken solle, doch sie lächelte nur und sagte, innerhalb dieser Mauern fehle ihr nichts mehr.

Er sagte zur ihr: »Ich werde jedes Jahr um diese Zeit zurückkehren und dich bitten, zu mir zurückzukommen. Ich werde es niemals versäumen.«

Sie sagte: »Wenn du das tust, so wird es für dich nur um so schwerer sein; denn das ist, als ob man Blumen auf ein Grab legte. Mir wäre es lieber, du kämest niemals wieder hierher.«

»Wissen, daß du hinter diesen Mauern bist, und niemals hierher zurückkommen, nein, das kann ich nicht«, sagte er.

»Ich werde mich dir niemals wieder zeigen können«, sagte sie. »Dies ist das letztemal, daß du mich siehst. Aber denke daran, daß ich immer so aussehen werde wie heute. Das gehört zum Glauben. Bewahre mich so in deinem Herzen.«

Dann bat sie ihn zu gehen, sie könne nicht eher in die Mauern zurückkehren, als bis er gegangen sei. Die Sonne war bereits tief herabgesunken, und die Felsbastion lag im Schatten.

Victor blickte Anna lange an, dann kehrte er ihr, die dort auf der Felsplatte stand, den Rücken und ging von der Mauer fort zur Schlucht, ohen sich noch einmal umzublicken. Als er die Schlucht erreicht hatte, wartete er einige Augenblicke und schaute dann zur Felswand zurück. Anna stand nicht mehr auf der Platte. Es war nichts weiter zu sehen als die Mauer, die Fensterschlitze und hoch darüber, noch von keinen Schatten verdunkelt, die Zwillingsgipfel des Monte Verità.

Ich richtete es jetzt so ein, daß ich mindestens eine Stunde täglich bei Victor in der Klinik verbrachte. Sein Zustand besserte sich von Tag zu Tag, bis er allmählich wieder so war wie früher. Ich sprach mit dem ihn behandelnden Arzt, mit der Oberin und den Schwestern. Sie sagten mir, es sei überhaupt keine Rede von Geistesgestörtheit; er sei zu ihnen gekommen, weil er einen schweren Schock und einen Nervenzusammenbruch erlitten habe. Allein die Tatsache, mich zu sehen und mit mir zu sprechen, habe ihm unendlich wohlgetan. Nach vierzehn Tagen hatte sich sein Zustand so weit gebessert, daß er die Klinik verlassen und zu mir in mein Haus in Westminster kommen konnte.

An jenen Herbstabenden sprachen wir das, was sich zugetragen hatte, immer und immer wieder durch, und ich fragte ihn mehr nach den Einzelheiten, als ich es früher getan hatte. Er verwahrte sich ganz entschieden dagegen, daß Anna in irgendeiner Weise sonderbar gewesen sei. Ihre Ehe sei normal und glücklich gewesen. Annas Abneigung gegen Besitz und ihre spartanische Lebensweise seien, so gab er zu, ungewöhnlich; aber er hatte nichts Besonderes darin gesehen ... es war eben Anna. Ich erzählte ihm von der Nacht, da ich sie barfuß auf dem bereiften Rasen hatte stehen sehen. Ja, sagte er, so etwas habe sie durchaus getan. Aber sie hätte mancherlei Eigenheiten gehabt und in manchen Dingen eine gewisse persönliche Zurückhaltung gezeigt, die er geachtet habe. Er habe diese ihre eigenste Sphäre niemals durchbrochen.

Ich fragte ihn, was er über ihr Leben vor ihrer Heirat wisse, und er sagte, da gäbe es nicht viel zu berichten. Als ihre Eltern starben, sei sie noch sehr jung gewesen, und dann sei sie von einer Tante in Wales erzogen worden. Ich sollte nur keine besonderen Enthüllungen über ihre Umwelt erwarten; es gab keinen dunklen Punkt in der Familie. Anna sei völlig normal erzogen worden, genauso wie jedes andere Mädchen auch.

»Es hat keinen Sinn«, sagte Victor. »Du wirst Anna nie erklären können. Sie ist eben Anna, sie ist einmalig. Du kannst sie ebensowenig erklären wie das Phänomen, daß ganz gewöhnliche Eltern plötzlich ein Kind bekommen, das ein Musiker wird oder ein Dichter oder ein Heiliger. Man kann kein ›Warum‹ und ›Wieso‹ für ihr Dasein und Auftreten angeben. Sie sind einfach da. Es war mein großes Glück, ihr begegnet zu sein, ich bin Gott dafür ewig dankbar, und jetzt ist es meine ganz persönliche Hölle, sie verloren zu haben. Ich werde versuchen, so weiterzuleben, wie sie es von mir erwartet. Und einmal jährlich werde ich zum Monte Verità zurückkehren.«

Die Ergebung, mit der er sich in den völligen Umbruch seines Lebens fügte, erregte meine tiefste Verwunderung. Ich fühlte wohl, daß ich – wäre mir dies Unglück zugestoßen – meiner Verzweiflung nicht Herr geworden wäre. Es erschien mir ungeheuerlich, daß eine unbekannte Sekte im Gebirge innerhalb weniger Tage eine solche Macht über eine Frau gewinnen sollte, einen solchen Einfluß, und zwar auf eine kluge Frau, eine wirkliche Persönlichkeit. Daß ungebildete Mädchen vom Lande sich so in die Irre leiten ließen, war ja noch verständlich; ebenso, daß ihre durch Aberglauben verblendeten Angehörigen nichts dagegen unternahmen. Ich sagte Victor dies. Ich sagte, es müsse möglich sein, sich auf normalem Wege durch unsere Botschaft an die Regierung jenes Landes zu wenden, allgemeine Nachforschungen anzustellen, die Presse auf diese Fährte zu setzen und sich der Unterstützung unserer eigenen Regierung zu versichern. Ich schlug ihm vor, alles für ihn in die Wege zu leiten. Wir lebten schließlich nicht mehr im Mittelalter, sondern im zwanzigsten Jahrhundert. So etwas wie diese Sekte auf dem Monte Verità dürfe es wirklich nicht mehr geben. Ich würde das ganze Land aufrufen und dem Fall internationale Bedeutung geben.

»Aber warum?« sagte Victor ruhig. »Zu welchem Zweck?«

»Um Anna zurückzubekommen und die anderen zu befreien. Um zu verhindern, daß auch noch das Leben anderer Menschen zerstört wird.«

»Wir zerstören doch auch nicht die Klöster und Konvente«, sagte Victor. »Und es gibt deren Hunderte in der ganzen Welt.«

»Das ist etwas anderes«, wies ich seinen Einwand zurück. »Das sind organisierte Körperschaften religiöser Menschen, die schon seit Jahrhunderten existieren.«

»Höchstwahrscheinlich existiert auch Monte Verità schon seit Jahrhunderten.«

»Wie leben diese Menschen, wovon leben sie, was geschieht, wenn sie krank werden und wenn sie sterben?«

»Das weiß ich nicht, und ich bemühe mich, nicht darüber nachzudenken. Das einzige, woran ich mich klammere, ist, daß Anna gesagt hat, sie habe das gefunden, wonach sie immer gesucht, daß sie glücklich sei. Und ich werde keinen Finger rühren, um dies Glück zu zerstören.«

Dann schaute er mich verwundert und überlegen zugleich an und sagte: »Es ist seltsam, daß ausgerechnet du so sprichst, denn von Rechts wegen müßtest du viel mehr Verständnis für Anna haben als ich. Du warst von uns beiden immer derjenige mit dem Bergfieber, und du warst es auch, der früher, als wir noch zusammen auf die Berge stiegen, den Kopf in den Wolken hatte.«

Ich erinnerte mich, daß ich mich erhob, ans Fenster trat und über die neblige Straße hinweg auf den Quai hinunterblickte. Ich schwieg. Seine Worte hatten mich tief getroffen. Ich konnte ihm in diesem Augenblick nicht antworten. Und ich wußte im Grunde meines Herzens, warum ich diese Geschichte vom Monte Verità so sehr haßte und wollte, daß alles zerstört würde. Es war, weil Anna ihre Wahrheit gefunden hatte und ich nicht …

Diese Unterhaltung zwischen Victor und mir bedeutete – wenn auch nicht gerade eine Trennung – so doch zumindest einen Wendepunkt in unserer Freundschaft. Wir hatten beide die Mitte des Lebens erreicht. Er kehrte auf sein Gut in Shropshire zurück und schrieb mir, er beabsichtige, den Besitz einem jungen Neffen zu übergeben, der im Augenblick noch zur Schule gehe; er wolle den Jungen in den nächsten Jahren während der Ferien zu sich nehmen, damit er sich mit dem Gut vertraut mache; was er danach beginnen wolle, wisse er noch nicht; es sei noch nichts festgelegt, denn er wolle in seinen Plänen freie Hand behalten. In meinem eigenen Leben ging gerade um diese Zeit ein Wandel vor. Meine Geschäfte machten einen zweijährigen Aufenthalt in Amerika notwendig.

Dann wurde der ganze Lauf der Welt jäh unterbrochen. Das folgende Jahr war das Jahr 1914.

Victor war einer der ersten, die sich freiwillig meldeten. Vielleicht glaubte er, das sei für ihn die Lösung; vielleicht hoffte er zu fallen. Ich folgte seinem Beispiel erst, als mein amerikanischer Aufenthalt zu Ende ging. Meine Lösung war es jedenfalls nicht; ich haßte jeden Augenblick meiner Militärzeit. Ich sah Victor während des ganzen Krieges nicht; wir dienten an verschiedenen Fronten und trafen uns auch nicht im Urlaub. Nur einmal erhielt ich folgenden Brief von ihm:

»Trotz aller Schwerigkeiten ist es mir gelungen, mein Versprechen einzulösen und jedes Jahr den Monte Verità zu besuchen. Ich blieb einen Tag bei dem Alten im Dorf und stieg am nächsten Morgen zum Gipfel hinauf. Es hat sich dort nichts verändert, alles ist still und wie tot. Ich legte an der Mauer einen Brief für Anna nieder, verbrachte den Tag dort oben, blickte zur Felsbastion hinüber und spürte ihre Nähe. Ich wußte, daß sie nicht zur mir kommen würde. Am nächsten Tag ging ich wieder hin und war überglücklich, einen Antwortbrief von ihr vorzufinden, wenn man es einen Brief nennen kann. Die Buchstaben waren in einen flachen Stein eingegraben. Vermutlich ist das ihre einzige Verständigungsmöglichkeit. Sie schrieb, sie sei gesund und sehr glücklich und erteile Dir und mir ihren Segen. Dann schrieb sie noch, ich solle mir keine Sorgen um sie machen; das ist alles. Es war – wie ich Dir schon in der Klinik erzählte – wie eine Geisterbotschaft aus dem Totenreich. Damit muß ich mich nun zufriedengeben und tue es auch. Wenn ich diesen Krieg überlebe, werde ich mich wahrscheinlich in jenem Lande niederlassen, um ihr nahe sein zu können, selbst wenn ich sie niemals wieder sehe oder höre und nichts als einmal im Jahr eine auf einen Stein gekritzelte Nachricht von ihr erhalte.

Ich wünsche Dir alles Gute. Wo steckst du eigentlich?

Victor.«

Als ich nach dem Waffenstillstand entlassen wurde und wieder ins Zivilleben zurückkehrte, war eines der ersten Dinge, die ich tat, mich nach Victor zu erkundigen. Ich schrieb ihm nach Shropshire und erhielt von seinem Neffen einen freundlichen Brief. Er habe Haus und Hof übernommen, Victor sei verwundet worden, allerdings nicht gefährlich; jetzt habe er England verlassen und lebe irgendwo im Ausland, entweder in Italien oder Spanien; er, der Neffe, wisse nicht genau wo, glaube jedoch, sein Onkel habe sich entschlossen, für immer dort zu bleiben; sobald er etwas Neues höre, werde er mir Nachricht geben. – Ich hörte nichts mehr. Ich selbst fühlte mich im Nachkriegs-London und unter den Menschen, die dort lebten, nicht wohl, durchschnitt gleichfalls alle Bande, die mich an die Heimat fesselten, und ging nach Amerika.

Von Victor sah und hörte ich zwanzig Jahre hindurch nichts mehr.

Ich bin davon überzeugt, daß es kein Zufall war, der uns wieder zusammenführte. Solche Dinge sind vorherbestimmt. Ich glaube, unser Leben ist wie ein gemischtes Spiel Karten, in dem wir eine Karte sind und die Menschen, die wir auf unserem Lebenswege treffen und manchmal lieben, die anderen. Wir sind ein Satz Karten in der Hand des Schicksals, wir werden ausgespielt und weitergegeben. Es ist für diese Geschichte unwichtig, welches Zusammentreffen von Umständen mich im Alter von fünfundfünfzig Jahren, zwei oder drei Jahre vor dem Zweiten Weltkrieg, wieder nach Europa brachte. Es fügte sich so, und ich kam.

Ich flog von einer Landeshauptstadt zur anderen – die Namen beider tun nichts zur Sache –, und das Flugzeug, mit dem ich reiste, wurde in einer einsamen Gebirgsgegend zur Notlandung gezwungen. Glücklicherweise kam niemand dabei ums Leben. Zwei Tage waren die Besatzung und die Passagiere, zu denen auch ich gehörte, von der Außenwelt vollkommen abgeschnitten. Wir richteten uns in der zum Teil zerstörten Maschine ein und warteten auf unsere Rettung. Dies Abenteuer füllte damals die Schlagzeilen der Zeitungen in aller Welt und verdrängte sogar für ein paar Tage das Interesse für die bereits sehr gespannte europäische Lage.

Die Unbequemlichkeiten in diesen vierundzwanzig Stunden waren durchaus nicht unerträglich. Glücklicherweise befanden sich unter den Passagieren weder Frauen noch Kinder; wir Männer machten gute Miene zum bösen Spiel und warteten auf die Befreiung aus dieser unfreiwilligen Lage. Wir waren überzeugt, daß über kurz oder lang Hilfe eintreffen werde. Die Funkverbindung hatte bis zum Augenblick der Notlandung funktioniert, und der Funker hatte unsere Position angegeben. Es handelte sich also nur darum, Geduld zu haben und sich warm zu halten.

Für mich, dessen Aufgabe in Europa erfüllt war und den keine so festen Bande mit Amerika verknüpften, als daß er glauben mußte, voller Sorge zurückerwartet zu werden, bedeutete dies unvermutete Hineinversetztwerden in ein Land, wie ich es vor Jahren leidenschaftlich geliebt hatte, eine merkwürdige Erfahrung. Ich war ein Mensch der Städte geworden, ein Geschöpf des Luxus. Die hochschlagenden Pulse amerikanischen Lebens, das Tempo, die überschäumende Lebenskraft, überhaupt der ganze atemlose Lebensrhythmus der Neuen Welt hatten mich die Bande vergessen lassen, die mich mit der Alten verknüpften.

Jetzt, da ich mich in der Einsamkeit und Großartigkeit dieses Landes umsah, wußte ich, was mir in all diesen Jahren gefehlt hatte. Ich vergaß meine Mitreisenden, vergaß den grauen Rumpf des manövrierunfähigen Flugzeuges – das inmitten dieser jahrhundertealten Wildnis ohnehin einen Anachronismus darstellte –, ich vergaß, daß ich inzwischen ergraut und recht korpulent geworden war, kurz, ich vergaß all Last meiner fünfundfünfzig Jahre. Ich war wieder der junge Mann, der voller Hoffnung und Begierde nach einer Antwort auf die Ewigkeit suchte. Dort hinten mußte sie auf mich warten, jenseits jener Berge, dort mußte sie zu finden sein. Ich stand in meiner städtischen Kleidung da, die gar nicht hierherpaßte, und das Bergfieber schoß mir wieder in die Adern. Wenn die Rettungsmannschaft käme, um meine Mitreisenden und mich zu befreien, würde ich die verlorene Zeit nachholen. Mich drängte nichts, ich hatte keine Eile, nach den Staaten zurückzukehren. Ich würde hier in Europa Ferien machen und noch einmal bergsteigen. Ich würde mir geeignete Kleider und die nötige Ausrüstung kaufen und allein klettern. Nachdem ich mich zu diesem Entschluß durchgerungen hatte, war ich erleichtert und fühlte mich nicht mehr von Schuld belastet. Alles Bedrückende schien von mir genommen zu sein. Ich kehrte zu meinen Mitreisenden zurück und lachte und scherzte mit ihnen in den Stunden, die wir noch abgeschnitten waren.

Am zweiten Tag traf die Rettungsmannschaft ein. Völlige Gewißheit, daß wir gerettet würden, erhielten wir, als wir in der Morgendämmerung einen Hubschrauber sichteten, der hoch über uns kreiste. Die Suchmannschaft bestand aus richtigen Bergsteigern und -führern, rauhen, aber sympathischen Burschen. Sie hatten Kleidung, Reiseausrüstung und Verpflegung für uns mitgebracht und waren – wie sie sagten – erstaunt, daß wir alle wohlauf waren und uns dieser Dinge bedienen konnten. Sie hatten gedacht, niemanden von uns lebendig anzutreffen.

Sie brachen uns in kurzen Teilmärschen zu Tal. Dort kamen wir am folgenden Tage an. Die Nacht lagerten wir auf der Nordseite des großen Gebirgszuges, der uns neben der flugunfähigen Maschine so abgeschieden und unzugänglich erschienen war. Bei Morgengrauen setzten wir uns wieder in Bewegung. Es war ein herrlich klarer Tag, und wir konnten das ganze Tal unterhalb unseres Lagerplatzes überblicken. Im Osten wurde die Bergkette steil, soweit ich es beurteilen konnte, unüberwindlich und lief in einem, möglicherweise zwei schneebedeckten Gipfeln aus, die wie die Knöchel einer geballten Faust in den blendenden Himmel stachen.

Gerade als wir uns zum Abstieg anschickten, sagte ich zu dem Führer der Rettungsmannschaft: »Ich habe früher, in meiner Jugend, sehr viele Hochtouren gemacht. Diese Gegend ist mir jedoch völlig unbekannt. Wie ist es, kommen viele Touristen hierher?«

Er schüttelte den Kopf und sagte mir, für den Fremdenverkehr sei diese Gegend hier sehr ungünstig. Er und seine Kameraden seien nicht von hier. Die Leute aus dem Tal im Osten seien sehr rückständig und verschlossen. Für Touristen und Fremde sei man dort nur wenig hergerichtet. Wenn ich wieder Hochtouren machen wolle, so könne er mich in andere Gebiete führen, wo es ausgezeichnete Sportmöglichkeiten gebe. Allerdings sei es für Hochtouren schon ziemlich spät im Jahre.

Ich blickte immer noch auf den östlichen Teil des Gebirgszuges, der so abgelegen und so seltsam schön war.

»Wie heißen sie denn«, fragte ich, »diese Zwillingsgipfel dort im Osten?«

»Monte Verità«, antwortete er.

Da wußte ich, was mich nach Europa zurückgebracht hatte . . .

Meine Mitreisenden und ich trennten uns in einer kleinen, etwa dreißig Kilometer von der Stelle, wo unsere Maschine notgelandet war, entfernt gelegenen Stadt. Sie wurden bis zur nächsten Eisenbahnstation und damit in die Zivilisation zurückgebracht; ich blieb. Ich mietete in einem kleinen Hotel ein Zimmer und stellte mein Gepäck dort unter, kaufte ein Paar derbe Stiefel, Hemden, eine Joppe und ein Paar Kniehosen. Dann wandte ich der Stadt den Rücken und wanderte in die Berge.

Es war, wie der Führer mir gesagt hatte, für Hochtouren eigentlich zu spät im Jahr. Aber das kümmerte mich nicht. Ich war allein und wieder in den Bergen! Ich hatte vergessen, wie heilsam die Einsamkeit sein kann. Die alten Kräfte kehrten wieder in die Beine zurück, die Lungen kräftigten sich schnell, und die kalte Luft ließ die Haut an meinem ganzen Körper prickeln. Ich hätte vor Lust aufjauchzen können, und das mit fünfundfünfzig Jahren! Die ewige Unruhe und das dauernde Angespanntsein, alles war wie fortgeblasen; ich dachte nicht mehr an die aufgeregte Geschäftigkeit der vielen Menschen; versunken waren die Lichter der Städte, entschwunden ihre schalen Gerüche. Ich war ja wahnsinnig gewesen, all das so lange ertragen zu haben.

Voller Begeisterung kam ich in das Tal, das im Osten zu Füßen des Monte Verità liegt. Es schien mir, als habe es sich seitdem, wie Victor es mir vor vielen, vielen Jahren vor dem Ersten Weltkrieg geschildert hatte, nicht verändert. Das Städtchen war klein und rückständig, die Einwohner unfreundlich und mürrisch. Es gab nur ein sehr primitives Gasthaus – es wäre wirklich verfehlt, es ein Hotel zu nennen –, und dort beschloß ich zu übernachten.

Ich wurde, wenn auch nicht gerade unhöflich, so doch gleichgültig aufgenommen. Nach dem Abendessen fragte ich, ob der Pfad auf den Gipfel des Monte Verità noch passierbar sei. Der Wirt hinter dem Schanktisch – denn Speiseraum und Bar waren ein Raum, und ich aß dort, denn ich war der einzige Gast – blickte mich völlig uninteressiert an und trank sein Glas Wein, das ich ihm spendiert hatte.

»Bis zum Dorf, glaube ich, wird man schon noch hinaufkommen können«, sagte er. »Wie es hinter dem Dorf aussieht, weiß ich nicht.«

»Kommen die Leute hier aus dem Tal eigentlich viel mit denen aus dem Dorf dort oben zusammen?« fragte ich.

»Manchmal vielleicht. Aber in dieser Jahreszeit nicht.«

»Kommen oft Touristen hierher?«

»Nur sehr selten. Sie gehen mehr nach dem Norden. Im Norden ist es besser.«

»Kann ich morgen im Dorf irgendwo übernachten?«

»Das weiß ich nicht.«

Ich schwieg einen Augenblick, betrachtete sein grobgeschnittenes, grämliches Gesicht und sagte dann: »Und die *sacerdotesse*, leben die immer noch dort oben auf dem Monte Verità?«

Er stutzte, blickte mich betroffen an und beugte sich über den Schanktisch. »Wer sind Sie? Was wissen Sie von ihnen?«

»Dann existieren sie also noch?« war meine Gegenfrage.

Er ließ mich nicht aus den Augen, er war mißtrauisch. In diesem Land war in den letzten zwanzig Jahren viel geschehen: Es hatte Aufruhr gegeben und Revolution, und selbst dieser abgelegene Winkel mußte sein Teil abbekommen haben. Vielleicht war er deswegen so zurückhaltend.

»Es wird so maches erzählt«, sagte er mit schleppender Stimme. »Ich, für meinen Teil, kümmere mich nicht um solche Dinge. Man verbrennt sich zu leicht die Finger. Eines Tages wird es wohl sowieso ein Unglück geben.«

»Ein Unglück? Für wen?«

»Für die Leute im Dorf, für diejenigen, die dort auf dem Monte Verità leben sollen – wie gesagt, ich weiß nichts von ihnen –, und für uns hier im Tal. Ich weiß von nichts. Und wenn man von nichts weiß, kann einem auch nichts passieren.«

Er trank das Glas Wein aus, spülte es und rieb den Schanktisch mit einem Tuch ab. Es war nicht schwer zu erkennen, daß er mich loswerden wollte.

»Wan wünschen Sie morgen das Frühstück?« fragte er.

Ich sagte: »Um sieben« und ging auf mein Zimmer.

Ich öffnete die Doppelfenster und trat auf den schmalen Balkon hinaus. Die kleine Stadt schlief. Nur wenige Lichter blinkten in der Dunkelheit. Die Nacht war sternklar und kalt. Der Mond war aufgegangen; morgen nacht mußte Vollmond sein. Er ergoß sein Licht über das dunkle Bergmassiv vor mir. Alles ging mir merkwürdig nahe; es war, als ob ich in die Vergangenheit zurückversetzt sei. Vielleicht war dies Zimmer, in dem ich die Nacht zubringen sollte, das gleiche, in dem Anna und Victor vor vielen Jahren, damals im Sommer 1913, geschlafen hatten. Vielleicht hatte Anna gleich mir hier auf dem Balkon gestanden und zum Monte Verità hinübergeblickt, während Victor – nicht ahnend, was für eine Tragödie er in wenigen Stunden erleben sollte – aus dem Dunkel des Zimmers nach ihr rief.

Und jetzt hatte ich, ihren Spuren folgend, zum Monte Verità gefunden.

Am nächsten Morgen frühstückte ich unten in der Gaststube. Der Wirt, mit dem ich gestern abend gesprochen hatte, war nicht da. Ein Mädchen, vielleicht seine Tochter, brachte mir Kaffee und Brot. Sie war still, aber sehr höflich und wünschte mir einen angenehmen Tag.

»Ich werde den Berg besteigen«, sagte ich. »Das Wetter scheint gut zu werden. Sagen Sie, sind Sie schon einmal auf dem Monte Verità gewesen?«

Sie wich meinem Blick sofort aus. Die Frage verwirrte sie sichtlich.

»Nein«, sagte sie, »nein, ich bin noch niemals aus dem Tal herausgekommen.«

Ich tat ganz offen und unbefangen und erzählte von Freunden, die einmal hier gewesen seien – ich sagte nicht wann –, den Monte Verità erstiegen hätten, die Felsbastion zwischen den Zwillingsgipfeln gefunden und sich sehr für die Sekte interessiert hätten, die dort hinter jenen Mauern ganz abgeschlossen lebe.

»Leben sie noch dort, wissen Sie das?« fragte ich, indem ich mir umständlich eine Zigarette anzündete und mich zurücklehnte.

Sie blickte sich ängstlich um, als fürchte sie, es könne sie jemand hören.

»Sie sollen noch leben«, antwortete sie dann. »Mein Vater spricht vor mir nicht darüber. Wir jungen Leute dürfen nichts davon wissen.«

Ich rauchte weiter meine Zigarette.

»Ich lebe in Amerika«, sagte ich, »und ich habe die Erfahrung gemacht, daß die jungen Leute unter sich – wie übrigens überall auf der Welt – über nichts so gern reden wie über verbotene Dinge.«

Ein schwaches Lächeln glitt über ihre Züge, sie sagte jedoch nichts.

»Ich bin überzeugt, daß Sie und Ihre jungen Freundinnen oft über das tuscheln, was auf dem Monte Verità vor sich geht«, sagte ich.

Ich schämte mich innerlich wegen meiner Doppelzüngigkeit, spürte jedoch, daß dies die einzige Möglichkeit war, überhaupt etwas zu erfahren.

»Ja«, sagte sie, »das stimmt. Aber laut sprechen wir nicht darüber. Erst kürzlich ...« Wieder blickte sie sich ängstlich um und fuhr dann im Flüsterton fort, »erst kürzlich ist ein Mädchen verschwunden. Ich kannte sie, sie sollte bald heiraten. Die Leute sagen, sie sei vom Monte Verità gerufen worden.«

»Hat niemand sie fortgehen sehen?«

»Nein, sie hat das Haus bei Nacht verlassen und keine Nachricht zurückgelassen, nichts.«

»Ist es denn möglich, daß sie ganz woanders hingegangen ist, in die Stadt oder einen der großen Fremdenverkehrsorte?«

»Die Leute glauben es nicht. Bevor sie verschwand, soll sie sich auch ganz merkwürdig benommen und im Schlaf vom Monte Verità gesprochen haben.«

Ich schwieg einen Augenblick und fuhr dann – immer noch wie absichtslos und unbefangen – fort, sie auszufragen.

»Was ist es denn eigentlich, was die Menschen so zum Monte Verità zieht? Das Leben dort oben muß doch sehr hart, ja grausam sein, nicht wahr?«

»Für diejenigen, die gerufen werden, nicht«, sagte sie und schüttelte den Kopf. »Sie bleiben immer jung, sie werden nicht alt.«

»Woher wollen Sie das wissen, da doch noch niemand sie jemals gesehen hat?«

»Das ist schon immer so gewesen. Das gehört eben zum Glauben. Darum werden sie von den Leuten hier unten im Tal ja auch so gehaßt und gefürchtet, aber auch beneidet. Die auf dem Monte Verità besitzen das Geheimnis des Lebens.«

Sie blickte nachdenklich aus dem Fenster hinaus zum Berg hinüber.

»Und Sie?« fragte ich. »Glauben Sie, daß auch Sie einmal gerufen werden?«

»Dessen bin ich nicht wert«, sagte sie, »und außerdem hätte ich auch Angst davor.«

Sie nahm den Kaffee fort und bot mir Obst an.

»Und jetzt«, sagte sie noch leiser als zuvor, »seitdem das Mädchen verschwunden ist, gärt es hier unten. Einige von unseren Männern sind ins Dorf hinaufgestiegen, um die Leute dort oben aufzuwiegeln und für sich zu gewinnen. Dann wollen sie die Felsbastion angreifen. Da wird es für unsere Männer kein Halten mehr geben, und sie werden versuchen, alle, die dort oben leben, umzubringen. Doch dadurch wird sicher alles noch schlimmer: Das Tal wird von Militär besetzt werden, und dann gibt's Verhöre, Bestrafungen und Erschießungen. Es wird ein Ende mit Schrecken nehmen. Daher ist es hier im Augenblick sehr unruhig. Jeder ist ängstlich, und überall wird im geheimen getuschelt.«

Draußen waren Schritte zu hören, sie schlüpfte augenblicklich hinter den Schanktisch, machte sich dort zu schaffen und schaute nicht auf, als ihr Vater hereintrat.

Er blickte uns beide mißtrauisch an, ich drückte meine Zigarette aus und erhob mich.

»Sie haben also immer noch die Absicht, den Berg zu besteigen?« fragte er.

»Ja«, sagte ich. »In ein oder zwei Tagen bin ich wieder hier.«

»Es wäre nicht klug, sich länger dort oben aufzuhalten«, meinte er.

»Glauben Sie, das Wetter schlägt um?«

»Ja, wir werden anderes Wetter bekommen. Aber es ist vielleicht auch sonst dort oben nicht sicher.«

»In welcher Beziehung meinen Sie das?«

»Es kann zu Unruhen kommen. Gerade jetzt ist alles in Gärung. Die Menschen hier sind bis zum äußersten gereizt, und wenn sie einmal gereizt sind, können sie bei der geringsten Kleinigkeit den Kopf verlieren. In solchen Zeiten kann einem Fremden, einem Ausländer hier leicht etwas zustoßen. Es wäre besser, der Herr gäbe seinen Plan, den Monte Verità zu besteigen, auf und führe weiter nach Norden. Dort ist alles ruhig.«

»Vielen Dank. Aber ich habe mir nun einmal in den Kopf gesetzt, den Monte Verità zu besteigen, und nichts wird mich davon abhalten.«

Er zuckte mit den Schultern und blickte an mir vorbei.

»Wie Sie wünschen, mich geht es ja nichts an.«

Ich verließ das Gasthaus, ging die Straße hinunter, überquerte die kleine Brücke, die über den Gebirgsfluß führte, und folgte dem Pfad durch das Tal an der Ostseite des Monte Verità.

Zuerst waren die Geräusche aus dem Tal ganz deutlich zu hören. Das Bellen der Hunde, das helle Geläute der Kuhglocken, die Stimmen der Menschen, die sich gegenseitig etwas zuriefen; all das drang durch die stille Luft klar zu mir. Dann verteilte sich der blaue Rauch aus den Schornsteinen und glich eher einem dunstigen Nebel, und die Häuser selbst wurden klein wie Spielzeughäuschen. Der Pfad wand sich über mir, es ging immer tiefer ins felsige Herz des Berges selbst hinein, und gegen Mittag lag das Tal tief unter mir und war nicht mehr zu sehen. Ich hatte nichts weiter im Sinn, als emporzusteigen, immer mehr Höhe zu gewinnen, jenen Grat zur Linken zu überwinden, ihn hinter mir zu lassen und einen anderen zu übersteigen, um dann beide zu vergessen und einen dritten, noch steileren, der bereits im Schatten lag, in Angriff zu nehmen. Mein Körper war eine solche Anstrengung nicht mehr gewöhnt, der Wind ungünstig, und so kam ich nur langsam vorwärts, aber ich war seelisch so beschwingt, daß ich nicht erlahmte und keine Müdigkeit spürte, eher das Gegenteil. Ich hätte ewig so fortsteigen können.

Ich war daher sehr überrascht, fast erschrocken, als plötzlich das Dorf vor mir auftauchte, von dem ich mindestens noch eine Stunde entfernt zu sein glaubte. Ich mußte schneller vorangekommen sein, als ich gedacht hatte, denn es war kaum vier Uhr. Das Dorf machte einen stillen, fast verlassenen Eindruck. Es konnten meiner Meinung nach nur noch wenige Bewohner hier oben sein. Einige Hütten waren notdürftig ausgebessert worden, andere eingefallen und zum Teil ganz zerstört. Der Ort machte nach dem beschwingten Aufstieg einen wenig einladenden, düsteren, ja beklemmenden Eindruck auf mich. Wenn dies tatsächlich das Dorf war, in dem ich die Nacht zubringen sollte, so war das wirklich keine besonders angenehme Aussicht.

Ich trat auf die erste Hütte zu, aus deren Schornstein ich dünnen Rauch aufsteigen sah, und klopfte an die Tür. Nach einer Weile wurde mir von einem etwa vierzehnjährigen Jungen geöffnet. Er blickte mich an und rief dann über die Schulter hinweg einige Worte ins Innere der Hütte. Ein etwas beschränkt aussehender, vierschrötiger Mann, der etwa so alt sein mochte wie ich, trat an die Tür. Er redete im Dialekt auf mich ein, verstummte dann jedoch, da er anscheinend seinen Fehler erkannt hatte, und sagte in der Landessprache, die er offenbar noch weniger beherrschte als ich: »Sind Sie der Arzt aus dem Tal?«

»Nein«, erwiderte ich, »ich bin nicht von hier, ich bin Hochtourist und möchte die Berge in dieser Gegend besteigen. Ich suche eine Unterkunft für die Nacht, können Sie mich nicht bei sich aufnehmen?«

Sein Gesicht wurde vor Enttäuschung länger. Er antwortete nicht direkt auf meine Frage.

»Wir haben einen Schwerkranken hier«, sagtze er, »und ich weiß nicht, was ich tun soll. Man hat mir gesagt, der Arzt aus dem Tal würde kommen. Haben Sie unterwegs niemanden getroffen?«

»Leider nein. Außer mir ist kein Mensch aus dem Tal hier heraufgestiegen. Wer ist denn krank? Ein Kind?«

Der Mann schüttelte den Kopf. »Nein, nein, wir haben keine Kinder hier.«

Er blickte mich immer noch bestürzt und hilflos an; er tat mir leid, aber wie sollte ich ihm helfen? Ich hatte keine Medikamente bei mir, nur etwas Verbandstoff und ein Röhrchen Aspirin. Wenn der Kranke fieberte, so konnte ihm das Aspirin unter Umständen Erleichterung verschaffen. Ich holte also das Röhrchen aus meinem Gepäck hervor und gab dem Mann eine Handvoll Tabletten.

»Vielleicht helfen sie«, sagte ich, »versuchen Sie es nur.«

Er winkte mir einzutreten. »Bitte geben Sie sie ihm selbst«, sagte er.

Ich zögerte einen Augenblick, einzutreten und Zeuge eines so düsteren Schauspiels wie des Sterbens eines Verwandten dieses Mannes zu sein, aber eine selbstverständliche menschliche Regung sagte mir, daß ich dem nicht ausweichen dürfe. Ich folgte ihm in den Wohnraum. An der Wand stand ein Feldbett, und darauf lag mit geschlossenen Augen unter zwei Wolldecken ein Mann. Er war bleich, unrasiert, und sein Gesicht zeigte jenen spitzen Zug, der sich über das Antlitz legt, wenn der Tod nahe bevorsteht. Ich trat ans Bett heran und blickte auf ihn nieder. Er schlug die Augen auf. Einen Augenblick starrten wir uns fassungslos an. Dann kam er mit der Hand unter der Decke hervor, griff nach der meinen und lächelte. Es war Victor ...

»Gott sei Dank«, sagte er.

Ich war zu bewegt, um sprechen zu können. Ich sah, wie er dem abseits wartenden Mann zuwinkte und im Dialekt mit ihm sprach. Er mußte ihm erzählt haben, daß wir Freunde seien, denn plötzlich hellte sich das Gesicht des Mannes auf, und er zog sich zurück. Ich blieb, Victors Hand in der meinen, neben dem Feldbett stehen.

»Wie lange bist du schon so krank?« fragte ich ihn schließlich.

»Fast fünf Tage«, sagte er. »Ein Anfall von Rippenfellentzündung. Es ist nicht der erste. Aber diesmal ist es besonders schlimm. Ich werde eben alt.«

Wieder lächelte er, und obgleich, wovon ich überzeugt war, sehr krank, hatte er sich kaum verändert. Victor war immer noch der gleiche wie früher.

»Es scheint dir gutzugehen«, sagte er immer noch lächelnd, »du siehst ganz so aus wie ein Mann von Erfolg.«

Ich fragte ihn, warum er niemals geschrieben und was er die ganzen zwanzig Jahre über getrieben habe.

»Ich habe mich ganz von den Menschen zurückgezogen«, sagte er, »und ich nehme an, du hast wohl das gleiche getan, wenn auch auf eine andere Weise. Ich bin seit jener Zeit nach dem Ersten Weltkrieg nie wieder in England gewesen. Was hast du denn da in der Hand?«

Ich zeigte ihm das Röhrchen Aspirin.

»Leider wird es dir wohl nichts nützen«, sagte ich. »Das einzig Vernünftige, was ich dir vorschlagen kann, ist, daß ich heute nacht hierbleibe und dich morgen früh mit Hilfe dieses und vielleicht noch eines anderen Mannes hinunter ins Tal bringe.«

Er schüttelte den Kopf. »Das ist nur Zeitvergeudung«, sagte er. »Mit mir geht es doch zu Ende. Ich weiß es wohl.«

»Unsinn! Was du brauchst, das ist ein Arzt und vernünftige Pflege, und das ist hier doch alles unmöglich.« Ich blickte mich in dem primitiven, licht- und luftlosen Raum um.

»Kümmere dich nur nicht um mich«, sagte er. »Jemand anderer ist viel wichtiger.«

»Wer?«

»Anna«, sagte er, und dann, als ich ihn sprachlos fragend anblickte, fügte er hinzu: »Sie ist noch immer hier, weißt du, auf dem Monte Verità.«

»Soll das heißen«, fragte ich, »daß sie immer noch eingeschlossen hinter diesen Mauern lebt und sie niemals verlassen hat?«

»Deswegen bin ich ja hier«, sagte Victor. »Ich komme jedes Jahr und habe es von Anfang an getan. Habe ich es dir nicht nach dem Krieg geschrieben? Doch, nicht wahr? Ich lebe das ganze Jahr sehr abgeschieden und ruhig in einem kleinen Fischerhafen, und alle zwölf Monate komme ich hierher. Dies Jahr bin ich ein wenig später gekommen als sonst, weil ich krank war.«

Es war unfaßbar! Was für ein Leben war das! Die ganzen Jahre hindurch ohne Freunde, ohne geregelte Beschäftigung, zwölf lange Monate zu warten, bis die Zeit zu der jährlichen Pilgerfahrt kam!

»Hast du sie denn jemals gesehen?« fragte ich.

»Nein, niemals.«

»Schreibst du ihr?«

»Ich schreibe jedes Jahr einen Brief, nehme ihn mit hinauf, lege ihn unterhalb der Mauer nieder und komme dann am anderen Tag wieder.«

»Und der Brief wird angenommen?«

»Immer. Und an seiner Stelle finde ich eine Steinplatte, auf die ein paar Worte eingeritzt sind. Niemals mehr als ein paar Worte. Diese Steine nehme ich mit mir. Ich habe sie alle unten an der Küste, wo ich lebe.«

Es war herzzerreißend, dieser Glaube an sie, diese Treue über die Jahre hinweg.

»Ich habe versucht«, sagte er, »mich mit dieser Religion, diesem Glauben zu befassen. Er ist sehr alt, älter als das Christentum. Manchmal finden sich in alten Büchern Hinweise darauf. Ich habe hin und wieder einige solcher Bücher gefunden und mit anderen Menschen, mit Gelehrten darüber gesprochen, die die Mystik und Riten der alten Gallier und ihrer Druiden erforscht haben. Früher hat zwischen den Bewohnern der Berglande eine enge Verbindung bestanden. Was ich auch las, überall wurde mit der gleichen Eindringlichkeit auf die Macht des Mondes hingewiesen und darauf, daß die Anhänger immer jung und schön bleiben.«

»Du sprichst, Victor, als ob auch du das glaubtest.«

»Das tue ich auch«, sagte er. »Schon die Kinder hier im Dorf glauben das; die wenigen, die noch hiergeblieben sind.«

Das Sprechen hatte ihn sehr angestrengt. Er streckte die Hand nach einem Becher Wasser aus, der neben seinem Bett stand.

»Komm, Victor«, sagte ich, »dies Aspirin kann dir nichts schaden, sondern höchstens helfen, wenn du Fieber hast. Und vielleicht kannst du dann ein wenig schlafen.« Ich ließ ihn drei Tabletten schlucken und wickelte ihn fester in die Wolldecken.

»Sind denn keine Frauen hier im Hause?« fragte ich.

»Nein«, sagte er, »darüber habe ich mich diesmal auch sehr gewundert. Das Dorf ist so gut wie verlassen. Alle Frauen und Kinder sind hinunter ins Tal gegangen. Alles in allem sind höchstens zwanzig Männer und Buben zurückgeblieben.«

»Weißt du, wann die Frauen und Kinder fortgegangen sind?«

»Ich nehme an, ein paar Tage bevor ich kam. Mein Gastgeber – er ist der Sohn des alten Mannes, der hier sonst wohnte, aber der ist schon vor vielen Jahren gestorben – sein Sohn ist ein Narr und weiß nie etwas. Wenn man ihn etwas fragt, so schaut er einen nur verständnislos an. Aber auf seine Weise ist er doch ein ganz anstelliger Bursche. Er wird dir etwas zu essen geben und dir ein Lager bereiten. Und der Bub ist ein sehr aufgeweckter Kopf.«

Victor schloß die Augen, ich hoffte, er würde einschlafen. Ich glaubte zu wissen, warum die Frauen und die Kinder das Dorf verlassen hatten: wegen des Mädchens, das unten im Tal verschwunden war. Man hatte sie gewarnt, daß es auf dem Monte Verità zu Zwischenfällen kommen konnte. Ich wagte nicht, Victor das zu sagen, und hoffte nur, ihn überreden zu können, sich zu Tal bringen zu lassen.

Inzwischen war es ganz dunkel geworden, und ich hatte Hunger bekommen. Durch eine Art Durchgang gelangte ich in das hintere Zimmer. Dort war niemand außer dem Knaben. Ich bat ihn um etwas zu essen und zu trinken, und er verstand mich. Er brachte mir Brot, Fleisch und Käse, und ich aß es im Wohnzimmer. Der Knabe sah mir zu. Victor hatte die Augen immer noch geschlossen, und ich glaubte, er schliefe.

»Wird er wieder gesund werden?« fragte der Knabe. Er sprach keinen Dialekt.

»Ich nehme es an«, antwortete ich, »wenn man mir hilft, ihn zu einem Arzt ins Tal zu bringen.«

»Zwei von meinen Kameraden und ich, wir werden Ihnen helfen«, sagte der Junge. »Das beste ist, wir gehen gleich morgen. Danach wird es schwierig sein.«

»Warum?«

»Übermorgen wird hier ein dauerndes Kommen und Gehen sein. Es kommen Männer aus dem Tal, meine Kameraden und ich werden uns ihnen anschließen; es wird hier sehr unruhig werden.«

»Was soll denn geschehen?«

Er zögerte und schaute mich mit seinen klugen Augen an.

»Ich weiß es nicht«, sagte er dann und schlüpfte zurück in den rückwärtigen Raum.

Vom Feldbett her kam Victors Stimme.

»Was hat der Junge gesagt?« fragte er. »Wer kommt aus dem Tal?«

»Ich weiß es nicht«, sagte ich und tat ganz unbefangen. »Vielleicht Touristen. Aber er hat sich erboten, mir mit einigen Freunden zu helfen, dich ins Tal zu bringen.«

»Hierher kommen keine Touristen«, sagte Victor, »da stimmt etwas nicht.« Er rief den Jungen und sprach, als dieser wieder erschien, im Dialekt mit ihm. Der Bursche war unruhig und verlegen, er schien nur zögernd zu antworten. Ich hörte, wie sowohl er als auch Victor den Namen Monte Verità mehrmals wiederholten. Schließlich ging der Knabe zurück in den hinteren Raum und ließ uns allein.

»Hast du etwas von dem verstanden, was wir gesprochen haben?« fragte Victor.

»Nein«, erwiderte ich.

»Das gefällt mir nicht«, sagte er, »irgend etwas stimmt da nicht. Ich habe es die letzten paar Tage, die ich hier gelegen habe, immer gefühlt. Die Männer haben Heimlichkeiten und sind überhaupt ganz anders als sonst. Der Bub sagt, im Tal sei es zu einem Tumult gekommen, und die Leute dort seien sehr unruhig. Hast du etwas davon gehört?«

Ich wußte nicht, was ich sagen sollte. Er ließ mich nicht aus den Augen.

»Der Wirt vom Gasthaus war sonst nicht sehr zuvorkommend«, sagte ich, »aber immerhin hat er mir davon abgeraten, den Monte Verità zu besteigen.«

»Und was für einen Grund hat er angegeben?«

»Keinen besonderen. Er sagte nur, es könnte zu Unruhen kommen.«

Victor schwieg. Ich spürte, wie er angestrengt nachdachte.

»Sind Frauen aus dem Tal verschwunden?« fragte er.

Es hatte keinen Zweck zu lügen. »Ich hörte etwas von einem Mädchen, das verschwunden sei«, sagte ich, »aber ich weiß nicht, ob es stimmt.«

»Es wird stimmen. Das also ist es.«

Er schwieg eine ganze Weile, ich konnte sein Gesicht nicht sehen – es lag im Schatten. Der Raum war nur von einer einzigen Kerze erhellt, die einen schwachen Schein verbreitete.

»Du mußt morgen auf den Monte Verità steigen und Anne warnen«, sagte er schließlich.

Ich hatte so etwas Ähnliches wohl erwartet und fragte ihn, wie ich das tun könne.

»Ich kann dir den Weg skizzieren«, sagte er, »du kannst ihn gar nicht verfehlen. Folge nur immer dem Bett des Gebirgsbaches, er verläuft genau nach Süden. Es wird jetzt noch kein Wasser führen, also noch passierbar sein. Wenn du schon vor der Dämmerung aufbrichst, hast du den ganzen Tag vor dir.«

»Und was geschieht, wenn ich dort angekommen bin?«

»Du mußt einen Brief hinterlegen, genauso wie ich, und dann mußt du dich zurückziehen. Solange sie dich sehen, holen sie ihn nicht. Auch ich werde schreiben. Ich werde Anna sagen, daß ich krank hier liege und daß du nach fast zwanzig Jahren plötzlich erschienen bist. Weißt du, ich habe gerade darüber nachgedacht, als du mit dem Buben sprachst: Es ist wie ein Wunder. Ich habe das unbedingte Gefühl, daß Anna dich hierhergebracht hat.«

Seine Augen leuchteten; er war immer noch von dem gleichen jungenhaften Vertrauen beseelt, das ich so gut an ihm kannte.

»Das ist möglich«, sagte ich. »Entweder Anna oder dasjenige, was wir früher immer das Bergfieber genannt haben.«

»Ist denn das nicht dasselbe?« fragte er mich.

Wir blickten uns im Dämmer des kleinen, stillen Raumes an, und dann wandte ich mich um und rief dem Knaben zu, er möchte mir Decken und Kissen bringen. Ich wollte die Nacht auf dem Boden neben Victors Bett zubringen.

Er war in der Nacht sehr unruhig und hatte Mühe zu atmen. Mehrmals erhob ich mich und gab ihm mehr Aspirin und Wasser. Er schwitzte stark, und ich wußte nicht, ob ich das für ein gutes oder ein schlechtes Zeichen halten sollte. Die Nacht schien kein Ende nehmen zu wollen, und ich selbst konnte kaum ein Auge schließen. Als das erste schwache Licht des kommenden Tages heraufdämmerte, waren wir beide wach.

»Du solltest jetzt aufbrechen«, sagte er, und als ich zu ihm trat, stellte ich mit Schrecken fest, daß seine Haut sich ganz schweißig und kalt anfühlte. Sein Zustand hatte sich verschlechtert, daran war nicht zu zweifeln.

»Sage Anna, daß die Leute aus dem Tal kommen und sie und die andern in großer Gefahr sind. Davon sei ich überzeugt.«

»Ich werde all das schreiben«, sagte ich.

»Sie weiß, wie sehr ich sie liebe. Ich habe ihr das in meinen Briefen immer wieder versichert, aber schreibe es ihr nur, ein letztes Mal. Warte in der Schlucht. Unter Umständen mußt du zwei, drei oder noch mehr Stunden warten. Dann geh zurück zur Mauer und suche nach einer Antwort auf einer Steinplatte. Du wirst sie finden.«

Ich berührte seine kalte Hand und trat hinaus in die frostige Morgenluft. Als ich mich umblickte, überfielen mich die ersten Zweifel. Alles war von Nebel eingehüllt. Er braute nicht nur unter mir und verhüllte den Pfad, auf dem ich gestern vom Tal heraufgekommen war, sondern auch hier im stillen Dorf; Nebelschwaden ballten sich um die Dächer der Hütten und zogen über mich dahin und über den Pfad, der sich durchs Gestrüpp wand und in den Felsen verschwand.

Sanft und still berührten die Nebel mein Gesicht, trieben vorüber, blieben jedoch dicht zusammengeballt, lösten sich niemals auf. Die Feuchtigkeit haftete an meinen Haaren und Händen, ich schmeckte sie auf der Zunge. Ich blickte im Halbdämmer hierhin und dorthin und überlegte, was ich tun sollte. Mein alter Selbsterhaltungstrieb riet mir, umzukehren. Ich kannte die Berge von früher her zu gut, um nicht zu wissen, daß es ein Wahnsinn sei, sich bei umschlagendem Wetter auf den Weg zu machen. Anderseits war mir der Gedanke unerträglich, im Dorf zurückzubleiben und Victors flehentliche und geduldige Blicke auf mich gerichtet zu sehen. Er lag im Sterben, davon waren wir beide im Grunde unseres Herzens überzeugt. Und ich trug in meiner Brusttasche seinen letzten Brief an seine Frau.

Ich wandte mich nach Süden. Immer noch zogen die Nebelschleier unablässig und langsam, vom Gipfel des Monte Verità herunterkommend, an mir vorüber.

Da begann ich den Aufstieg . . .

Victor hatte mir gesagt, ich würde den Gipfel in zwei Stunden, ja, da ich die aufgehende Sonne im Rücken hätte, vielleicht in noch kürzerer Zeit erreichen. Außerdem hatte ich einen Führer bei mir, eine rohe Kartenskizze, die er aufgezeichnet hatte. Schon in der ersten Stunde, nachdem ich das Dorf verlassen hatte, erkannte ich meinen Irrtum: Ich würde die Sonne heute überhaupt nicht zu Gesicht bekommen. Nebelschwaden trieben an mir vorüber, Dunst schlug mir feucht und kalt ins Gesicht. Der Nebel verbarg meinem Blick den windungsreichen Wasserlauf, dem ich seit fünf Minuten folgte und in dem doch schon das Wasser der Gebirgsquellen zu Tal rauschte und Erdreich und Steine mit sich fortriß.

Inzwischen hatte sich der Charakter meiner Umgebung verändert, ich hatte Gestrüpp und Wurzelwerk hinter mir gelassen, und als ich mir durch durch die kahlen Felsen meinen Weg suchte, war Mittag schon vorüber. Ich war wie erschlagen; ja, noch schlimmer, ich war verloren. Ich hatte früher schon oft einen solchen Nebel erlebt, und nichts macht den Menschen so hilflos, als wenn er keinen Schritt des Weges, den er heraufgekommen ist, wiedererkennen und wieder hinabsteigen kann. Aber damals war ich jung gewesen, wohl trainiert und geübt im Bergsteigen. Jetzt war ich ein Städter, über die Lebensmitte hinaus und allein auf einem Berg, den ich vorher noch nie bestiegen hatte; und ich fürchtete mich.

Ich setzte mich im Schutze eines großen Felsblocks abseits vom treibenden Nebel nieder und aß mein Mittagessen – den Rest der Brote, die man mir im Gasthaus unten im Tal mitgegeben hatte –

und wartete. Später erhob ich mich und stapfte umher, um mich zu erwärmen. Die Kälte der Luft war zwar noch nicht unerträglich, machte sich aber doch schon unangenehm bemerkbar, und die Feuchtigkeit war frostig wie stets im Nebel.

Meine einzige Hoffnung war, daß der Nebel, wenn es bei Einbruch der Nacht noch mehr abkühlte, emporsteigen würde. Ich erinnerte mich, daß Vollmond sein mußte, und das war für mich sehr günstig, denn bei Vollmond bleibt der Nebel im allgemeinen nicht undurchdringlich, sondern neigt dazu, aufzureißen und sich aufzulösen. Aus diesem Grunde war ich heilfroh, als die Temperatur merklich fiel. Die Luft war sehr viel härter geworden, und als ich nach Süden blickte, von wo den ganzen Tag über die Nebelschwaden hergezogen kamen, konnte ich jetzt ungefähr drei bis vier Meter weit sehen. Unter mir war die Nebelschicht genauso undurchdringlich wie zuvor und verwehrte mir den Abstieg. Ich wartete weiter. Über mir, im Süden, wurde die Sicht immer besser: Zuerst vergrößerte sie sich auf sechs Meter, dann auf zehn und schließlich auf fünfzehn Meter. Der Nebel bestand nicht mehr aus Schwaden, sondern aus dünnem, sich auflösendem Dunst. Und plötzlich konnte ich die Umrisse des Berges deutlich erkennen, zwar noch nicht den Gipfel, wohl aber die Schulter, die sich im Osten davorschob, und jenseits dieser Schulter sah ich das erste Stück freien Himmels.

Ich warf wieder einen Blick auf die Uhr: Viertel vor sechs. Nacht legte sich auf den Monte Verità.

Wieder zog Dunst heran, verdunkelte den klaren Fleck des Himmels, den ich gesehen hatte, und trieb vorüber. Dann sah ich erneut den Himmel. Ich verließ meinen Schlupfwinkel, in dem ich den ganzen Tag zugebracht hatte, und stand zum zweitenmal vor der Entscheidung: Aufstieg oder Abstieg. Der Weg über mir war frei vom Nebeldunst: Dort war die Bergschulter, die Victor mir beschrieben hatte, und ich konnte sogar den schmalen Pfad sehen, der südwärts daran entlangführte und auf dem ich zwölf Stunden zuvor hätte entlanggehen sollen. In zwei oder drei Stunden mußte der Mond aufgegangen sein und den Weg so hell erleuchten, daß es nicht mehr schwer sein konnte, die Felsbastion des Monte Verità zu erreichen. Ich blickte nach Osten, in die Tiefe: Sie war immer noch von brauenden Nebeln verborgen. Ehe sie sich nicht auflösten, befand ich mich weiterhin in der gleichen Lage wie den ganzen Tag über: Dort war es nicht möglich festzustellen, in welcher Richtung man sich bewegte, unmöglich, weiter als einen Meter zu sehen.

Ich beschloß, weiterzugehen und mit meiner Botschaft bis zum Gipfel des Monte Verità vorzudringen.

Jetzt, da der Nebel unter mir lag, erwachten meine Lebensgeister wieder. Ich sah mir Victors rohe Kartenskizze noch einmal genau an und schlug dann die Richtung auf die südliche Schulter ein. Ich war hungrig und hätte viel um die Brote gegeben, die ich mittags gegessen hatte. Ich hatte nichts mehr als ein Brötchen und ein Päckchen Zigaretten. Die Zigaretten verglühten beim Wind zwar rasch, vertrieben aber den Hunger.

Nun konnte ich die Zwillingsgipfel selbst sehen, die klar und wuchtig in den Himmel ragten. Als ich zu ihnen aufblickte, packte mich wieder die alte Erregung, denn ich wußte: Hatte ich erst einmal die Schulter umgangen, so mußte der Südhang des Berges vor mir auftauchen und das Ziel meines Aufstiegs vor mir liegen.

Der Anstieg ging weiter. Ich sah, wie der Grat immer schmaler und der Fels immer steiler, immer unzugänglicher wurde, bis sich mir schließlich der Blick auf die südlichen Hänge öffnete. In diesem Augenblick tauchte aus dem Dunst im Osten der oberste Rand der großen Mondscheibe auf. Dieser Anblick wühlte mich im Innersten auf, und ein mir bisher unbekanntes Gefühl des Verlassenseins überfiel mich. Mir war, als wandere ich mutterseelenallein über den äußersten Rand der Erdkruste, die Unendlichkeit des Alls über mir und unter mir. Ich war der einzige Wanderer, war ganz allein auf dieser Scheibe, die durch das Universum auf die letzte Dunkelheit zuwirbelte.

Der Felspfad wurde immer enger und schloß sich über mir, bildete einen Bogen, eine Art Gang, so daß ich mich bücken und mich vorwärtstasten mußte. Dann trat ich aus der Dunkelheit ins Licht hinaus, und vor mir lagen silberweiß die Zwillingsgipfel und die Felsbastion des Monte Verità.

Zum erstenmal in meinem Leben schaute ich die reine Schönheit. Vergessen war mein Auftrag, meine Sorge um Victor, meine eigene Furcht vor dem Nebel, der mich den ganzen Tag eingehüllt hatte. Dies war wahrhaftig das Ziel meiner Reise, hier war Erfüllung. Das Gefühl für die Zeit war hier bedeutungslos und völlig von mir abgeglitten. Ich stand da und starrte einfach auf die im Schein des Vollmondes gebadete Felsbastion.

Ich weiß nicht, wie lange ich so bewegungslos stehenblieb. Ich erinnere mich auch nicht mehr daran, wann sich der Wandel auf dem Turm und auf den Mauern vollzog. Jedenfalls standen plötzlich Gestalten dort, die vorher nicht dagewesen waren. Sie standen eine neben der anderen auf der Mauer, ihre Silhouetten hoben sich klar vor dem hellen Nachthimmel ab. Es hätten steinerne Standbilder sein können, die aus dem Felsen selbst herausgemeißelt worden waren, so still standen sie da, so regungslos.

Ich war zu weit von ihnen entfernt, als daß ich ihre Gesichter oder einzelne Züge hätte erkennen können. Eine Gestalt stand ganz allein auf dem offenen Turm. Diese einzelne Gestalt war in ein langes Gewand eingehüllt, das ihr vom Kopf bis zu den Füßen reichte. Plötzlich kamen mir Erzählungen aus der Vorzeit in den Sinn, von Druiden, von Mord und Menschenopfer. Diese Menschen verehrten den Mond. Es war Vollmond, gleich würde ein Opfer in die Tiefe gestürzt werden und ich Zeuge dieser Opferung sein.

Furcht hatte ich zwar in meinem Leben kennengelernt, niemals jedoch heillosen Schrecken. Jetzt packte er mich mit aller Macht. Ich kniete im Schatten der Schlucht nieder; sie mußten mich gesehen haben, hatte doch der volle Mondschein auf mir gelegen. Ich sah sie die Hände in die Höhe recken, und langsam drang ein Gemurmel zu mir herüber, das zuerst tief und undeutlich war, dann jedoch lauter anschwoll und die Stille durchbrach, die zuvor vollkommen gewesen war. Der Klang hallte an den Berghängen wider, schwoll an und ab, und dann sah ich, wie sie sich alle zugleich dem Vollmond zuwandten. Kein Mord, keine Menschenopferung: sondern Lobgesang.

Ich verbarg mich dort im Schatten, alle Beklemmung und Scham dessen im Herzen, der mitten in eine ihm unbekannte heilige Handlung hineingestellt wird. Der Gesang hallte in meinen Ohren wider, war erschreckend und unirdisch, herrlich zwar, aber auch unerträglich. Ich packte meinen Kopf mit beiden Händen, schloß die Augen und neigte mich vornüber, bis ich mit der Stirn den Boden berührte.

Langsam, ganz langsam nahm der große Lobhymnus an Stärke ab, wurde zu einem Gemurmel, zu einem Seufzen, zu einem kaum mehr wahrnehmbaren Hauch und erstarb. Wieder herrschte Stille auf dem Monte Verità.

Immer noch wagte ich nicht, mich zu bewegen, und verharrte in der gleichen Stellung, das Gesicht zu Boden gekehrt. Ich schämte mich meines Schreckens nicht. Ich stand verloren zwischen zwei Welten: Meine eigene war von mir abgefallen, und zu der ihren gehörte ich nicht. Ich sehnte mich wieder nach meinem Zufluchtsort im treibenden Nebel.

Ich wartete, lag immer noch auf den Knien. Dann hob ich verstohlen den Kopf und blickte zur Felsbastion hinüber. Die Mauern und der Turm waren leer, die Gestalten verschwunden, und der Mond verbarg sich hinter einer dunklen Wolke.

Ich stand auf, wagte aber noch nicht, aus der Schlucht hinauszutreten. Ich hatte die Augen starr auf Mauern und Turm gerichtet, doch nichts bewegte sich dort, und der Mond verbarg sich hinter der Wolkenmaske. Vielleicht waren sie gar nicht dagewesen, die Gestalten und der Gesang, vielleicht war alles nur ein Trugbild meiner Phantasie.

Ich wartete, bis die Wolke, hinter der sich der Mond verbarg, vorüberzog, dann faßte ich wieder Mut und griff nach den Briefen in meiner Rocktasche. Ich weiß nicht, was Victor geschrieben hat, mein eigener Brief lautete jedoch folgendermaßen.

»Liebe Anna –

Eine seltsame Fügung hat mich ins Dorf unterhalb des Monte Verità gebracht. Dort habe ich Victor gefunden. Er ist schwer krank, und ich fürchte, es besteht keine Hoffnung mehr für ihn. Wenn Du eine Nachricht für ihn hast, so hinterlege sie bitte unten an der Mauer, ich werde sie ihm bringen. Der eigentliche Grund meines Kommens ist, Dich zu warnen, denn ich fürchte, eure Gemeinschaft ist in großer Gefahr. Die Bewohner des Tals sind aufgebracht und wutentbrannt, weil eine ihrer Frauen verschwunden ist. Ich nehme an, daß sie den Monte Verità stürmen und zerstören wollen.

Zum Schluß möchte ich Dir noch sagen, daß Victor niemals aufgehört hat, Dich zu lieben und an Dich zu denken.«

Ich setzte meinen Namen unter den Brief und ging dann auf die Mauer zu. Als ich näher herankam, sah ich die Fensterschlitze, die Victor mir vor langen Jahren geschildert hatte, und es kam mir der Gedanke, von jedem Schlitz aus könne mich ein Augenpaar beobachten, hinter jedem schmalen Spalt eine Gestalt stehen und auf mich warten.

Als ich mich bückte, um den Brief neben der Mauer niederzulegen, tat sie sich plötzlich vor mir auf und klaffte auseinander. Arme streckten sich aus dem gähnenden Spalt nach mir aus, griffen nach mir, ich wurde gepackt, zu Boden geworfen, und Hände legten sich mir um die Kehle.

Das letzte, was ich hörte, bevor ich das Bewußtsein verlor, war der Klang eines hellen Knabenlachens.

Ich fuhr auf, wurde aus dem tiefen Vergessen dieses Schlafes wieder in die Wirklichkeit zurückgerufen und war überzeugt, einen Augenblick zuvor nicht allein gewesen zu sein. Jemand war bei mir gewesen, hatte neben mir gekniet und mir, da ich schlief, lange ins Gesicht geblickt.

Ich setzte mich auf und sah mich um. Mich fror, und meine Glieder waren halb erstarrt. Ich befand mich in einer etwa drei Meter langen Zelle; gespenstisch blasses Tageslicht quoll träge durch den schmalen Spalt in der Steinwand. Ich warf einen Blick auf die Uhr, die Zeiger wiesen auf Viertel vor fünf. Also mußte ich etwas länger als vier Stunden bewußtlos hier gelegen haben und diese Helle das trügerische Licht vor der Morgendämmerung sein.

Das erste, was ich jetzt, da ich erwachte, fühlte, war ein rasender Zorn, der in mir hochstieg. Ich hatte mich narren lassen. Die Leute im Dorf unterhalb des Gipfels hatten mich belogen, und Victor nicht weniger. Die rauhen Hände, die mich gepackt hatten, und das Knabenlachen, das ich gehört hatte, stammten von keinen anderen als den Bewohnern des Dorfes selbst. So war es: Der Mann und sein Sohn waren vor mir den Berggipfel heraufgeeilt, hatten sich in den Hinterhalt gelegt und auf mich gewartet. Sie kannten einen Zugang zu diesen Gebäuden. Sie hatten Victor die ganzen Jahre hindurch genarrt und glaubten, auch mich narren zu können. Der Himmel mag wissen, was sie dazu trieb: Raubgier konnte es nicht sein, denn wir hatten beide nichts bei uns als die Kleider, die wir trugen. Die Zelle, in die sie mich geworfen hatten, war vollkommen nackt und kahl. Kein Zeichen wies darauf hin, daß sie bewohnt sei; nicht einmal eine Pritsche, auf der man hätte liegen können, war zu sehen. Und außerdem hatte die Zelle keine Tür. Der Eingang war offen, ein langer Schlitz, ähnlich dem Fenster, aber so groß, daß ein einzelner Mensch gerade hindurchkommen konnte.

Ich saß da und wartete, daß es heller werden würde, und dann auch darauf, daß wieder Gefühl in Schultern, Arme und Beine zurückkehrte. Vorsicht riet mir, nichts zu überstürzen. Wenn ich mich schon jetzt durch die Öffnung wagte, lief ich im fahlen Licht Gefahr zu stolpern, zu fallen oder mich in einem Labyrinth von Treppen und Gängen zu verirren.

Mein Zorn wuchs mit zunehmendem Tageslicht. Aber es war nicht nur Zorn allein, was in mir bohrte, denn gleichzeitig stieg ein Gefühl der Verzweiflung in mir auf. Wenn ich nur diesen Kerl und seinen Sohn zu fassen bekommen könnte! Ich würde ihnen drohen und – falls nötig – mich auch mit ihnen schlagen. Ein zweites Mal würde ich mich nicht überwältigen lassen. Aber wie, wenn sie sich davongemacht und mich – unfähig, hier herauszukommen – zurückgelassen hatten? War dies der böse Streich, den sie Fremden spielten, und hatten sie dies üble Spiel schon seit unzähligen Jahren getrieben, der alte Mann vor ihnen und wieder andere vor ihm? Lockten sie auch die Frauen aus dem Tal hier herauf, und überließen sie ihre Opfer einem qualvollen Hungertod, wenn sie sie erst einmal innerhalb dieser Mauern hatten? Die Unruhe, die bei diesen Gedanken in mir aufwallte, drohte mich kopflos zu machen, und um mich zu beruhigen, suchte ich in der Tasche nach den Zigaretten. Die ersten Züge brachten mich wieder zur Vernunft: Dieser Geruch und dieser Geschmack gehörten zu der Welt, die ich kannte.

Dann sah ich die Fresken. Die zunehmende Helligkeit hatte sie meinem Blick enthüllt. Sie bedeckten die Wände der Zelle, auch die Decke war damit bemalt. Was ich sah, zeugte nicht von den rohen und kunstlosen Bemühungen ungebildeter Bergbauern, und es waren auch nicht fromme Bilder tief religiöser, vom Glauben geleiteter Künstler. Diese Fresken atmeten Leben und Kraft und waren in stark leuchtenden Farben gemalt. Ich weiß nicht, ob sie eine bestimmte Geschichte darstellen sollten; das Grundmotiv indessen, die Mondverehrung, war deutlich zu erkennen. Einige der Gestalten knieten, andere standen aufrecht da, alle hatten sie jedoch die Arme erhoben und reckten sie dem Vollmond entgegen, der an die Decke gemalt war. Doch seltsamerweise blickten die unheimlich lebendig gemalten Augen der Beter nicht zum Mond hinauf, sondern waren auf mich gerichtet. Ich rauchte meine Zigarette und schaute weg, konnte mich jedoch die ganze Zeit über nicht des Gefühls erwehren, daß sie ihre Augen auf mich geheftet hätten, und mir war, als stände ich wieder draußen vor den Mauern und würde von stummen Beobachtern hinter den Fensterschlitzen angeblickt.

Ich stand auf, zertrat die Zigarette und hatte nur einen Wunsch: hier herauszukommen, nicht mehr von dieser Zelle mit den gemalten Figuren an der Wand eingeschlossen zu sein. Ich trat auf die Türöffnung zu, und in diesem Augenblick hörte ich wieder jenes Gelächter. Sanfter diesmal, wie unterdrückt, aber spöttisch und dennoch jung. Dieser verdammte Knabe ...

Ich stürzte fluchend und schimpfend zur Türöffnung. Vielleicht trug er ein Messer bei sich, aber das war mir in diesem Augenblick vollkommen gleichgültig. Dort stand er gegen die Wand gepreßt und wartete auf mich. Ich sah den Schimmer seiner Augen, und das kurzgeschnittene Haar, schlug nach seinem Gesicht, verfehlte es jedoch. Ich hörte ihn lachen, sah ihn zur Seite ausweichen. Doch mit einem Mal war er nicht mehr allein: Dicht hinter ihm stand ein zweiter und dort ein dritter. Sie warfen sich auf mich, ich wurde zu Boden geworfen, als ob ich überhaupt keine Kraft besäße, und der erste kniete auf meiner Brust, legte mir die Hände um den Hals und lächelte mir ins Gesicht.

Ich rang nach Luft, er lockerte seinen Griff, und alle drei betrachteten mich mit diesem spöttischen Lächeln auf den Lippen. Da erkannte ich, daß keiner von ihnen der Knabe aus dem Dorf war, auch sein Vater war nicht unter ihnen, ja sie sahen überhaupt nicht so aus wie die Leute aus dem Dorf oder aus dem Tal: Ihre Gesichter glichen denen der Gestalten auf den Fresken an der Zellenwand.

Über ihre schräggestellten Augen fielen schwere Lider, und sie blickten erbarmungslos wie die Augen, die ich vor langer Zeit einmal auf einem ägyptischen Grab oder auf einer Vase gesehen hatte. Sie trugen Tuniken bis zu den Knien, hatten bloße Arme und Beine, das Haar war ganz kurz geschnitten, es war etwas von einer eigentümlich strengen Schönheit um sie, und sie waren außerordentlich anmutig. Ich versuchte mich aufzurichten, doch derjenige, der seine Hände um meine Kehle gelegt hatte, verstärkte seinen Druck. Da wußte ich, daß ich gegen seine oder seiner Gefährten Kraft nichts auszurichten vermochte und daß sie mich, wenn sie wollten, von den Wällen hinunter in die Abgründe des Monte Verità schleudern konnten. Das also war das Ende. Es war nur noch eine Frage der Zeit, und Victor würde in der Hütte unten im Dorf allein sterben.

»Nur zu denn, macht mit mir, was ihr wollt«, sagte ich resigniert. Mir war alles gleichgültig. Ich erwartete, jeden Augenblick dies spöttische, jugendliche Gelächter wieder zu hören, plötzlich von ihnen gepackt, in die Höhe gehoben, erbarmungslos durch den Fensterschlitz in die Dunkelheit geschleudert zu werden und sterben zu müssen. Ich schloß die Augen, meine Nerven waren in Erwartung des Grauenhaften bis zum Zerreißen gespannt. Doch es geschah nichts. Ich spürte, wie der Knabe meine Lippen berührte. Ich schlug die Augen auf, und er lächelte mich immer noch an. Er hielt ein Glas Milch in der Hand und gab mir zu verstehen, ich solle trinken, sprach jedoch kein Wort. Ich schüttelte den Kopf, und seine Gefährten kamen, knieten hinter mir, stützten mich im Rücken und an den Schultern, und ich begann gierig und dankbar zu trinken wie ein Kind. Während sie mich hielten, wich die Furcht von mir, das Grauen verschwand, und es war, als ob eine geheime Kraft von ihren Händen in die meinen überströme, und nicht nur in die Hände, sondern in alle Glieder, in meinen ganzen Körper.

Als ich das Glas ausgetrunken hatte, nahm der erste Knabe es mir von den Lippen, setzte es auf den Boden, legte mir die Hände so aufs Herz, daß die Fingerspitzen sich berührten, und ein nie zuvor gekanntes Gefühl floß in mich über. Es war, als ob der Friede Gottes über mich käme, Ruhe und Kraft in mich flössen, als ob durch die Berührung dieser Hände alle Angst und Beklemmung, aller Schrecken und die Ermattung von den Strapazen der vergangenen Nacht von mir genommen würden; ja, die Erinnerung an die Nebelschwaden auf dem Berg und der Gedanke an den sterbenden Victor, all das wurde plötzlich unbedeutend und schrumpfte neben dem Gefühl der Kraft und Schönheit, das mich erfüllte, zu völliger Bedeutungslosigkeit zusammen. Wenn Victor starb, was tat das schon! Sein Körper würde nur eine Hülle sein, die dort in der Berghütte lag, sein Herz jedoch würde hier schlagen, und auch sein Geist würde zu uns kommen.

Ich sage, »zu uns«, denn während ich dort in der engen Zelle saß, glaubte ich, von meinen Gefährten anerkannt, einer der Ihren geworden zu sein.

Der Knabe nahm die Hände, immer noch lächelnd, von mir, aber das Gefühl von Kraft und Macht wich nicht. Er stand auf, ich folgte seinem Beispiel und ging zusammen mit den anderen hinter ihm her durch die Türöffnung der Zelle hinaus. Da war kein Durcheinander sich überschneidender Korridore, keine dunklen Kreuzgänge, sondern ein großer, offener Hof, um den herum an drei Seiten die Zellen lagen, während es von der vierten Hofseite zu den eisbedeckten Zwillingsgipfeln des Monte Verità ging, die jetzt von den Strahlen der aufgehenden Sonne rosig überhaucht waren. Ins Eis gehauene Stufen führten zum Gipfel hinauf, und jetzt erkannte ich auch, warum es in diesem Hof innerhalb der Mauern so still war; denn dort auf den Stufen saßen in den gleichen Tuniken, die Hüften umgürtet, mit bloßen Armen und Beinen und kurzgeschnittenen Haaren die anderen.

Wir durchschritten den Hof und stiegen an ihnen vorüber die Stufen empor. Kein Laut war zu hören: Sie sprachen mich genausowenig an, wie sie untereinander sprachen, sie lächelten, wie meine drei Begleiter gelächelt hatten. Es war weder ein höfliches noch ein zärtliches Lächeln, wie wir es in der Welt kennen, es war vielmehr ein eigentümlich frohlockendes Lächeln, als ob Weisheit, Triumph und Leidenschaft darin verschmolzen wären. Sie waren alters- und geschlechtslos, sie waren weder männlich noch weiblich, weder alt noch jung, aber die Schönheit ihrer Gesichter und auch ihrer Körper war aufwühlender und erregender als alles, was ich zuvor gekannt hatte, so daß ich plötzlich ein heftiges Verlangen in mir spürte, zu ihnen zu gehören, so gekleidet zu sein, wie sie gekleidet waren, so zu lieben, wie sie liebten, mit ihnen zu lächeln, mit ihnen anzubeten, mit ihnen zu schweigen.

Wir stiegen die Stufen hinauf, erreichten den Gipfel, und da lag die ganze Welt vor uns. Kein Nebel und keine Wolke verbarg sie unserem Blick: Die niedrigeren Berge erstreckten sich bis weit hinaus ins Unendliche, und weit draußen zu unseren Füßen lagen, verschwommen, grün und still, die Täler und Ströme und kleinen, schlafenden Städte; und wir hatten nichts mehr mit ihnen gemein. Dann, als ich meinen Blick von der unter mir liegenden Welt nahm, sah ich, daß die beiden Zwillingsgipfel des Monte Verità durch eine Felsspalte voneinander getrennt waren. Diese Spalte war schmal und dennoch unübersteigbar, und wie ich dort auf dem Gipfel stand und hinunterschaute, erkannte ich überrascht und voller Ehrfurcht, daß meine Augen diese Tiefen nicht zu durchdringen vermochten. Die eisblauen Wände der Spalte führten steil, glatt und ohne den geringsten Vorsprung in eine große, bodenlose Tiefe hinein, die für immer im Herzen des Berges verborgen war. Die Sonne, die aufstieg, um zur Mittagszeit die beiden Gipfel ganz in ihrem Lichte zu baden, würde mit ihren Strahlen genausowenig in die Tiefen dieses Spaltes hinabdringen wie die Strahlen des Vollmonds, doch schien es mir, der ich auf dem Gipfel stand, daß der Spalt die Form eines Kelches hatte, der von zwei Händen gehalten wird.

Unmittelbar am Rande dieses Abgrunds stand ein vom Kopf bis zu den Füßen in Weiß gekleidetes Wesen, und obgleich ich ihre Gesichtszüge nicht sehen konnte, da sie durch den Kopfschleier des weißen Gewandes verborgen waren, pochte mein Herz beim Anblick dieser großen, aufrechten Gestalt mit dem zurückgeworfenen Kopf und den ausgebreiteten Armen in wilden, erregten Stößen.

Ich wußte, es war Anna. Ich wußte, kein anderer Mensch konnte in ebendieser bestimmten Haltung dastehen. Ich vergaß Victor, vergaß meinen Auftrag, vergaß Zeit und Ort und all die Jahre, die ich sie nicht mehr gesehen hatte. Ich dachte nur noch an die Stille ihrer Gegenwart, an die Schönheit ihres Antlitzes und an die sanfte Stimme, die da sagte: »Wir sind doch schließlich beide auf der Suche nach dem gleichen.« Da wußte ich, daß ich sie immer geliebt hatte und daß – obgleich sie Victor zuerst getroffen, ihn gewählt und geheiratet hatte – uns beide die Bande der Ehe und die Trauzeremonie nicht betrafen, ja, uns niemals betroffen hatten. Unsere Seelen hatten sich getroffen, gekreuzt und sich vom ersten Augenblick, da Victor uns in meinem Club miteinander bekannt gemacht hatte, verstanden; und dies seltsame, unerklärliche Band, das die Herzen über alle Schranken und Hindernisse hinweg zueinanderführt, hatte bewirkt, daß wir trotz des Schweigens und der langen Jahre der Trennung einander immer nahe gewesen waren.

Ich hatte die Augen auf Anna gerichtet und liebte sie mit einer solchen Heftigkeit, daß ich mich laut »Anna ... Anna ...« rufen hörte. Sie wußte, daß ich da war, denn sie gab mir mit der Hand ein Zeichen. Niemand stieß sich daran, niemand kümmerte sich darum. Sie lachten mit mir, sie verstanden mich.

Dann trat aus unserer Mitte ein Mädchen hervor. Es war in einen einfachen, ländlichen Rock gekleidet, trug Schuhe und Strümpfe, und das Haar hing ihr lose über die Schultern. Ich glaubte, es hätte die Hände wie zum Gebet gefaltet, aber ich irrte mich. Es hatte die Hände so aufs Herz gelegt, daß die Fingerspitzen sich berührten.

Es trat an den Rand der Spalte, wo Anna stand. In der Nacht zuvor, beim Mondschein, hätte Furcht mich gepackt, aber jetzt nicht mehr. Ich war aufgenommen, war einer von ihnen. Einen kurzen Augenblick berührte die Sonne, die nun am Zenit stand, mit ihrem Strahl den Rand der Spalte, und das blaue Eis blitzte auf. Wir knieten gemeinsam nieder, wandten das Antlitz der Sonne zu, und ich hörte den Lobgesang.

So, dachte ich, haben die Menschen im Anfang ihrer Verehrung Ausdruck gegeben, und so werden sie es auch am Ende tun. Hier gibt es kein Glaubensbekenntnis, keinen Erlöser und keine Gottheit, sondern nur die Sonne, die uns Licht und Leben spendet. So ist es immer gewesen, vom Anbeginn der Zeiten an.

Die Sonne stieg höher, der Lichtstrahl wanderte weiter, das Mädchen erhob sich, warf Schuhe, Strümpfe und Kleider fort, und Anna schnitt ihr mit einem Messer, das sie in der Hand hielt, das Haar dicht über den Ohren ab. Das Mädchen stand, die Hände aufs Herz gelegt, vor ihr.

Jetzt ist sie frei, dachte ich, und wird nicht wieder ins Tal zurückkehren. Ihre Eltern und der junge Mann, der ihr Bräutigam war, werden sie betrauern und niemals begreifen, was sie auf dem Monte Verità gefunden hat.

Anna drehte sich um. Das Mädchen, das zugleich mit seinem vergangenen Leben und seiner ländlichen Kleidung sein Geschlecht abgeworfen hatte, folgte ihr wie die anderen. Sie lächelte, sie strahlte, und ich wußte: Nichts würde ihr jemals wieder etwas anhaben können.

Sie stiegen hinunter in den Hof und ließen mich allein auf dem Gipfel zurück. Ich fühlte mich wie ein Ausgestoßener vor den Toren des Himmels. Mein großer Augenblick war so schnell vergangen, wie er gekommen war. Sie alle gehörten hierher, ich nicht. Ich war ein Fremdling aus der Welt drunten.

Victor und mein Auftrag fielen mir wieder ein, und so stieg auch ich die Stufen hinunter in den Hof, und als ich aufblickte, sah ich, daß Anna auf dem Turm auf mich wartete.

Die anderen drückten sich an die Wand, um mich hindurchzulassen, und ich sah, daß Anna die einzige unter ihnen war, die ein langes weißes Gewand mit einem Kopfschleier trug. Es war ein hoher Turm; die Plattform lag frei unter dem Himmel, und jetzt setzte Anna sich mit der nur ihr eigenen Art und der gleichen Bewegung, der ich mich noch von früher erinnerte, wenn sie sich in den niedrigen Sessel vor dem Kamin in der Halle niederließ – ein Bein angezogen, den Ellbogen auf das Knie gestützt –, auf der obersten Stufe des Turmes nieder. Heute war gestern; heute war vor sechsundzwanzig Jahren; wir waren wieder allein zusammen im Herrenhaus in Shropshire; und der gleiche Friede, der damals von ihr ausgegangen war, ging auch jetzt wieder in mich über. Ich wollte neben ihr niederknien und ihre Hand in die meine nehmen, tat es jedoch nicht, sondern stellte mich mit verschränkten Armen an die Mauer.

»Du hast es also endlich gefunden«, sagte sie, »es hat lange gedauert.«

Ihre Stimme war sanft, ruhig und ganz unverändert.

»Hast du mich hierhergebracht?« fragte ich. »Hast du mich gerufen, als das Flugzeug notlandete?«

Sie lachte, und mir war, als sei ich niemals von ihr getrennt gewesen. Die Zeit stand still auf dem Monte Verità.

»Ich wollte schon lange, du solltest kommen«, sagte sie, »aber du hast dich innerlich dagegen gewehrt. Es war, als ob du einen Telefonhörer gewaltsam niederdrücktest. Früher gehörten zwei dazu, um zu telefonieren. Ist das immer noch so?«

»Ja, immer noch«, sagte ich, »und ohne Leitung gibt es bei es bei unseren modernen Erfindungen keine Verbindung. Der Geist bedarf solcher Hilfsmittel nicht.«

»Dein Geist ist jahrelang wie ein technisches Instrument gewesen«, sagte sie. »Schade ... wir hätten so viel Gemeinsames haben können. Victor mußte mir seine Gedanken durch Briefe mitteilen, bei dir wäre das nicht nötig gewesen.«

Ich glaube, in diesem Augenblick glomm ein erster Hoffnungsschimmer in mir auf. Ich mußte trachten, diese Hoffnung zu verwirklichen, jedoch äußerst vorsichtig dabei zu Werke gehen.

»Du hast also«, sagte ich, »seine Briefe gelesen. Meinen auch? Du weißt also, daß er im Sterben liegt?«

»Ja«, sagte sie. »Er ist schon so lange krank. Das ist ja der Grund, weswegen ich dich hierhaben wollte. Du sollst bei ihm sein, wenn es zu Ende geht. Wenn du jetzt zu ihm zurückkehrst und ihm sagst, daß du mit mir gesprochen hast, so wird ihm das sehr wohltun. Es wird ihn glücklich machen.«

»Warum gehst du nicht selbst zu ihm?«

»Es ist besser so. Ich will ihm seinen Traum nicht zerstören.«

Seinen Traum? Was mochte sie damit meinen? Waren sie hier auf dem Monte Verità womöglich doch nicht allmächtig? Sie war sich also bewußt, in welcher Gefahr sie schwebten.

»Anna«, sagte ich, »ich werde tun, was du von mir verlangst. Ich werde zu Victor zurückkehren und ihm in der letzten Stunde beistehen. Aber die Zeit drängt. Viel wichtiger ist es, daß ihr, du und die anderen, in großer Gefahr seid. Morgen, vielleicht schon heute nacht, werden die Leute aus dem Tal hier heraufkommen, diese Wälle stürmen und euch alle umbringen. Ihr müßt euch so schnell wie möglich in Sicherheit bringen, ehe sie kommen. Wenn ihr nicht die Mittel besitzt, um zu fliehen, so erlaube mir bitte, euch zu helfen. Wir sind nicht so weit von der Zivilisation entfernt, als daß das unmöglich wäre. Ich werde ins Tal hinuntereilen und mich telefonisch mit der Polizei, der Armee und den verantwortlichen staatlichen Stellen in Verbindung setzen ...«

Meine Worte überstürzten sich, denn wenn ich mir auch durchaus noch nicht darüber klar war, wie alles zu bewerkstelligen sei, so wollte ich doch, daß sie mir vertraute, daß sie überzeugt wäre, sie könne sich auf mich verlassen.

»Es ist doch so«, sagte ich, »daß ihr von jetzt an hier oben nicht mehr so weiterleben könnt wie bisher. Wenn ich diesen Angriff vielleicht auch noch verhindern kann – was jedoch sehr zweifelhaft ist –, so kann er in der nächsten Woche, im nächsten Monat stattfinden. Die Tage eurer Sicherheit sind gezählt. Ihr habt hier so lange abgeschlossen gelebt, daß ihr nicht begreifen könnt, wie die Welt von heute aussieht. Das Mißtrauen hat auch dieses Land innerlich zerrissen, und die Bewohner des Tals sind keine abergläubischen Bauern mehr. Sie sind mit modernen Waffen ausgerüstet, und Rache bohrt in ihren Herzen. Ihr, die ihr hier auf dem Monte Verità lebt, ihr werdet nichts gegen sie ausrichten können.«

Sie schwieg. Sie saß in ihrem weißen Gewand und dem Schleier da und hörte mir zu: eine in sich gekehrte, schweigende Gestalt.

»Anna«, sagte ich, »Victor liegt im Sterben. Vielleicht ist er sogar schon tot. Wenn ihr von hier flieht, so kann er euch nicht helfen, wohl aber ich. Ich habe dich immer geliebt, das brauche ich dir nicht erst zu sagen, denn du hast es immer gewußt. Du weißt, daß du das Leben von zwei Männern zerbrachst, als du dich vor sechsundzwanzig Jahren entschlossest, auf dem Monte Verità zu leben. Aber das spielt jetzt keine Rolle mehr. Ich habe dich wiedergefunden, und es gibt immer noch abgelegene, der Zivilisation unzugängliche Flecken auf der Erde, wo wir leben können, du und ich ... und die anderen, wenn sie mit uns kommen wollen. Ich habe Geld genug, um alles in die Wege zu leiten. Du brauchst dich um nichts zu kümmern.«

Ich hatte sie so lange nicht gesehen, und jetzt war mein einziger Wunsch, immer mit ihr zusammenzusein.

Und das war jetzt möglich, denn Victor, der Anspruch auf sie gehabt hätte, Victor lag im Sterben. Ich war ehrlich und sagte ihr das auch. Und dann schwieg ich und wartete auf ihre Antwort.

Sie lachte dies warme, liebenswerte und unvergessene Lachen, und es drängte mich, zu ihr zu gehen und ihre Schulter zu umfassen, denn in diesem Lachen war so viel Leben, lag Glück und Verheißung.

»Nun?« sagte ich.

Da erhob sie sich, trat neben mich und blieb unbeweglich neben mir stehen. »Eine Fahrkarte ins Paradies«, sagte sie. »Ist es nicht das, was du von mir forderst? Dieser Berg ist der Berg der Wahrheit, und das ist etwas ganz anderes.«

Ich war verletzt, ja erzürnt. Sie hatte keines meiner Worte ernst genommen, sie machte sich über mich lustig.

»Was gedenkst du dann zu tun?« fragte ich. »Willst du hier hinter diesen Wällen warten, bis die Leute kommen und sie stürmen?«

»Kümmere dich nicht um uns«, sagte sie, »wir wissen schon, was wir zu tun haben.«

Ihre Worte klangen ganz gleichgültig, als ob sie das Ganze nichts anginge, und voller Schmerz sah ich die Zukunft, die ich mir so schön für uns ausgemalt hatte, zunichte werden.

»Dann besitzt ihr also ein Geheimnis«, sagte ich vorwurfsvoll. »Du kannst Wunder vollbringen und dich und die anderen retten? Und was geschieht mit mir? Kannst du mich mitnehmen?«

»Du würdest gar nicht mitkommen wollen«, sagte sie und legte mir die Hand auf den Arm. »Es geht nicht so schnell, sich einen Monte Verità zu bauen, weißt du. Mit dem Ablegen der Kleider und der Sonnenverehrung allein ist das nicht getan.«

»Ich verstehe«, sagte ich. »Ich bin bereit, ganz von vorne anzufangen, mir die neuen Werte zu eigen zu machen, von Grund auf alles neu zu lernen. Ich weiß, daß alles, was ich in der Welt getan habe, ganz nutzlos ist. Talent, harte Arbeit, Erfolg, all das ist bedeutungslos. Aber wenn ich bei dir sein könnte . . .«

»Wie das? Bei mir?« fragte sie.

Ich wußte nicht, was ich darauf antworten sollte, denn alle Worte wären zu unvermittelt, zu grob gewesen; in meinem Herzen wußte ich jedoch, daß sich meine Wünsche auf alles richteten, was zwischen einer Frau und einem Mann sein kann; ich wußte, daß es natürlich nicht sofort sein konnte, aber später, wenn wir unseren Berg oder unsere Wildnis gefunden hätten, oder wohin wir auch immer gingen, um uns vor der Welt zu verbergen. Es war nicht nötig, das alles jetzt auszusprechen. Die Hauptsache war, daß ich bereit war, ihr überallhin zu folgen, wenn sie mich nur gewähren ließ.

»Ich liebe dich und habe dich immer geliebt. Ist das nicht genug?« fragte ich.

»Nein«, sagte sie, »auf dem Monte Verità nicht.«

Mit diesen Worten schlug sie ihren Schleier zurück, und ich sah ihr Gesicht.

Ich blickte sie entsetzt an ... Ich war erstarrt, vermochte nicht zu sprechen. Es war, als ob alle meine Gefühle erfroren wären. Mein Herz war kalt ... Die eine Gesichtshälfte war ganz weggefressen und schrecklich entstellt. Die Krankheit hatte ihre Braue angegriffen; Wange, Hals und Haut waren wie mit einer Flechte überzogen und weggeätzt. Die Augen, die ich so geliebt hatte, waren ganz schwarz geworden und lagen tief in den Höhlen.

»Siehst du«, sagte sie, »es ist kein Paradies.«

Ich glaube, ich habe mich abgewandt. Ich weiß es nicht mehr. Ich weiß nur, daß ich an der Felsbrüstung des Turms Halt suchte, in die Tiefe starrte und nichts weiter als eine große Wolkendecke sah, unter der die Welt verborgen war.

»Ich bin nicht die einzige, die von dieser Krankheit befallen worden ist«, sagte Anna. »Aber die anderen sind gestorben. Wenn ich sie überlebe, so nur, weil ich härter bin als sie. Jeder kann Lepra bekommen, selbst die sogenannten Unsterblichen vom Monte Verità. Es ist im Grunde genommen nicht so schlimm, weißt du. Ich bedauere nichts. Habe ich dir nicht vor langer Zeit einmal gesagt, daß diejenigen, die in die Berge gehen, alles geben müßten? Siehst du, weiter ist es nichts. Ich leide nicht mehr, also braucht auch niemand um mich zu leiden.«

Ich entgegnete nichts darauf. Ich spürte, wie mir die Tränen das Gesicht herunterliefen, doch ich machte nicht den Versuch, sie abzuwischen.

»Auf dem Monte Verità gibt es weder Träume noch Illusionen«, sagte sie. »Die gehören der Welt an, zu der auch du gehörst. Verzeih, wenn ich dir das Traumbild zerstört habe, das du dir von mir gemacht hast. Du hast die Anna verloren, die du einst gekannt hast, und dafür eine andere gefunden. Von dir hängt es ab, welche du länger in deinem Herzen bewahrst. Jetzt aber kehre zurück in die Welt der Menschen, die auch deine Welt ist, und baue auch du dir deinen Monte Verità.«

Irgendwo gab es Gebüsch und Gras und verkrüppelte Bäume;

irgendwo Erde und Steine und das Rauschen rinnenden Wassers. Tief unten im Tal gab es Häuser, in denen Männer mit ihren Frauen lebten und Kinder aufzogen. In den Häusern gab es Kamine, Rauch kräuselte sich aus den Schornsteinen, und die Fenster waren erleuchtet. Irgendwo gab es Straßen und Eisenbahnen und Städte; so viele Städte, so viele Straßen, zu deren Seiten die Häuser mit erleuchteten Fenstern standen, in denen es von Menschen wimmelte. Dort waren sie, unter der Wolkendecke, unterhalb des Monte Verità.

»Sorge dich wegen der Leute aus dem Tal nicht«, sagte Anna, »habe keine Angst, sie können uns nichts anhaben. Nur eines noch ... laß Victor seinen Traum bewahren.«

Dann reichte sie mir die Hand, und wir stiegen zusammen die Stufen des Turms herunter, schritten durch den Hof und gingen auf die Mauern der Felsbastion zu.

Anna sagte mir nicht Lebewohl. Sie legte mir nur die Hand auf die Schulter und ließ sie einen Augenblick darauf ruhen. Dann tat sich die Wand auf, und ich war wieder allein. Die Sonne stand nicht mehr im Zenit, sondern hatte schon ihre Reise in den westlichen Himmel angetreten. Die großen weißen Wolkenbänke rollten von der Welt unten heran, und ich kehrte dem Monte Verità den Rücken.

Als ich das Dorf erreichte, war es bereits Abend. Der Mond war noch nicht aufgegangen. Bald, in etwa zwei Stunden mußte er hinter dem Rand des fernen Gebirgszuges auftauchen und den ganzen Himmel mit seinem Licht erfüllen. Die Leute aus dem Tal warteten. Es müssen dreihundert, vielleicht noch mehr Menschen gewesen sein, die dort in kleinen Gruppen um die Hütten herumstanden. Sie waren alle bewaffnet, einige mit Gewehren und Handgranaten, andere waren primitiver ausgerüstet mit Hacken und Äxten. Auf der Dorfstraße zwischen den Hütten waren Feuer angezündet worden; Lebensmittel hatten sie mitgebracht. Sie saßen oder standen essend oder trinkend, redend oder rauchend vor den Feuern. Einige hatten Hunde, die sie fest an der Leine hielten.

Der Besitzer der ersten Hütte stand mit seinem Sohn vor der Tür; auch sie waren bewaffnet. Der Knabe trug eine Hacke, und ein Messer stak ihm im Gürtel. Sein Vater blickte mich stumpf und verdrossen an.

»Ihr Freund ist tot«, sagte er, »schon viele Stunden.«

Ich eilte an ihm vorüber in die Hütte hinein. Sie hatten Kerzen angezündet, eine am Kopfende des Bettes, eine am Fußende. Ich beugte mich über Victor und nahm seine Hand. Der Mann hatte mich angelogen. Victor atmete noch. Als er den Druck meiner Hand spürte, schlug er die Augen auf.

»Hast du sie gesehen?« fragte er.

»Ja«, antwortete ich.

»Eine innere Stimme hat mir gesagt, du würdest sie sehen«, sagte er. »Während ich hier lag, spürte ich, daß es geschehen würde. Sie ist meine Frau, und ich habe sie immer geliebt, und nun hast du sie sehen dürfen. Jetzt ist es wohl zu spät, um noch eifersüchtig zu sein, nicht wahr?«

Das Kerzenlicht erleuchtete den Raum nur schwach. Er konnte weder die Schatten draußen sehen noch die Bewegungen und das Geflüster hören.

»Hast du ihr den Brief gegeben?« sagte er.

»Sie hat ihn gelesen«, antwortete ich. »Sie sagte mir, du sollst dir ihretwegen keine Gedanken machen und dich nicht um sie sorgen. Sie ist wohlauf, und es geht ihr gut.«

Victor lächelte und ließ meine Hand los.

»Also sind sie wahr«, sagte er, »alle meine Träume vom Monte Verità. Sie ist glücklich und zufrieden, wird weder alt werden noch ihre Schönheit jemals verlieren. Sage mir, ihr Haar, ihre Augen, ihr Lächeln . . . sieht sie noch genauso aus wie früher?«

»Ganz so wie früher«, sagte ich. »Anna wird immer die schönste Frau sein, die du und ich jemals gesehen haben.«

Er gab mir keine Antwort. Und während ich dort neben ihm wartete, hörte ich plötzlich einen Hornruf, dem ein zweiter und dann ein dritter folgte. Ich hörte die unruhigen Bewegungen der Männer, die draußen ihre Waffen schulterten, die Feuer austraten und sich zusammenrotteten, um den Aufstieg zu beginnen. Ich hörte die Hunde bellen und die Männer erregt lachen. Als sie fort waren, trat ich aus der Hütte hinaus, stand allein im verlassenen Dorf und betrachtete den Vollmond, der aus dem dunklen Tal heraufstieg.

Adieu Sagesse

Richard Ferguson war ein langweiliger Mensch. Darüber waren sich alle einig. Er war der Typ, vor dem andere Leute sich in einen Laden flüchteten, wenn sie ihn auf der Straße nur von weitem sahen. »Rasch, gehen wir für ein paar Minuten hier rein, sonst laufen wir dem Alten in die Arme!« Dabei wußten sie, daß Ferguson bei einer Begegnung lediglich den Hut lüftete und weiterging, ohne je den Versuch zu unternehmen, sie von sich aus in ein Gespräch zu verwickeln. Es lag eben nur daran, daß er so sterbenslangweilig wirkte. Sämtlichen Einwohnern von Maltby war es ein Rätsel, wie er es zum Geschäftsführer der Western Bank gebracht hatte. Und daß er sogar verheiratet war ... Nun, man hatte längst aufgehört, sich darüber den Kopf zu zerbrechen. Niemand konnte sich erinnern, wie er als junger Mann gewesen war, und als »attraktiv« hatte er bestimmt nie gegolten.

Und doch hatte er eine so reizende Frau erwischt! Wirklich, sie war reizend, immer für Geselligkeit und die örtlichen Amüsements zu haben. Natürlich hatte sie auch einen köstlichen Humor – jenen echten Humor, wie er nur in Maltby zu Hause war. Und ihre drei Töchter standen im Mittelpunkt jeder Party. Es war ein Rätsel, daß die vier Ferguson-Damen das Leben mit dem alten Ferguson überhaupt ertrugen.

Gott, welch ein Langweiler! Es hieß, er stünde daheim sehr unter dem Pantoffel. Na, das geschah ihm nur recht. Übrigens hatte er auch keine Manieren. Wenn er irgendwo eingeladen war, hockte er die ganze Zeit stumm herum, oder er starrte aus dem Fenster und hörte kein Wort von der angeregten Unterhaltung. Meistens spielte ein leichtes Lächeln um seine Lippen, das wohl Überlegenheit vortäuschen sollte. Ja, das war das rechte Wort: Er schien sich auch noch über alle anderen erhaben zu fühlen, und Maltby nahm ihm das übel.

Arme Mrs. Ferguson! Wie hielt sie es nur mit diesem Stockfisch aus? In Gesellschaft war ihr schallendes, fröhliches Lachen allgegenwärtig; beim sonntäglichen Kirchgang übertönte ihr machtvoller Sopran sogar den Knabenchor: Lobet den Herrn! Und Mrs. Ferguson bei der Maltby-Regatta im August: da war sie vollends in ihrem Element. Unübersehbar, in eleganter silbergrauer Seide und mit einem geschmackvoll auf die Robe abgestimmten Sonnenschirmchen wandelte sie unermüdlich hin und her und kümmerte sich um die Clubmitglieder. Dann mochte es geschehen, daß sie den jungen Mr. Shipton schelmisch in die Rippen stieß: »Ist es nicht Zeit, Jack, einen eigenen Hausstand zu gründen?« Ein feiner Scherz, weiter nichts; natürlich spielte sie dabei in keiner Weise auf ihre noch unverheiratete Tochter Helen an. Oh, sie drängte niemanden! Vielleicht würde er nächstens mal mit ihr segeln gehen ... Mrs. Ferguson peilte schon lächelnd einen anderen Clubgast an. Früher oder später würden ihre Töchter ja ohnehin unter die Haube kommen, hübsch und amüsant, wie sie waren. Eine wundervolle Frau, diese Mrs. Ferguson!

Die Mädchen saßen inzwischen drinnen im Clubhaus beim Tee und steckten die Köpfe zusammen. »Mrs. Marshall trägt noch immer das Kleid vom vorigen Jahr«, tuschelten sie. »Es ist nur umgefärbt und ein bißchen anders garniert. Wie findet ihr das?« Ohne Unterlaß verfolgten ihre Glitzerblicke die Gäste. »Guckt mal, wie die da flirtet! Ihr Benehmen spricht Bände« – »Na, bei den beiden klappt es nun wohl endlich – lange genug hat's ja gedauert!« – »Ach wirklich? Was du nicht sagst!«

Sie lachten hochmütig und ruckten die Schultern wie kampflustige Vögel, die ihr Gefieder sträubten. Doch kaum ging der junge Shipton mit einem Bekannten vorüber, so änderte sich ihre Haltung. Eben noch einmütig in ihren vernichtenden Urteilen, wurden sie jetzt in Sekundenschnelle zu giftigen Feindinnen und fuhren einander in Gedanken an die Gurgel. Doch der junge Shipton warf ihnen nur ein nichtssagendes Kompliment zu und ging mit seinem Freund weiter. Er war sich seiner Macht voll bewußt ...

Die Sonne schien, das Meer funkelte, die Blechkapelle spielte mit Hingabe, wenn auch eine Spur zu schleppend. Kurzum, Maltby war *en fête*.

»Welch ein gelungenes Fest! Was für ein herrlicher Tag!« riefen alle laut durcheinander; doch dazwischen zischelten die unermüdlichen Lästerzungen: »Was hat die da drüben eigentlich auf dem Kopf? Einen Teewärmer?« Oder: »Da scheint sich was anzuspinnen. Er ist den ganzen Nachmittag nicht von ihrer Seite gewichen.«

Nur Mr. Ferguson drehte dem Treiben der Clubgäste hartnäkkig wie immer den Rücken zu und beobachtete das gewöhnliche Volk unterhalb der Terrasse, wobei er gedankenverloren an seiner Zigarre sog.

Direkt unter ihm stieß soeben ein Boot randvoll mit Ausflüglern vom Landesteg ab. Ferguson erkannte den Krabbenfischer Sam Collins mit seiner Familie, die vollzählig und im Sonntagsstaat erschienen war. Die Kinder hüpften kreischend auf den Planken, drängten sich auf den Bänken und plätscherten mit den Händen im Wasser. Am Heck saßen Sams Frau mit ihrer Schwester und einer Freundin und deren Schwester, und ihr Geplapper unterschied sich nur wenig von dem der feinen Leute oben: »... und ich sag dir, is ja einfach schaurig, wie die rumläuft, mit den Haarfransen übers ganze Gesicht und angemalt wie nur was; also so was hast du noch nicht gesehen ...«

Sam saß auf der mittleren Ruderbank, beide Riemen fest in der Hand. Sein bester Anzug behinderte ihn merklich; am liebsten hätte er Jackett und Weste sofort wieder ausgezogen. Der Lärm und das Gewimmel ringsumher waren ihm ein Greuel. Sein Sinn stand nach ganz anderen Dingen. Betrübt beobachtete er die vielsagenden kleinen Wasserwirbel und Fontänen nahe der Hafenmündung und dachte: »Heute springen die Makrelen. Gutes Fangwetter ...«

Aber niemand beachtete ihn. Oder doch? Plötzlich hörte er ein leises Glucksen über sich. Er blickte auf und sah den Bankdirektor an der Balustrade der Clubterrasse lehnen. Sam kriegte einen roten Kopf und entschloß sich dann zu einem etwas dümmlichen Lächeln, das Ferguson aufmunternd erwiderte. Beide sahen zur Hafenausfahrt, beide seufzten, und dann zwinkerte Ferguson – ja, tatsächlich, er zwinkerte dem Krabbenfischer Sam zu, als teilten sie ein Geheimnis miteinander.

»So ein Strohkopf«, dachte der junge Shipton, der Ferguson gerade von hinten beobachtete, »sterbenslangweilig.«

Richard Ferguson saß am Schreibtisch in dem kleinen Privatbüro, das ihm als Geschäftsführer der Western Bank von Maltby zustand. Seine Akten lagen seit längerer Zeit unberührt vor ihm; er trommelte leise mit den Fingern aufs Knie. Es hatte keinen Zweck; er konnte sich nicht mehr auf die gewohnte Arbeit konzentrieren. Nicht daß er sich krank fühlte – weit entfernt! Ihm war sein Leben lang nicht wohler zumute gewesen als heute.

Nein, sein Gesundheitszustand war »ohne Befund«, wie die Ärzte zu sagen pflegten. Aber er fühlte sich sonderbar, äußerst sonderbar. Ihn beschäftigte etwas Unerklärliches, ein Gefühl, das seit Wochen – nein, seit Monaten – beharrlich heranwuchs: das Gefühl, nichts im Leben sei all die Aufregung wert.

Neuerdings machte er sich Gedanken, warum er eigentlich Jahr um Jahr, Tag um Tag hier auf seinem Stühlchen saß. Um seine Zukunft brauchte er sich schon lange keine Sorgen mehr zu machen; er war heil durch den Krieg gekommen, und die Seinen waren wohlversorgt. Er war sechzig, demnächst einundsechzig, versah eines der besten Ämter von Maltby und war mit einer treuen Frau und drei wohlgeratenen Töchtern gesegnet. Und hatte sein Haus, die »Kastanienvilla«, nicht das schönste Panorama von Maltby, den gepflegtesten Garten? Ganz oben auf der leichten Anhöhe, die Stadt und Hafen überblickte?

Obendrein, und das war das Beste, hatte er noch sein Gartenhäuschen, sein Refugium am Ende des Gartens, wo ihn niemand störte. Dort saß er manchmal an seinem Teleskop und sah den ausfahrenden Schiffen nach ... Halt, einen Moment, jetzt wußte er es wieder ... Beinahe ... Ja, er tauchte aus dem Erinnerungsnebel auf, jener Augenblick, als das sonderbare Gefühl zum erstenmal über ihn kam.

Vor längerer Zeit, voriges Jahr, hatte er an einem Sommerabend dort in seinem Lieblingsversteck gesessen und mußte wohl eingeschlafen sein, denn unvermutet hörte er einen Ruf, eine Herausforderung, die aber nicht von außen kam, sondern aus seinem tiefsten Innern – es riß förmlich an seinem Herzen und fuhr ihm in den Kopf.

Damals war er mit einem Ruck zu sich gekommen, hellwach, erwartungsvoll, als stünden ihm große Dinge bevor. Und dann hörte er den Ruf noch einmal, obgleich er schon auf den Füßen stand und mit aufgerissenen Augen um sich blickte: Es klang wie ein Befehl. Während er sich allmählich beruhigte, erkannte er, was es war. Nur das Abschiedstuten eines Schiffes, das den Hafen verließ. Weiter nichts. Ein alltäglicher Vorgang. Doch warum war es ihm diesmal bis in den Traum gedrungen. Warum hatte es ihn aufgeschreckt wie ein Ruf aus dem Jenseits?

Er entsann sich, wie er in seinem Gartenhäuschen am Teleskop gestanden und das ins Weite dampfende Schiff mit den Augen verfolgt hatte. Die Sirene ertönte – vorschriftsmäßig – dreimal. Dreimal ein Lebewohl an Maltby. Bald war nur noch ein länglicher Fleck am Horizont auszumachen, der sich in eine ferne Rauchfahne auflöste. Fahr hin, Maltby!

In diesem Moment war das sonderbare Gefühl über Ferguson gekommen: Er war längst tot. Alle waren tot. Maltby war eine Geisterstadt, gespenstischer als das unter jahrtausendealter Asche versunkene Pompeji. Das einzige Lebewesen war das Schiff, das sich mit wehender Fahne ins Weite rettete; es hatte sich rechtzeitig davongemacht und am Horizont aufgelöst. Mit welchem Ziel? Egal – vielleicht hatte es gar keinen Bestimmungshafen. Doch ihm, nur ihm, hatte es im letzten Moment noch eine heimliche Botschaft zugerufen, eine Aufforderung der Überlebenden an den Toten: Rette du dich auch! Nur weg von Maltby ...

Wieder schrak Ferguson ein wenig zusammen. Lang erwarteter Regen klatschte an die Büroscheiben und brachte ihn in die Gegenwart zurück. Wie kam er dazu, hier am hellichten Tag zu träumen? Unten auf der abfallenden Straße bildeten sich schon wahre Sturzbäche. Ferguson wandte sich seinen vernachlässigten Papieren zu, griff nach dem Stift und begann zu schreiben. Die Wanduhr tickte mahnend. »Wir nehmen Bezug auf Ihr Schreiben vom ...« Aber vor seinem inneren Auge wehte immer noch der entschwindende Schatten, und in seinen Ohren raunte der Nachhall der Sirene, die sich von Maltby verabschiedete.

Richard Ferguson stand vom Teetisch auf und begab sich ans Fenster. Der vormittägliche Wolkenbruch hatte einer schwankenden, unsicheren Eintrübung Platz gemacht. Hin und wieder zwang sich die Sonne zu einem halbherzigen Lächeln, und am niedrig lastenden Himmel zeigten sich rasch veränderliche Flecken von Blau.

Ferguson murmelte, er müsse Zündhölzer holen, und verließ das Zimmer. In der Diele blieb er lauschend stehen, aber zum Glück kam ihm niemand nach. Da drinnen war er sowieso entbehrlich. Er zog sich eilig seine alte Tweedjacke über, nahm seine ebenso alte Mütze vom Haken, griff sich den knorrigen Stock aus dem Schirmständer und wanderte hügelabwärts.

Der Hauptteil der Stadt lag in feuchten Dunst eingehüllt unter ihm. Aus den Schornsteinen kräuselte sich der Rauch, und vom städtischen Hauptstrand her hörte er das Geschrei von Kindern, die dort vermutlich im spärlichen Sand buddelten. Ferguson redete sich selbst ein, nur ein bißchen frische Luft schnappen zu wollen. Dazu hätte es freilich genügt, die Esplanade entlang zu den Golfplätzen zu schlendern...

Warum also wandte er sich in die genau entgegengesetzte Richtung?

Man täusche sich nicht: Ferguson wußte genau, wohin es ihn zog. Er wandte sich schnurstracks einem ungepflasterten Trampelpfad am anderen Ende des Hafens zu. Hier gab es noch Frieden und Abgeschiedenheit ohne störenden Lärm. Da gerade Ebbe war, stießen nur die Möwen kreischend in den Schlick hinab, um zurückgebliebenes Kleingetier zu erbeuten.

In der flachen kleinen Bucht, wo der tiefhängende Ast eines Baumes es fast verbarg, lag sein Boot. Wenigstens ließ das Gebilde so etwas wie bootsähnliche Umrisse erkennen, obwohl Maltby das Ding bestenfalls »Pott« oder »Waschzuber« genannt hätte. Seinerzeit hatte es als stolzer Küstenkutter von sieben Tonnen gedient, war aber niemals, auch nicht in seiner Jugend, eine Schönheit gewesen. Die Längen- und Breitenverhältnisse stimmten vorne und hinten nicht, aber das war Ferguson nicht so wichtig. Es handelte sich um ein durchaus seetüchtiges Boot, nicht nur um ein paar zusammengenagelte Planken und hübsche äußere Formen. Man sah noch Spuren der ehemals weißen Bemalung und der himmelblauen Wasserlinie. Es hätte sich gut und gern noch für Hafenrundfahrten an schönen Sommernachmittagen geeignet, wenn man es entsprechend herrichtete.

Ferguson strich sacht über den Dollbord. Dann kramte er ein Taschenmesser hervor und pochte an einigen Stellen gegen das Holz. Sein Gesicht verzog sich zu einem zufriedenen Schmunzeln.

»Klingt wie 'ne Glocke«, murmelte er. »Nichts morsch. Da ist kein Wurm drin.« Sein Blick heftete sich auf die abgeblätterten Goldlettern am Heck: *Adieu Sagesse.*

Das erinnerte ihn an den Tag vor ungefähr zehn Jahren, als er das Boot gekauft hatte. Der ursprüngliche Besitzer, ein Franzose, war der weltweiten Grippe-Epidemie zum Opfer gefallen. Merkwürdige Geschichte. Eines Abends war er aus dem Nichts aufgetaucht wie der Fliegende Holländer, hatte vor Maltby geankert, und vierzehn Tage später hatte man ihn, todkrank, in der Kajüte aufgestöbert. Ein total verschrobener Sonderling. Man hatte das Boot öffentlich versteigert, und er, Ferguson, hatte es für ein Butterbrot erworben.

Auch später hatte niemand erfahren, woher der Franzose kam, denn sein Boot war nirgends registriert. Nun ja, die Behördenangelegenheiten wurden damals in einer halben Stunde erledigt. Warum hatte Ferguson sich überhaupt darum gekümmert? Die Leute verstanden es sowenig wie er selber. Hinterher hatte er auch nie die Nerven gehabt, das Boot zu benutzen.

»So eine Narretei!« hatte Mrs. Ferguson sich in höchsten Tönen erbost. »Wie unüberlegt, so einen alten Kahn zu kaufen! Du machst dich ja absichtlich zur Witzfigur. Wir werden im Club geschnitten ... Und unsere Töchter wachsen heran. Gedenkst du nun wenigstens etwas Originelles mit diesem Erwerb anzufangen?«

Darauf war er seiner Frau die Antwort schuldig geblieben. Er kratzte sich hinterm Ohr, denn ihm fiel einfach nichts ein. Wie sollte er ihr klarmachen, daß er einem Impuls gefolgt war, den er sich selbst nie zugetraut hätte – unter dem Motto: Wer weiß, wozu es gut ist!

Und nun lag das Boot schon zehn Jahre lang hier im Schlamm. *Adieu Sagesse!* Ein bezeichnender Name. Ferguson schnupperte unwillkürlich mit schiefgelegtem Kopf in die Luft; er ähnelte in diesem Moment einem überdimensionalen, aber nicht rassereinen Hund.

Da kam jemand. Schwere Stiefel schmatzten bei jedem Schritt im feuchten Lehmboden. Es war Sam Collins, der Krabbenfischer. Ohne besondere Verwunderung, wie Verschwörer, lächelten die beiden Männer einander an.

»Guten Abend, Sam.«

»'n Abend, Sir.«

Ferguson bot Sam eine Zigarette an und nahm selbst eine. Sam verschluckte sich an dem Rauch und hustete hinter vorgehaltener Hand. Diese Pause benutzte Ferguson, um zu sagen:

»Ich hab mir gerade mal das alte Boot angesehen, Sam. Kommt mir so stabil vor wie am ersten Tag – das heißt, seit es hier liegt. Ich habe mit dem Messer ein bißchen herumgestochert. Keine morschen Stellen, soviel ich sehe.«

Sam kraute seine kurze Schifferkrause und zwinkerte vertraulich.

»Nee, Sir, dem fehlt nichts. Das ist immer in Ordnung gewesen. Hab mir ein paarmal erlaubt, danach zu gucken. Das braucht höchstens 'n neuen Anstrich und so 'n paar Kleinigkeiten – dann wär es wieder absolut seetüchtig.«

Sie rauchten eine Weile schweigend vor sich hin.

Sam war der erste, der in fast prahlerischem Ton wieder anfing: »Mit ihm würd ich sogar 'ne Fahrt nach Amerika riskieren. Und wenn's nicht mit dem Teufel zugeht, brauch ich nich mal einen Eimer Wasser zu schöpfen. Sehen Sie sich doch den Mastbaum an. Sehen Sie auf die Dauben. So was Solides wird heutzutage gar nicht mehr gebaut.«

Wieder ein kurzes Schweigen. Dann sagte Ferguson:

»Ich habe den Kajütenschlüssel, Sam. Gehen wir doch mal hinunter ...« Er sah dabei ängstlich über die Schulter – wie ein Junge, der die Schule schwänzt.

Sie kletterten vorsichtig über den wackligen, glitschigen Steg an Deck. Ferguson stampfte mehrmals auf die Planken. »Felsenfest«, beteuerte er.

Der Krabbenfischer stieß sein Messer in den Mast. »Kernholz. Muß bloß 'n bißchen abgeschmirgelt und gefirnißt werden.«

Gemeinsam wuchteten sie die verschmutzte Persenning von dem Zugang zum Steuerhaus. Nach zwei, drei Stufen zückte Ferguson einen Schlüssel. Die untere Tür quietschte und knarrte jämmerlich, ging aber schließlich auf, und die beiden starrten gespannt in die alte Kajüte. Sie enthielt zwei längliche Kojen, eine an jeder Seite, und einen Klapptisch in der Mitte. Ferguson spähte in jedes Wandgelaß, während Sam das verstaubte Oberlicht hochstemmte. Ab und zu warfen sie einander eine sachliche Bemerkung zu, ohne eine Antwort zu erwarten.

»Komisch – fast gar nicht feucht. Nach so langer Liegezeit.«

»Und ganz schön geräumig. Sollte man von außen gar nicht glauben. Auf dem würd ich lieber schippern als auf den großkotzigen neuen Pötten.«

Sie gingen hin und her, begutachteten und befingerten alles und prüften den Zustand der Kojen. Sam entdeckte unter dem Tisch einen Kasten voll alter Seekarten. Er blätterte sie durch, wobei er immer wieder seinen schwärzlichen Daumen mit der Zunge befeuchtete.

»Wie lange würde es dauern, das Boot wieder in Form zu bringen?« fragte Ferguson schließlich und sah zur Kajütentreppe, um Sams Blick zu vermeiden.

Sam hüstelte diskret. »Das geht im Handumdrehen, soviel ich sehe. Mast und Deck abspänen und 'n neuer Anstrich. Das Boot wär in Null Komma nichts aufzumöbeln. Könnt ich selber machen, ohne Hilfe.« Er putzte sich umständlich die Nase.

Ferguson pfiff unschlüssig und verlegen vor sich hin. Dann stieg er wieder an Deck. Sam folgte ihm, nachdem er das Oberlicht geschlossen hatte. Sie verschlossen auch die Tür und zogen die alte Persenning über die Luken. Am Ufer standen sie still und starrten auf das Boot. Mittlerweile hatte sich die Sonne hinter die Anhöhen gesenkt, und die zurückkehrende Flut kroch durch die Schlammrinnen. Auf dem Wasser kräuselten sich goldene Muster, und die Luft erstrahlte plötzlich in goldrotem Abendschimmer.

Eine Möwe schwebte lautlos mit ausgebreiteten Schwingen heran und setzte sich auf die nackte Mastspitze. Die beiden Männer seufzten und lächelten. Jeder erriet in diesem Moment die Gedanken des anderen.

»Ich glaube, das Boot steht alles durch, auch das schwerste Wetter«, sagte der eine. Vergessene Harmonien des Himmels und der See: Knarren, Klatschen und Rattern der Takelage ... Weiße Gischt, weiße Wolken. Die offene Welt. Allein. Endlich allein.

»Aye, Sir ... *Das* würde segeln! Was heißt segeln ... Fliegen wie 'ne Möwe würde es!«

Die steigende Flut brachte prickelnden Salzgeschmack mit. In ihrer Phantasie bockte die Ruderpinne wie ein störrisches Pferd, doch das Schiff tanzte durch die Wogen und schüttelte sich vor Lachen wie etwas Lebendiges ... Kein Land mehr in Sicht! Nur der wilde, singende Wind.

Ein ferner Klang tönte durch die Dämmerung. Sam wandte horchend den Kopf. Ferguson schloß sogar die Augen. Da war wieder der verführerische Ruf eines auslaufenden Schiffes, das den Hafen verließ – wohin?

Sam beugte sich linkisch vor, um den verblaßten Namen des Bootes zu buchstabieren. »A-di-eu ... Sag-esse ... Offen gestanden, Sir, da draus bin ich nie schlau geworden. Was soll denn das heißen?«

»*Sagesse* ist das französische Wort für Weisheit, Sam. Und *Adieu* bedeutet: Leb wohl, Gott mit dir.«

»Is schon komisch, was diese Ausländer sich alles ausdenken. Man soll rein unklug werden; das wollte er ja wohl damit sagen. Na ja, der arme Kerl hatte ja sowieso 'n Sparren. Immerhin ...« Sam überlegte sich die Sache ernsthaft. »Irgendwie klingt's nicht schlecht.«

Ferguson lächelte still in die rasch tiefer werdende Dunkelheit. Er fühlte sich jung und mit sich im reinen. Er hätte schon jetzt ganz Maltby aus einsamer Höhe zuwinken mögen.

Adieu Sagesse!

Die Sirene hallte ein letztes Mal, ein Echo der Überlebenden, die von hier ins Weite entwichen. Wogende See, grauer Himmel ...

»Gute Nacht, Sam.«

»Gute Nacht, Sir.«

»Was ist bloß in den alten Ferguson gefahren?« fragte der junge Clubsekretär eines Tages. »Ich bin ihm heute auf dem Weg zum Golfplatz in die Arme gerannt, und der Alte pfiff tatsächlich vor sich hin und lachte mich übers ganze Gesicht an. Und er winkte mir zu. Ich war baff, ehrlich. Wahrscheinlich wird er nun total kindisch.«

»Wenn Sie mich fragen«, ertönte die feierliche Stimme Ehrwürden Travers', »so ist es etwas anderes und leider bedeutend Schlimmeres. Es ist mir schrecklich unangenehm, dergleichen über einen alten Freund zu sagen, und niemand respektiert Ferguson so wie ich. Aber da Sie mich nun einmal um meines Herzens

Meinung gefragt haben: Ich fürchte, der Unselige hat sich dem Trunk ergeben.« Er schüttelte wehmütig den Kopf und nippte mit bedenklicher Miene an seinem Whisky.

»Aber wo zum Teufel – pardon – versteckt er das Zeug?« fragte Oberst Strong, einstiger Kolonialoffizier. »Ich hab ihn nie was Besseres als Sprudel trinken sehen. Und er hat mir sein Lebtag nichts Gescheites angeboten.«

»Wahrscheinlich säuft er in der Victoria-Bar«, meinte der junge Sekretär, »da finden sich ja die meisten unserer alten Trunkenbolde. Oder, das ist wahrscheinlicher, er tut's heimlich im Büro oder zu Hause. Ziemlich unwürdig für einen Mann in seiner Stellung – oder wie meinen Sie? Ich finde, man sollte die Obrigkeit diskret darauf aufmerksam machen.«

»Ich bin nur froh, daß er nirgends im Vorstand ist«, ließ sich der Geistliche wiederum vernehmen. »Er würde uns überall in die peinlichsten Situationen bringen. Nichtsdestoweniger fühle ich mich verpflichtet, der Sache nachzugehen – natürlich in taktvoller Weise. Ich werde zunächst einmal bei Mrs. Ferguson vorfühlen. Noch in dieser Woche.« Hierbei schwebte ihm, rein zufällig, auch die Erinnerung an Mrs. Fergusons selbstgebackene Sesamkekse vor; aber er mußte sich wohl auch im Interesse der Allgemeinheit über Qualität und Menge von Fergusons Whiskyvorrat unterrichten.

»Ich persönlich habe ihn ja immer etwas wunderlich gefunden«, fuhr der Sekretär fort, der seinen eigenen Gedankengang verfolgte. »Wissen Sie noch, wie er vor etwa zehn Jahren den alten Kahn ersteigert hat, noch dazu von einem Schwindsüchtigen? Dabei hatte er gar keine Verwendung dafür. Wunderlich ... das ist noch ein sehr mildes Wort. Nun kommt aber das Schönste: Letzte Woche hat er sich Handwerker kommen lassen. Der Mast – und wie all das Zeug heißt – ist abgehobelt und frisch gebeizt worden. Der Rumpf wird bemalt. Alle Luken standen offen. Ich bin extra auf die Böschung geklettert, um genau zu sehen. Nun, was da auch vor sich gehen mag – mich geht's schließlich nichts an.«

Reverend Travers trompetete in sein Taschentuch.

»Hoffentlich will er das Boot nicht zu irgendwelchen – äh – unlauteren Zwecken benutzen? Ihre Andeutungen klingen – äh – sehr beunruhigend. Haben Sie – oder sonst jemand – vielleicht schon ein Licht an Bord bemerkt, ich meine, nachts?« Er blickte bedeutsam in die Runde.

Wer konnte da mit Sicherheit behaupten, es gäbe keine Orgien oder Bacchanalien, sogar hier im ehrbaren Maltby?

»Also, um die Wahrheit zu sagen«, tuschelte der Sekretär eifrig, »ich habe ihn neulich beobachtet, wie er mit der hübschen, wirklich sehr hübschen Tochter des Krabbenfischers Sam Collins plauderte. Richtig, es war erst vorgestern. Eben fällt es mir ein. Und es war in einem ziemlich dunklen Winkel an der Kirchenmauer. Eigenartiger Platz für eine harmlose Unterhaltung, wenn man es recht bedenkt. Für unliebsame Beobachter kaum zugänglich – oder was meinen Sie?«

»Wahrlich!« tönte der Geistliche. »Und – hm – haben Sie vielleicht zufällig trotzdem etwas von dem Gespräch mit angehört?«

»Ja, ich muß es zugeben«, sagte der Sekretär betont obenhin. »Er fragte sie, ob sie finanziell noch von ihrem Vater abhängig sei ... Ziemlich mehrdeutig, wie?«

Oberst Strong fuhr mit puterrotem Kopf in die Höhe.

»Mehrdeutig?! Das ist eindeutig – nur zu eindeutig! Dieser schamlose alte Faun! So was gehört ausgepeitscht!«

»Ich bin nun seit über dreißig Jahren hier in Maltby ansässig«, erklärte Reverend Travers, »und habe nie etwas Derartiges gehört ...« Er war so erschüttert, daß er sofort einen weiteren Whisky zur Beruhigung seiner Nerven bestellen mußte. »Wenn man sich vorstellt, daß ein angesehenes, scheinbar gottesfürchtiges Mitglied unserer Gemeinde solch ein Schurke ist, sich zu Tode säuft und auf hinterhältige Art unsere Jugend verdirbt – und, wie es scheint, sein altes Wrack wieder herrichtet, um es für unmoralische Zwecke zu mißbrauchen. Welche Verworfenheit!«

»Ja, aber was sollen wir dagegen tun?« fragte der Sekretär und reckte die Nase in die Luft.

»Was sonst, außer daß wir ihn stellen und es ihm auf den Kopf zusagen«, knirschte der Oberst.

»Vielleicht sollte ich mich mal um das Mädchen kümmern und die Wahrheit aus ihr herausfragen.« Der Sekretär bot seine Dienste ein bißchen zu eilfertig an, und die Antwort des Geistlichen ließ nicht auf sich warten.

»Keinesfalls!« dröhnte er mit aller Macht seiner Persönlichkeit.

»Nicht so überstürzt. Das unselige Ding könnte einen Skandal entfachen, der ganz Maltby ins Gerede bringt. Wollen wir das?«

»Nein, nein – natürlich nicht«, versicherten die anderen hastig, und Oberst Strong fügte markig hinzu: »– denn wenn ich etwas hasse, so ist es jegliche Art von ehrenrührigem Klatsch.«

Wenn die Mitglieder des berühmten Jachtclubs von Maltby sich die Mühe gemacht hätten, genauer nachzuforschen, so hätten sie längst entdeckt, daß der alte Bankier sich in den letzten Wochen angewöhnt hatte, nach den Dienststunden jeden Abend hinter verschlossener Tür im Büro zu bleiben und in alten Büchern, Dokumenten und anderen Papieren zu blättern. Dies war, milde ausgedrückt, verdächtig. Falls er nicht heimlich mit den ihm anvertrauten Wertpapieren seiner Bankkunden spekulierte, bereitete er womöglich einen anderen Coup oder gar seine Flucht mit der gesamten Kasse vor.

War es denkbar, daß ausgerechnet Richard Ferguson, der langweiligste, farbloseste Mensch von Maltby, sich als Betrüger, Schwindler, kurz als Verbrecher übelster Sorte entpuppte? Es sah sehr danach aus. Und doch: Wenn Maltbys Tugendwächter sich hätten unsichtbar machen können, um sich in Fergusons Büro zu schleichen und ihm über die Schulter zu sehen, wären sie verblüfft und ratlos gewesen. Denn statt fremder Aktien und Kontoauszüge prüfte er nur den genauen Stand seines eigenen Vermögens, mit dem Ziel, seine Frau und die drei Töchter gewissenhaft zu versorgen. Dabei machte er, ungeachtet seiner nahezu einundsechzig Jahre, einen durchaus kräftigen und gesunden Eindruck. Er hatte es gewiß noch auf längere Zeit hinaus nicht nötig, sein Testament zu machen.

Litt er also vielleicht an einer schleichenden Krankheit, von der nur sein Arzt und er etwas wußten, und sah er einem vorzeitigen Tod entgegen? Diese Ungewißheit hätte die Nerven der Clubmitglieder über die Maßen strapaziert, denn außer seinen eigenen Angelegenheiten ordnete Mr. Ferguson auch noch diejenigen des Krabbenfischers Sam Collins. Das heißt, er setzte eine bestimmte Lebensrente für Martha, die Frau des Fischers, und die nächsten Familienangehörigen fest.

Eines Mittwoch abends endlich lehnte sich Ferguson mit einem zufriedenen Seufzer in seinem Bürosessel zurück. Alle Papiere lagen, sauber geordnet und etikettiert, vor ihm auf dem Schreibtisch. Seine Arbeit war getan. Alles war geregelt. Nichts hatte er unerledigt gelassen. Sein Blick glitt langsam über die bekannten – allzu bekannten – vier Bürowände, den schweren Aktenschrank, die Regale mit den vielen aufgereihten Ordnern, den vergilbten Stadtplan. Merkwürdig, daß er nach so langen Dienstjahren keinerlei Zuneigung zu diesem Ort seines Wirkens empfand – und erst recht kein Abschiedsweh.

Er stand auf, reckte und streckte sich, rückte seinen Schlips gerade und betrachtete sich in dem kleinen Spiegel neben dem Kamin.

»Du bist bald einundsechzig«, sagte er zu seinem Gegenüber, »und bis jetzt nur ein lachhafter alter Trottel gewesen ...«, was er mit einem fröhlichen Lachen bekräftigte.

Zwanzig Minuten später stand Ferguson auf der – bei Ebbe freien – Sandbank neben seinem Boot und begutachtete den Stand der Renovierungsarbeiten. Wie hatte sich die *Adieu Sagesse* in knapp drei Wochen verändert! Der Mast war abgehobelt und mit Karbolineum getränkt, der Rumpf frisch gestrichen, das Deck abgespänt und penibel gescheuert. Die Takelage war in Reih und Glied, und das Focksegel – ein mißfarbenes, teilweise geflicktes, aber starkes Tuch – wartete nur darauf, gehißt zu werden. Auch unter Deck war alles reisefertig. Die Kojen hatten neue Matratzen, Kissen und Decken; die Uhr ging wieder, Ölofen und Kochherd waren mit Brennvorrat ausgestattet. Die Regale waren gefüllt, in der Kombüse fehlte keine Pfanne, und alles nötige Geschirr war vorhanden. Ferguson war an Bord gegangen, um sich selbst zu überzeugen, und sah, daß wirklich nichts vergessen war.

»Sam!« rief er leise. »Wo hast du dich versteckt?«

Ein Stückchen Schifferkrause erschien hinter dem Ruderhaus.

»Sam Collins hier«, meldete sich eine heisere Stimme. »Hab nur eben noch rein Schiff gemacht. Genau nach Bristol-Vorschrift.«

Sams äußere Erscheinung hätte seine Frau aufstöhnen lassen. Seine Jacke war mit Teer beschmiert, seine Wasserstiefel waren schlamm- und dreckverkrustet, ein uralter Südwester balancierte kühn auf seinem Kopf, und an der Unterlippe klebte ihm ein Zigarettenstummel.

»Nanu, wo hast du deine Sonntagskluft gelassen?« fragte Ferguson und kniff ein Auge zu.

»Herrje, Sir! Das fragen Sie doch nicht im Ernst?« Sams Gesichtsausdruck war eine gelungene Parodie theatralischer Verzweiflung. »Tja, ehrlich, Sir – die hab ich in aller Stille im Ramschladen verkloppt. Geld kann man immer brauchen, nicht? Der Trödler hat die Klamotten aber immer noch zu billig gekriegt.«

»Laß gut sein, Sam, die Zeit der steifen Kragen ist vorüber. Keine Zwangsjacken mehr für uns beide.«

Sie schritten prüfend das Deck ab.

»Wann ist wieder Flut?« fragte Ferguson.

»In 'ner halben Stunde, Sir. Aber morgen kriegen wir um die Zeit schon zwei Faden mehr Wasser. Denken Sie dran.«

»Genügt das zum Auslaufen?«

»Klar. Das Boot hebt ab wie 'n Vogel. Macht uns keinen Ärger.«

»Fein, Sam. Dann haben wir wohl nichts weiter zu bereden. Ich bin morgen pünktlich an Bord. Eh, nur noch eins ... Keine Gewissensbisse oder so?«

Sam spuckte statt jeder Antwort nur kurz über die Reling.

»Wie wird das Wetter?« fragte Ferguson sachlich weiter.

»Der Wind dreht sich. Wir kriegen 'ne steife Brise aus Südwest, wetten? Gerade recht für uns. Die Dingsda, die *Sagesse*, hält's aus. Die ist von so 'nem Sommerlüftchen nicht gleich umzuschmeißen.«

»Ganz meine Meinung, Sam.«

Zum Schluß kletterte Ferguson noch in das kleine Rettungsboot und studierte die Inschrift am Heck, die nicht mehr blaß, sondern aufgefrischt im letzten Abendlicht funkelte, als fordere sie die ganze Welt heraus. *Adieu Sagesse!*

Die beiden Männer grinsten einander wortlos zu, bis Ferguson sich verabschiedete.

»Bis morgen also, Sam.«

»Aye, aye, Sir.«

Ferguson stieg die steile Anhöhe hinauf, die zu seinem vielbeneideten Haus führte. Die Sonne war nun auch hinter den entfernteren Hügelketten gesunken, und in ihrem dunkelorangefarbenen Widerschein ballten sie graue Wolken zusammen. Von der Hafenmündung her schlug die steigende Flut in regelmäßigen Abständen gegen die Kaimauern. Es sah wieder nach Regen aus.

Regen und Wind – nun ja, warum nicht? Unter Ferguson lag nun die gute Stadt Maltby, satt, spießig und selbstgerecht. Mittlerweile haßte er diese penetrante Selbstgefälligkeit, die sauberen Hausfassaden, die gepflegten Gärten mitsamt ihren abgezirkelten Beeten und Plattenwegen. Er haßte die alten Jungfern jeglichen Geschlechts, die hinter zugezogenen Gardinen an sogenannten »Spionen«, den in Maltby so beliebten Außenspiegelchen, lauerten. Er haßte die pensionierten Militärs, die auf der Esplanade paradierten, die ehrpusselige Kirchengemeinde, die Clubmitglieder, die geschwätzigen Ladeninhaber, die pedantischen Beamten – alle, alle, die dem Städtchen seine lebende Seele geraubt und ihm das Totensiegel der »reizvollen Küstenstadt« aufgedrückt hatten. Küstenstadt. Kurstadt. Wie er das alles verabscheute!

Nur die Möwen waren noch echt, die stillen, ernsten Gewässer jenseits des Hafens, der Rauch, der aus den ärmeren Hütten der Vorstadt aufstieg, das Gurren der Tauben, die hohen Bäume am Abhang, die unnahbare Schönheit der See kurz nach Sonnenuntergang, die weichen Sommernebel vor und nach dem Regen ... Nur diese Dinge zählten.

Wohin es ihn auch treiben mochte: diese Unwägbarkeiten würde er in der Seele bewahren und lieben; aber Maltby war für ihn gestorben. Kein Trennungsschmerz, kein Bedauern, keine Furcht. Vor ihm lag etwas Großartiges, Berauschendes, Grenzenloses. Der Ruf, den er vernommen hatte, schwoll an und übertönte Maltbys Alltäglichkeit. Es war der Ruf des Lebens. Und da stand er nun – in überreifem Alter – an der Schwelle der Welt, die er sich von Jugend an erträumt hatte.

Er lachte leise. Ja, er war alt, alt – aber was scherte ihn das? Der Rest des Lebens gehörte ihm.

Dieser letzte Abend im trauten Heim war typisch für die vergangenen Jahrzehnte. Eben fiel ihm ein, daß Reverend Travers heute zum Dinner eingeladen war. Er konnte sich schon im voraus die Gruppe um den erlesen gedeckten Tisch vorstellen. Helens neues Kleid. Das ängstliche Schnaufen des Dienstmädchens, das die Schüsseln formvollendet herumreichen mußte. Das vornehmste und doch ungezwungenste Haus der besseren Gesellschaft von Maltby!

»Himmel, ihr könnt es behalten, werdet selig damit!« hätte er beinahe laut hinausgeschrien, doch legte er schweigend den Rest des Weges zu seiner »Kastanienvilla« zurück.

Adieu Sagesse ... Beim Eintritt in die Diele schallte ihm bereits das Gelächter seiner Frau aus dem Salon entgegen. Seine Töchter hatten dazu das neue Grammophon lautstark angedreht. Auf dem Garderobentisch lag der schwarze Hut Hochwürden Travers'. Ferguson betrachtete ihn einen Moment mit vergnügt funkelnden Augen, bevor er unerschrocken seinen Weg in den Salon fortsetzte. Heute würde er sich zum ersten und letzten Mal in seinem eigenen Haus amüsieren.

»Da bist du ja, Richard!« rief Mrs. Ferguson. »Wo in aller Welt hast du denn so lange gesteckt? Wir warten bloß noch auf den Dinner-Gong. Und du wußtest, daß wir heute Mr. Travers zu Gast haben.« Sie sah ihren Ehemann mit strafendem Stirnrunzeln an.

»Freilich, das wußte ich. Eben deshalb komme ich erst im letzten Moment«, erwiderte Ferguson heiter.

Mrs. Ferguson schnappte hörbar nach Luft. Die Töchter ließen sogar das Grammophon im Stich, um ihren Vater verdutzt anzustarren. Was den Ehrwürden Travers betraf, so überbrückte er die Pause nach alterprobter Gewohnheit, indem er erst einmal sein Taschentuch zog und sich ausgiebig schneuzte. Er mußte sich sammeln. Dieser elende Mensch hatte offenbar schon wieder einen in der Krone! »Guten Abend, wie geht's, Ferguson?« erkundigte er sich alsdann sanftmütig, als hätte er die unpassende Bemerkung seines Gastgebers gar nicht gehört. »Wir haben uns zu meinem Bedauern letzthin nicht oft gesehen, außer natürlich beim Sonntagsgottesdienst.«

»Ach ja, in der Kirche«, sagte Ferguson mit harmlosem Lächeln. »Ich weiß nicht, ob's am Wetter liegt oder an den besonders schönen Chorliedern, aber die letzten drei Sonntage habe ich in der Kirche sanfter geschlummert als je zuvor. Du übrigens auch, meine Liebe«, wandte er sich plötzlich an seine Frau. »Ich glaube zum erstenmal nicht deine glockenreine Stimme, sondern nur Mrs. Druce über dem allgemeinen Singsang gehört zu haben.«

Mrs. Ferguson wurde dunkelrot, und die drei Töchter hüstelten. Reverend Travers bückte sich und streichelte etwas unmotiviert den ebenfalls anwesenden Spaniel.

Glücklicherweise ertönte in diesem Moment der Gong. Die erregte Hausfrau konnte ihre Gefühle dämmen, indem sie ihren Ehrengast und die Familie ins Speisezimmer führte.

Auf dem Weg zu seinem Platz warf der Geistliche einen unauffälligen Blick zur Anrichte. Seine Befürchtungen bewahrheiteten sich. Schon jetzt war die Whisky-Karaffe halb leer. Sein Gastgeber – ohnehin sichtlich am Rande des *Delirium tremens* – hatte zweifellos überall seine stillen Reserven.

Die Tischrunde nahm Platz. Alle waren etwas nervös und gezwungen, mit Ausnahme des Hausherrn, der nie im Leben ein fröhlicheres Gesicht gemacht hatte.

Die Suppe wurde in tiefster Stille serviert. Offenbar scheute sich jeder, als erster das Wort zu ergreifen. Lange Minuten vergingen. Die Löffel- und Schluckgeräusche wurden überlaut.

Erst gegen Ende der Mahlzeit erinnerte sich der Geistliche an seine schwere Pflicht, der Gemeinde und dem Jachtclub die erwartete Erklärung für Richard Fergusons ... nun, abweichendes Verhalten zu liefern.

»Es berührt mich zuweilen sonderbar«, begann er, während er sorgsam einen Pfirsich schälte, »wie die Jugend unserer Stadt sich zusehends verändert. Ich fürchte, sie verwildert. Außer an Äußerlichkeiten scheint sie überhaupt an nichts mehr zu denken. Als ich heute beispielsweise die Hauptstraße entlangging, kamen mir ein paar Ladenmädchen wie ... hm, wie aufgeputzte Mannequins vor. Alles nach der neuesten Mode – offenbar. Dazu gepudert und geschminkt. Man könnte fast an ihren anständigen Grundsätzen zweifeln.«

»Oh, Mr. Travers«, unterbrach Mrs. Ferguson, da sie selbst sich gerade zu einem kurzen Haarschnitt mit Dauerwelle entschlossen hatte, »nun übertreiben Sie bitte nicht. Wir modernen Menschen lieben Luft und Sonne. Allerdings sehe auch ich ungern, daß solche Mädchen die besseren Kreise nachäffen. Nächstens versuchen sie noch in unsere Golf- und Tennisclubs einzudringen, wenn wir sie nicht in Schranken halten!«

»Wäre es denn so schlimm, wenn sie mitmachten?« fragte ihr Gatte freundlich.

»Schlimm? Mein lieber Richard, wie kannst du nur so fragen! Ich für meinen Teil würde in Zukunft auf alle gesellschaftlichen Veranstaltungen verzichten, wenn ich mich mit solchem Volk gemein machen müßte.«

»Auch ich schätze diese modischen Strömungen nicht«, warf der Geistliche ein und dachte: Wo bleibt der Portwein? »Aber diese kleine Collins«, fuhr er listig fort, »Sams Jüngste, die ist wohl anders. Eher nach unserm altmodischen Geschmack. Meinen Sie nicht auch?«

Reverend Travers warf seinem Gastgeber einen fragenden Blick zu.

»O ja«, erwiderte Ferguson seelenruhig. »Ich kenne sie gut. Sie ist ein nettes, blitzgescheites Mädchen. Daher konnte ich ihr eine gute Stellung verschaffen. Wenn sie sich da bewährt, will ich noch mehr Geld in sie investieren.«

Der Kirchenmann lief vor Verlegenheit rot an; seine Augen hinter der Brille schossen empörte Blitze. Wirklich – allmählich ging dieser alte Ferguson zu weit!

»Das ist nur einer von Richards abgedroschenen Witzen«, vermittelte Mrs. Ferguson eilig und eisig. »Bitte, wollen Sie nicht eine von diesen Trauben versuchen? Es sind die ersten von unseren eigenen Reben am Südhang.«

»Nein, danke, verehrte Freundin.«

Die drei Töchter starrten versteinert in die Luft. Wie peinlich das alles! Was mochte nur in ihren Papa gefahren sein?

»Wie ich soeben sagte«, nahm der geistliche Herr seine Rede mit einiger Selbstüberwindung wieder auf, »die heutige Zeit ist nicht mehr so schön wie einst. Finden Sie nicht auch, Ferguson?«

»Nein, Travers, durchaus nicht. Ich finde meine Zeit großartig.«

Die Familie starrte ihn entsetzensbleich an. Er wagte es, Reverend Travers einfach so mit seinem Nachnamen anzureden! Und er wagte es, eine eigene Meinung zu äußern!

»Dürfen wir fragen wieso, Richard?« fragte seine Frau nach einer angemessenen Pause.

Ferguson ließ sich Zeit mit der Antwort. Dann wandte er sich mit kindlichem Lächeln an den Geistlichen.

»Ich finde die allgemeine Lockerung unserer moralischen Korsettstangen recht erfreulich.«

Sekundenlang herrschte Schweigen. Besonders dem ehrwürdigen Mr. Travers verschlug es die Rede. Er konnte nur noch mit den Lidern klappern. Mrs. Ferguson erhob sich majestätisch vom Tisch, und alle drei Töchter folgten ihrem Beispiel.

»Momentchen!« rief Ferguson fröhlich. »Bitte bleibt noch etwas sitzen. Ich möchte nämlich eine kurze Rede halten. Ihr benehmt euch, als hätte ich den Verstand verloren ... Mag sein. Aber wenn's so ist, bin ich stolz darauf, und deshalb begehe ich den schönsten Narrenstreich, der je einem Narren seit Eulenspiegel und seinesgleichen in den Sinn gekommen ist ... Ich wage das Abenteuer, auf das ich mein Leben lang gewartet habe. Spät, aber nicht zu spät. Ich weiß nicht, was daraus wird, und es ist mir auch ganz egal. Für mich liegt im Unvorhersehbaren ein Reiz, der allen gottgefälligen Frieden weit überstrahlt. Eines weiß ich gewiß: Auch wenn ich abkratze, wird es Maltby nicht aus den Angeln heben. Ihr vergeht nicht. Ihr lebt weiter, Jahr um Jahr, und badet in eurer ungeheuren Selbstgefälligkeit. Die Gemeinde wird weiterhin sonntags in der Kirche dösen und alltags die kleinste Pflicht gegen den Nächsten hitzig in Frage stellen. Ihr, meine lieben Töchter, werdet heiraten, sofern eure Mutter kräftig nachhilft, und eurerseits Kinder in die Welt setzen zum immerwährenden Ruhm der teuren Heimatstadt Maltby.

Gestattet, daß ich etwas Luft hole, aber ich bin noch nicht am Ende. Ich wünsche euch von ganzem Herzen, daß auch eure Kinder und Enkel sich sommers und winters auf alter Väter Weise in Maltby vergnügen – auf dem Golfgelände oder dem Tennisplatz oder was sonst gerade *en vogue* ist. Ich bin kein Hellseher, aber ich hoffe für euch, daß es weiterhin glänzende Partys und Bälle gibt. Ich vertraue darauf, daß der Bürgerrat auch ohne mich den Fremdenverkehr belebt und damit einen allgemeinen Wunsch durchsetzt. Ich wäre höchst betroffen, wenn mir die Nachricht zukäme, meine liebe Frau hätte die Bridge-Kränzchen aufgegeben, für die sie berühmt ist und die, nebenbei bemerkt, nicht unbeträchtlich zu ihrem kleinen Privateinkommen beigetragen haben.

Noch etwas. Ich bin Vater. Ich würde mich in dieser Hinsicht als Versager betrachten, wenn meine Töchter mit der schönen Gewohnheit aufhörten, ihre Netze nach jungen Männern auszuwerfen, die nur ungern hineingehen. Klatsch, Sticheleien und üble Nachrede mögen also weiterhin die Grundlage unseres exklusiven Jachtclubs bleiben, dessen Mitglieder wie eh und je theoretisch alles durchhecheln, was sie in der Praxis nicht schaffen. Und was Sie angeht« – Ferguson wandte sich erschreckend plötzlich an den Ehrwürdigen Mr. Travers –, »würdiger Vertreter unserer anglikanischen Kirche im Ruhestand: Mögen Sie bis zu Ihrem seligen Ende Ihrer geistlichen Berufung, insbesondere der zum Geist des Weines, so unerschütterlich und unerbittlich folgen wie bisher.«

Mit den letzten Worten hatte Ferguson die offene Tür erreicht. Draußen griff er sich seine alte Tweedjacke und die Mütze vom Garderobenständer und nahm sich ein paar Sekunden Zeit, um seine Pfeife anzuzünden. Dann trat er noch einmal ins Zimmer, lächelte den erstarrt Zurückgebliebenen verbindlich zu und sagte mit einer tiefen Verbeugung:

»Lebt denn wohl, alle miteinander.«

Die Tür fiel ins Schloß, und er verschwand in der Dunkelheit.

Sieben Uhr früh. Ein grauer Morgen. Der Wind blies kräftig aus Südwest und kündigte weiteren Regen an. Sturmgefahr bestand jedoch nicht; das Seezeichen an der Landspitze war noch nicht aufgezogen.

Die Baumkronen schwankten und bebten. Im Hafen spritzte das kabbelige Wasser über die Molen. Alle kleinen Boote, die da vor Anker lagen, tanzten auf und nieder. Graue Wolken jagten niedrig am windgefegten Himmel dahin, und im Südosten glomm die Sonne feucht durch ihre zerzausten Vorhänge.

Ein kleines Schiff mit geflickten, mißfarbenen Segeln kämpfte sich tapfer durch die Hafenmündung aufs offene Meer hinaus. Sein Bug wurde in regelmäßigen Abständen von schäumenden Brechern überspült, aber es schoß unbeirrt vorwärts wie ein Sturmvogel. An den Mast geklammert stand eine kerzengerade Gestalt in einer Ölhaut, die ein paar Nummern zu weit war, mit Südwester und einem Lächeln, das von Ohr zu Ohr ging. Am Ruder saß ein stämmiger Mann in sehr alten Tweed-Klamotten, der sich lachend die Gischt aus dem grauen Haar schüttelte.

»Willst du Maltby nicht Lebewohl sagen, Sam?« rief der eine.

Der andere spuckte nur in den Wind. Das war seine einzige, unmißverständliche Antwort.

Der Mast knarrte. Der Wind heulte und pfiff in den Wanten. Das Boot stieg und fiel mit langen, wollüstigen Ächzern durch die Wellen.

Maltby verschwand hinter ihnen im Morgendunst.

Der Mann am Ruder drehte sich nicht mehr um. Vor ihm erstreckte sich die offene See – drohend, geheimnisvoll, verlockend. Ihm war, als hörte er den alten Ruf, der ihn ans Ziel leiten sollte.

Adieu Sagesse.

Quellenverzeichnis

Plötzlich an jenem Abend (Kiss for a Stranger). Aus: »Plötzlich an jenem Abend«. Copyright © by Daphne Du Maurier. Einzig berechtigte Übertragung aus dem Englischen beim Scherz Verlag, Bern, München, Wien.

Nicht nach Mitternacht (Not after Midnight). Aus: »Spätestens in Venedig«. Copyright © 1971 by Daphne Du Maurier. Einzig berechtigte Übertragung aus dem Englischen beim Scherz Verlag, Bern, München, Wien.

Monte Verità (Monte Verità). Aus: »Die großen Meistererzählungen«. Copyright © by Daphne Du Maurier. Übersetzung aus dem Englischen von Anna-Liese Kornitzky. Scherz Verlag, Bern, München, Wien.

Adieu Sagesse (Adieu Sagesse). Aus: »Die großen Meistererzählungen«. Copyright © by Daphne Du Maurier. Übersetzung aus dem Englischen von Eva Schönfeld. Scherz Verlag, Bern, München, Wien.

Inhalt